청소년이 꼭 읽어야 할

고전소설

청소년이 꼭 읽어야 할

고전소설

초판 1쇄 인쇄 2009년 4월 10일
초판 1쇄 발행 2009년 4월 20일

지은이 김시습 외
펴낸이 배태수 __**펴낸곳** 신라출판사
등 록 1975년 5월 23일 제6-0216호
전 화 02)922-4735 __**팩 스** 02)922-4736
주 소 동대문구 제기동 1157-3 영진빌딩
북디자인 Design Didot 디자인 디도

ISBN 978-89-7244-068-0 43810

청소년이 꼭 읽어야 할

고전소설

문학박사 배해수 감수

신라출판사

고전소설은 개화기의 신소설과 대비하여 구소설 또는 고소설, 고대 소설이라고도 불린다. 고전소설에서 고전이란 오랜 기간을 거쳐 그 가치가 인정되어 왔고 현재도 많은 사람들에게 감동과 커다란 영향을 끼치는 작품을 의미하는 것이 아니다. 고전소설은 시기적으로 개화기의 신소설이 등장하기 전의 우리 소설을 통틀어 일컫는 말이다.

우리 고전소설은 비록 한문으로 작성되었지만 15세기 김시습의 〈금오신화〉로부터 시작되어 16세기 허균의 〈홍길동전〉을 거쳐 17세기 김만중의 〈구운몽〉으로 이어져 18~19세기는 고전소설의 시기라고 불릴 만큼 많은 작품들이 우리 조상들의 사랑을 받아왔다.

서양에서 소설의 시작은 첫째 서사시에서부터 시작되었다는 견해, 둘째 로망에서 시작되었다는 견해, 셋째 근대소설에서 시작되었다는 견해가 있는데, 우리의 소설은 그 시작을 〈삼국유사〉의 설화에서부터 찾을 수 있고 고려시대의 가전체 작품을 거쳐 15세기 김시습의 〈금오신화〉로 형성되었다고 한다. 첫 번째 견해와 두 번째 견해는 소설의 특징을 이야기라고 보는 관점이고, 세 번째는 소설의 특징은 인간의 탐구에 있다는 점이다.

서양의 경우 인간의 탐구는 근대소설에서부터 나타나고 있다. 근대소설 이전의 작품들이 주로 이야기에 초점이 맞추어져 있다면 근대소설은 인간을 관찰하고 묘사하는 데 초점이 놓여져 있다. 인간에 대한 탐구는 그 인간이 살아가는 현실에 대한 탐구이며, 이는 현실에 대한 올바른 비판에서부터 시작된다. 비록 우리의 고전소설이 이야기 중심이며 인간에 대한 탐구가 부족한 것은 사실이지만, 고전소설들의 작자들을 살펴볼 때 그들은 당시 현실에 대해 상당히 비판적이었으며, 그 시대의 문제를 직시하고 있는 지식인들이었다. 따라서 우리는 그들의 작품들을 통해서 그들이 생활했던 당시 사회상을 파악하고 그 사회의 문제를 이해할 수 있게 된다.

아무쪼록 이 책이 우리의 고전을 읽고 이해하는 데 조금이나마 도움이 되기를 희망하며, 과거 선인들의 삶의 모습을 통해 보다 풍요로운 우리의 미래를 가꿀 수 있는 계기가 되길 바란다.

엮은이

차례

홍길동전

洪吉童傳

홍길동전 洪吉童傳

허 균

조선조 세종 때에 한 재상이 있었으니, 성은 홍씨요 이름은 모(某)였다. 대대로 명문거족의 후예로서 어린 나이에 급제해 벼슬이 이조판서에까지 이르렀다. 물망이 조야(朝野)[1]에 으뜸인데다 충효까지 갖추어 그 이름을 온 나라에 떨쳤다.

일찍이 두 아들을 두었는데, 하나는 이름이 인형으로서 본처 유씨가 낳은 아들이고, 다른 하나는 이름이 길동으로서 시비 춘섬이 낳은 아들이었다.

공이 길동을 낳기 전에 꿈을 꾸었는데 갑자기 우레와 벽력이 진동

1) 조정과 재야

하며 하늘에서 청룡이 공을 향하여 달려들기에, 놀라 깨니 한바탕 꿈이었다.

공이 마음 속으로 크게 기뻐하여 생각하기를, '내 이제 용꿈을 꾸었으니 반드시 귀한 자식을 낳으리라.'

공이 즉시 내당으로 들어가니, 부인 유씨가 일어나 맞이하였다. 공은 기꺼이 그 고운 손을 잡고 바로 관계하고자 하였으나, 부인은 정색을 하고 말했다.

"상공께서는 위신을 돌아보지도 않은 채 어리고 경박한 사람의 비루한 행위를 하고자 하시니, 첩은 따르지 않겠습니다."

공은 몹시 무안하여 화를 참지 못하고 외당으로 나와 부인의 지혜롭지 못함을 한탄하였다.

그때 마침 시비 춘섬이 차를 올리기에, 그 고요한 분위기를 틈타 춘섬을 이끌고 곁방에 들어가 바로 관계하였다. 그 무렵 춘섬의 나이는 열여덟이었는데, 한번 몸을 허락한 후에는 문밖에 나가지 아니하고 타인과 접촉할 마음도 먹지 않기에, 공이 기특하게 여겨 애첩으로 삼았다.

과연 그 달부터 태기가 있더니 열 달만에 옥동자를 낳았는데, 생김새가 비범하여 실로 영웅호걸의 기상이었다. 공은 한편으로 기뻐하면서도 부인의 몸에서 태어나지 못한 것을 안타깝게 여겼다.

길동이 점점 자라 여덟 살이 되자, 총명하기가 보통이 넘어 하나를 들으면 백 가지를 통하니 공이 더욱 애중(愛重)하나 출생이 천해, 길동이 아버지니 형이니 하고 부르면, 즉시 꾸짖어 못하게 하였다. 길동이 나이 열 살이 넘도록 감히 아버지를 아버지라, 형을 형이라 부르지 못하니, 종들로부터 천대받는 것을 각골통한(刻骨痛恨)[2]하여 마음 둘 바를 몰랐다.

"대장부가 세상에 나서 공맹을 본받지 못할 바에야, 차라리 병법이라도 익혀 대장인(大將印)[3]을 허리에 차고 동정서벌(東征西伐)[4]하여 나라에 큰 공을 세우고 이름을 만대에 빛내는 것이 장부의 통쾌한 일이 아니겠는가. 나는 어찌하여 일신이 적막하고, 부형이 있는데도 아버지를 아버지라 부르지 못하고 형을 형이라 부르지 못해 심장이 터질 것 같으니, 이 어찌 통탄할 일이 아니겠는가!"

길동이 말을 마치며 뜰로 나가 검술을 익히는데, 그때 마침 공이 또한 달빛을 구경하다가, 길동이 서성거리는 것을 보고 즉시 불러 물었다.

"네 무슨 흥이 있어서 밤이 깊도록 잠을 자지 않느냐?"

길동은 공경하는 자세로 대답했다.

"소인은 마침 달빛을 즐기는 중이었습니다. 그런데, 하늘이 만물을 내시매 오직 사람이 귀하옵거늘, 소인에게는 귀함이 없사오니, 어찌 사람이라 하오리까?"

공이 그 말을 듣고 길동의 마음을 짐작했지만, 일부러 책망했다.

---

2) 뼈에 사무치도록 마음속 깊이 맺힌 원한
3) 장수(將帥)가 차던 병부(兵符)의 신표
4) 여러 나라를 이리저리 정벌함.

"네 무슨 말이냐?"

"소인이 평생 설워하는 바는, 소인이 대감 정기를 받아 당당한 남자로 태어났고, 또 낳아 길러 주신 부모님의 은혜를 입었음에도 불구하고, 아버지를 아버지라 못하옵고, 형을 형이라 못하오니, 어찌 사람이라 하오리까?"

길동이 눈물을 흘리며 단삼(單衫)[5]을 적시거늘, 공이 듣고 측은하다는 생각은 들었으나, 그 마음을 위로하면 마음이 방자해질까 염려되어 크게 꾸짖어 말했다.

"재상 집안에 천한 종의 몸에서 태어난 자식이 너뿐이 아닌데, 네가 어찌 이다지 방자하냐? 차후 다시 이런 말을 하면 내 눈앞에 서지도 못하게 하겠다."

이렇게 꾸짖으니 길동은 감히 한 마디도 더 하지 못하고, 다만 땅에 엎드려 눈물을 흘릴 뿐이었다. 공이 물러가라 하자, 그제서야 길동은 침소로 돌아와 슬퍼해 마지않았다.

길동이 본래 재주가 뛰어나고 도량이 활달한지라 마음을 진정치 못해 밤이면 잠을 이루지 못하더니 하루는 길동이 어미 침소에 가 울면서 아뢰었다.

"소자가 모친과 더불어 전생 연분이 중하여, 금세에 모자가 되었으니, 그 은혜가 망극하옵니다. 그러나 소자의 팔자가 기박하여 천한 몸

5) 적삼. 윗도리에 입는 홑저고리

이 되었으니 품은 한이 깊사옵니다. 장부가 세상에 살면서 남의 천대를 받음이 불가한지라, 소자는 자연히 설움을 억제하지 못하여 모친 슬하를 떠나려 하오니, 엎드려 바라건대 모친께서는 소자를 염려하지 마시고 귀체를 보중(保重)하소서."

춘섬이 이 말을 듣고 나서 크게 놀라 말했다.

"재상가의 천생이 너뿐이 아니거늘, 어찌 마음을 좁게 먹어 어미 간장을 태우느냐?"

길동이 대답했다.

"옛날, 장충의 아들 길산은 비록 천생이로되, 열세 살에 그 어미와 이별하고 운봉산에 들어가 도를 닦아 아름다운 이름을 후세에 전하였습니다. 소자도 그를 본받아 세상을 벗어나려 하오니, 모친은 안심하고 후일을 기다리십시오. 근간에 곡산댁의 눈치를 보니 상공의 은총을 잃을까하여 우리 모자를 원수같이 알고 있습니다. 큰 화를 입을까 하오니 모친께서는 소자가 나감을 염려하지 마십시오."

이에 그 어머니 또한 슬퍼하더라.

원래 곡산댁은 곡산 지방의 기생으로 상공의 총첩(寵妾)[6]이 되었는데, 이름은 초란이었다. 아주 교만하고 자기 마음에 맞지 않으면 공에게 고자질을 하기에, 집안에 폐단이 무수하였다. 자신은 아들이 없는데, 춘섬이 길동을 낳아 상공으로부터 늘 귀여움을 받게 되자, 속으로 불쾌하

6) 총애를 받는 첩

여 길동을 없애 버릴 마음만 먹고 관상녀와 내통하여 길동을 위험한 인물이라고 모함하기에 이르렀다. 드디어는 길동을 없애고자 천금을 들여 특재란 자객을 구하였다.

한편, 길동은 그 원통한 일을 생각하니 잠시를 머물지 못할 바이지만, 상공의 엄령이 지중하므로 어찌 수가 없어 밤마다 잠을 설치고 있었다. 그런데 어느날 밤, 촛불을 밝혀 놓고 주역을 읽고 있는데, 문득 들으니 까마귀가 세 번 울고 갔다. 길동은 이상한 예감이 들었다.

"저 짐승은 본래 밤을 꺼리거늘, 이제 울고 가니 심히 불길하도다."

길동이 잠시 팔괘(八卦)[7]로 점을 쳐보고는, 크게 놀라 책상을 밀치고 둔갑법으로 몸을 숨긴 채 동정을 살피고 있었다. 사경(四更)[8]쯤 되자 한 사람이 비수를 들고 천천히 방문으로 들어오는지라 길동이 급히 몸을 감추고 주문을 외니, 홀연 한 줄기의 음산한 바람이 일어나면서, 집은 간 데 없고 첩첩산중에 풍경이 굉장하였다.

크게 놀란 특재는 길동의 조화가 신기함을 알고 비수를 감추며 피하고자 했으나, 갑자기 길이 끊어지면서 층암절벽이 가로막자, 진퇴유곡(進退維谷)[9]이라 사방으로 방황하는데 어디선가 문득 피리 소리 들리

7) 중국 상고 시대에 복희씨(伏羲氏)가 지었다는 여덟 가지 괘. 곧, 건(乾)·태(兌)·이(離)·진(震)·손(巽)·감(坎)·간(艮)·곤(坤)
8) 하루의 밤을 다섯으로 나눈 넷째 시각. 상오 1시부터 3시까지
9) '나아갈 수도 물러설 수도 없이 궁지에 몰려 있음'을 이르는 말. 진퇴양난

거늘 정신을 차리고 살펴보니, 한 소년이 나귀를 타고 오며 피리 불기를 그치고 특재를 크게 꾸짖었다.

"너는 무엇 때문에 나를 죽이려 하는가? 무죄한 사람을 해치면 어찌 하늘의 재앙이 없으랴?"

길동이 주문을 외니, 홀연히 검은 구름이 일어나며 큰 비가 물을 퍼붓듯이 쏟아지고 모래와 자갈이 날리었다. 특재가 정신을 가다듬고 살펴보니 길동이었다. 특재는 길동의 재주가 대단하다고는 여기면서도 달려들면서 크게 소리쳤다.

"어찌 나를 대적하리오! 너는 죽어도 나를 원망하지 말라. 초란이 무녀와 관상녀로 하여금 상공과 의논하게 하고, 너를 죽이려 한 것이니, 어찌 나를 원망하랴."

칼을 들고 달려드는 특재를 보자, 길동은 분함을 참지 못해 요술로 특재의 칼을 빼앗아 들고 호통을 쳤다.

"네가 재물을 탐내어 사람 죽이기를 좋아하니, 너같이 무도한 놈은 죽여서 후환을 없애겠다."

길동이 칼을 드니, 특재의 머리가 방 가운데 떨어졌다. 길동은 분노를 이기지 못해 그 날 밤에 바로 관상녀를 잡아 와 특재가 죽어 있는 방에 처박고 꾸짖었다.

"네가 나와 무슨 원수졌기에 초란과 짜고 나를 죽이려 했느냐?"

이에 관상녀의 목을 칼로 치니, 처참하기 그지없었다.

이때 길동이 두 사람을 죽이고 하늘을 살펴보니, 은하수는 서쪽으로 기울어지고 달빛은 희미하여 슬픈 심회를 돕는지라 길동이 분함을 참지 못하여 초란마저 죽이고자 하였으나, 상공이 사랑하는 여자라, 칼을 던지고 달아나 목숨이나 건지기로 마음먹었다. 바로 상공 침소에 가 하직 인사를 올리고자 하는데, 마침 공도 창 밖의 인기척을 듣고서 창문을 열고 살폈다. 공은 길동임을 알고 불러 말했다.

"밤이 깊었거늘 네 어찌 자지 않고 이렇게 방황하느냐?"

길동은 땅에 엎드려 아뢰었다.

"소인이 일찍 부모님께서 낳아 길러 주신 은혜를 만분의 일이나마 갚을까 하였더니, 집안에 의롭지 못한 사람이 있어 상공께 참소(讒訴)[10] 하고 소인을 죽이고자 하기에, 겨우 목숨은 보전하였사오나, 상공을 오래 모실 길이 없기로 오늘 상공께 하직을 고하옵니다."

공이 크게 놀라 물었다.

"네 무슨 일이 있어서 어린 아이가 집을 버리고 어디로 가겠다는 거냐?"

길동이 대답했다.

"날이 밝으면 자연 사실을 아시게 되려니와, 소인의 신세는 뜬구름과 같사옵니다. 상공의 버린 자식이 어찌 갈 곳이 있겠나이까?"

길동이 두 줄기의 눈물을 감당하지 못해 말을 잇지 못하자, 공은 그 모습을 보고 측은한 마음이 들어 타일렀다.

---

10) 남을 헐뜯어서 없는 죄를 있는 듯이 꾸며 고해 바치는 일

"내가 너의 품은 한을 짐작하겠으니, 오늘부터는 아버지를 아버지라 부르고 형을 형이라 불러도 좋다."

길동이 절하고 아뢰었다.

"소자의 한 가닥 지극한 한을 아버지께서 풀어 주시니 죽어도 한이 없습니다. 엎드려 바라옵건대, 아버지께서는 만수무강하십시오."

이렇게 말하고 하직하니, 공이 더 이상 붙잡지 못하고 다만 무사하기만을 당부하더라. 길동이 또 어머니 침소에 가서 작별 인사를 하였다.

"소자는 지금 어머니 슬하를 떠나려 하오나 다시 모실 날이 있을 것이니, 어머니는 그 사이 귀체를 보중하소서."

춘섬이 이 말을 듣고 무슨 까닭이 있음을 짐작하나 굳이 묻지는 않고 하직하는 아들의 손을 잡고 통곡하면서 말했다.

"네 어디로 가려 하느냐? 한집에 있어도 처소가 멀어 늘 보고 싶었는데, 이제 너를 정처없이 보내고 어찌 잊으랴. 너는 부디 쉬 돌아와 서로 만나기를 바란다."

길동이 절하고 문을 나와 멀리 바라보니 첩첩한 산중에 구름만 자욱한데 정처 없이 길을 가니 어찌 가련치 않으리오.

한편, 초란은 특재의 소식이 없자 이상하다 싶어 사정을 알아 보라 했더니, 길동은 간 데가 없고 특재와 관상녀의 시신만 방안에 있더라고 했다. 이에 혼비백산하여 급히 부인에게 알리니, 부인은 크게 놀라 인형을 불러 이 일을 이야기하고 상공에게도 알렸다. 이 소식에 접한 상공은 대경실색하며 말했다.

"길동이 밤에 와 슬피 하직하기에 이상하다 여겼더니, 결국 이런 일이 벌어졌구나."

이에 인형이 감히 사실을 숨기지 못하여 초란이 그 동안에 한 일을 아뢰었더니, 공은 더욱 분노하여 초란을 내쫓고 조용히 그 시체를 없앤 후, 노복들을 불러 말을 내지 말 것을 분부하였다.

그 무렵, 길동은 부모와 이별하고 정처 없이 떠돌다가, 한 곳에 다다르니 경개가 절승이었다. 인가를 찾아 점점 들어가니 큰 바위 밑에 돌문이 닫혀 있었다. 가만히 그 문을 열고 들어가자 넓은 평야에 수백 호의 인가가 즐비하게 들어서 있고, 여러 사람이 모여 잔치를 하며 즐기고 있었다. 알고 보니 그곳은 도적의 소굴이었다. 한 사람이 길동을 보고 예사롭지 않다는 듯 반겨 말했다.

"그대는 어떤 사람이기에 이곳에 찾아 왔소? 이곳은 영웅이 모여 있으나, 아직 우두머리를 정하지 못하고 있으니, 그대가 만일 용력(勇力)이 있어 우리와 함께 일을 하고자 할진대 저 돌을 들어 보시오."

길동이 이 말을 듣고 다행히 여겨 절하고 말했다.

"나는 경성 홍판서의 서자 길동인데, 집에서 천대받기가 싫어서 아무 데나 정처없이 다니다가, 우연히 이곳에 들어왔소. 마침 모든 호걸들이 동료되기를 바라니 대단히 감사하거니와, 장부가 어찌 저만한 돌 들기를 근심하리오."

길동이 그 돌을 들어 수십 보를 걷다가 던졌는데, 그 돌 무게는 천근이었다. 이 광경을 지켜보고 있던 여러 도적들이 일시에 칭찬해 마지 않았다.

"과연 장사로다. 우리 수천 명 중에 이 돌 드는 자가 없더니, 오늘 하늘이 도와 장군을 내려주셨도다."

그들은 길동을 윗자리에 앉힌 뒤, 차례로 술을 권하며 백말을 잡아 그 피로 맹세하고 언약을 굳게 다지니, 이에 많은 사람들이 다 응락하고 온 종일 즐기며 놀았다.

이후로 길동은 그들과 더불어 무예를 연습해 수개월 안에 군법을 엄히 세웠다.

하루는 그들이 제의를 했다.

"우리가 벌써부터 합천 해인사를 쳐 그 재물을 빼앗고자 하였으나, 지략이 부족하여 실천에 옮기지 못했는데, 이제 장군님 의견은 어떠하신지요?"

길동은 웃으며 말했다.

"내가 장차 출동할 터이니, 그대들은 내 지휘대로만 하라."

길동은 청포 흑대에 나귀를 타고 부하 몇 명을 데리고 갔다.

"내가 그 절에 가서 동정을 살펴보고 오겠다."

길동이 그 절에 들어가 주지에게 먼저 말했다.

"나는 경성 홍판서댁 자제다. 이 절에 공부를 하려고 왔는데, 내일 백미 이십 석을 보낼 것이니, 음식을 깨끗이 장만하라. 너희들과 함께 먹겠다."

길동이 절 안을 두루 살펴보며 뒷날을 기약하고 동구를 나오니 모든 중들이 기뻐하였다.

길동이 돌아와 백미 수십 석을 보내고 부하들을 불러 놓고 말했다.

"내가 아무 날 그 절에 가 이리이리 할 것이니, 그대들은 뒤를 따라와 이리이리 하라."

그 날이 다가와 부하 수십 명을 데리고 해인사에 이르니, 중들이 맞이해 들어갔다. 길동이 맨 윗자리에 앉아, 모든 중들을 청해 각기 상을 받게 하고는, 먼저 술을 마시며 차례로 권하니, 모든 중이 황감해 하였다. 길동이 상을 받고 먹다가 모래를 슬그머니 입에 넣고 깨무니, 소리가 크게 났다. 중들이 듣고 놀라 사과를 했지만, 길동은 일부러 화를 내어 꾸짖었다.

"너희들이 음식을 어찌 이다지 깨끗하지 않게 했느냐? 이는 반드시 나를 능멸함이다."

길동이 부하들을 시켜 모든 중을 결박하여 앉히니, 모두가 겁이 나

서 어쩔 줄을 몰랐다. 이윽고 수백 명이 일시에 달려들어 모든 재물을 제 것 가져가듯 하니, 중들이 보고 다만 입으로 소리만 지를 따름이었다. 이때 한 사람이 마침 그때 돌아오다가 이 일을 보고 관가에 알리니, 관군들이 도적을 쫓다가 문득 보니 송낙(松蘿)[11]을 쓰고 장삼을 입은 중이 산에 올라가 외쳤다.

"도적이 저 북쪽의 작은 길로 가니 빨리 가 잡으시오."

관군들은 그 절 중이 가르치는 줄 알고, 풍우같이 그 길로 찾아 가다가 잡지도 못하고 날이 저문 후에 돌아갔다. 길동은 부하들을 남쪽의 큰길로 보내고 홀로 중의 차림으로 관군을 속여 무사히 소굴로 돌아오니, 모든 부하들이 이미 재물을 가져다 놓고 있었다.

그 후, 길동은 스스로 그 무리를 일러 활빈당(活貧黨)이라 이름하여 조선 팔도로 다니며 각읍 수령이 불의로 모은 재물이 있으면 탈취하고, 혹 가난하고 의지할 데 없는 사람이 있으면 구제하되, 백성의 재물은 털끝만큼도 범치 아니하고 나라에 속한 재산 또한 추호도 손을 대지 않았다. 그래서 부하들은 그 뜻에 감복하였다.

"이제 함경 감사가 탐관오리로 백성을 착취해 견딜 수 없게 되었는지라, 우리가 그대로 둘 수 없으니, 그대들은 나의 지휘대로 하라."

그들은 아무 날 밤으로 기약을 정하여 남문밖에 불을 질렀다. 감사가 크게 놀라 불을 끄라 하니, 관리며 백성들이 한꺼번에 달려나와 불

11) 소나무겨우살이로 만든, 여승(女僧)이 쓰던 모자

을 끄는데, 길동의 부대 수백 명이 함께 성중에 달려들어 전곡과 군기를 수탈하여 북문으로 달아나니, 감사가 뜻밖의 변을 당하여 어쩔 줄을 모르다가 날이 밝은 후 살펴보고서야 창고의 무기와 곡식이 없어졌음을 알고 크게 놀라 도적 잡기에 전력을 기울였다. 그런데 홀연 북문에 방이 붙기를 '아무 날 돈과 곡식을 도적한 자는 활빈당 당수 홍길동이라' 하였기에, 감사가 군사를 징발하여 도적을 잡으려 하였다.

하루는 길동이 여러 부하를 모으고 말했다.

"이제 우리가 합천 해인사에 가 재물을 탈취하고 또 함경 감영에 가 돈과 곡식을 훔쳐서 소문이 파다하려니와, 나의 이름을 써서 감영에 붙였으니 오래지 않아 잡히기 쉬울 것이다. 그러나 그대들은 과히 걱정을 하지 않아도 좋을 것이니, 이제 나의 재주를 보라."

길동이 짚으로 사람 일곱을 만들어 주문을 외며 혼백을 붙이니 일곱 길동이 한꺼번에 팔을 뽐내며 크게 소리치고 한 곳에 모여 야단스럽게 지껄이니, 어느 것이 진짜 길동인지 알 수가 없었다. 팔도에 하나씩 흩어지되, 각각 사람 수백 명씩 거느리고 다니니, 그 중에서 어느 것이 진짜 홍길동인지 알 수가 없었다. 바람을 부르고 비를 부르는 술법을 행하며, 각 고을의 곡식을 하룻밤 사이에 종적 없이 가져가고, 지방에서 서울로 올려 보내는 봉물을 탈취하니, 팔도의 각 고을이 소요하여져서 감사나 원이나 관속들은 밤에 제대로 잠을 자지 못하고 낮에 길에는 행인이 그쳤으니, 이 때문에 팔도가 요란해지자, 임금이 크게 놀라 길동 잡기를 명하였다.

"이 도적의 용맹과 술법은 옛날 중국의 도적 치우(蚩尤)[12]라도 당하지 못하겠도다. 아무리 신기한 놈인들 한 몸이 팔도에 있어서 한 날 한 시에 어떻게 도적질을 하리오? 이는 보통 도적이 아니어서 잡기 어렵겠으니, 좌포장과 우포장이 군사를 내어서 잡으라."

이에 우포장 이흡이 아뢰었다.

"신이 비록 재주는 없으나 그 도적을 잡아 오겠사오니, 전하께서는 근심하지 마십시오. 이제 좌우포장이 어찌 한꺼번에 출전하겠습니까?"

임금이 옳다고 여겨 급히 출발하기를 재촉하니, 이흡이 하직한 후 수많은 관졸을 거느리고 출발하면서, 각각 흩어져 아무 날 문경에 모이기로 약속하였다. 이흡은 약간의 포졸들을 데리고 변복한 채 다니다가 하루는 날이 저물어 주점을 찾아 쉬고 있는데, 갑자기 어떤 소년이 나귀를 타고 들어와 말했다.

"홍길동이라는 도적이 팔도로 다니며 소란을 피워 인심이 동요하고 있는데, 그 놈을 잡아 없애지 못하니 어찌 분하지 않겠습니까?"

"그대가 기골이 장대하고 말씀이 충직하니, 나와 함께 그 도적을 잡는 것이 어떠한가?"

"내가 벌써 잡고자 하면서도 용력 있는 사람을 만나지 못하여 그냥 있었는데, 이제 그대를 만났으니 어찌 다행이 아니겠소? 그러나 그대의 재주를 알 수 없으니 그윽한 곳에 가서 시험합시다."

12) 중국 전설상의 인물로 짙은 안개를 일으켜 상대를 물리치는 등 그 술법이 특이했다고 한다.

이에 한 곳에 이르러 높은 바위 위에 올라앉으면서 소년이 말했다.

"그대는 힘을 다하여 두 발로 나를 차 떨어뜨리시오."

포장이 생각하되, '제 아무리 용력이 있은들 한번 차면 어찌 떨어지지 않으리오.' 하고, 평생 힘을 다하여 두 발로 힘껏 차니 그 소년이 갑자기 돌아앉으며 말했다.

"그대는 정말 장사로다. 내가 여러 사람을 시험해 보았지만, 나를 움직이게 한 자가 없었는데, 그대에게 차이어 오장이 울린 듯하도다. 그대가 나를 따라 오면 길동을 잡을 것이오."

소년이 첩첩산중으로 들어가기에, 포장이 생각하되 '나도 힘을 자랑할 만하더니 오늘 저 소년의 힘을 보니 어찌 놀랍지 않은가! 그러나 이곳까지 왔으니 설마 저 소년 혼자인들 길동 잡기를 근심하리오.' 하고 따라갔다. 그때 소년이 갑자기 돌아서면서 말했다.

"이곳이 길동의 소굴인데, 내가 먼저 들어가 탐지할 것이니, 그대는 여기서 기다리시오."

포장은 속으로 의심은 되었으나, 빨리 잡아오라고 당부하거늘 홀연히 계곡으로부터 수십 명의 군졸들이 요란하게 소리를 지르며 내려오고 있었다. 포장이 크게 놀라 피하고자 하였으나 그들에게 결박당하였다.

"네가 포도대장 이흡인가? 우리들이 저승의 왕명을 받아 너를 잡으러 왔다."

그들이 쇠사슬로 목을 옭아 풍우같이 몰아가니, 포장이 혼이 빠져 어쩔 줄을 몰랐다. 한곳에 이르러 소리를 지르며 꿇어앉히기에 포장이 정신을 가다듬어 쳐다보니, 궁궐이 광대한데 무수한 신장들이 주위에 벌여서 있고, 전상에 임금이 앉아 성난 목소리로 말했다.

"네 하찮은 놈이 어찌 홍장군을 잡으려 하는가? 너를 잡아 지옥에 가두겠다."

포장이 겨우 정신을 차려 애걸하며 말했다.

"소인은 인간 세상의 보잘것없는 사람인데, 죄도 없이 잡혀 왔으니, 살려보내 주시기 바랍니다."

전상에서 웃으며 꾸짖었다.

"이 사람아. 나를 자세히 보라. 나는 곧 활빈당 우두머리 홍길동이다. 그대가 나를 잡으려 하기에 그 용력과 뜻을 알고자, 내가 소년처럼 꾸며 그대를 인도해 이곳에 와서 나의 위엄을 보게 함이다. 그대는 부질없이 다니지 말고 빨리 돌아가되, 나를 보았다 하면 반드시 죄를 추궁 당할 것이니, 부디 그런 말은 내지 말라."

이렇게 말하고는, 술을 부어 권하면서 부하들에게 내어 보내라 하였다.

이때, 임금이 팔도에 공문을 내려 길동을 잡도록 하였지만, 그 조화가 무궁하여 서울의 큰길에 혹은 초헌[13] 타고 왕래하고, 혹은 각 고을에 도착 날짜를 미리 공문으로 알려 놓고는 가마를 타고 왕래하기도 하며,

13) 종2품 이상의 관원이 타던, 높은 외바퀴가 달린 수레

혹은 어사의 모습을 꾸며 탐관오리의 목을 자르고 임금에게 보고하되 가어사 홍길동이 올리는 계문(啓聞)[14]이라 했다. 이에 임금은 더욱 진노하였다.

"이 놈이 각도에 다니며 이런 난리를 치는데도 아무도 잡지 못하니, 이를 장차 어찌하리오?"

이에 삼정승과 육판서를 모아 놓고 의논을 하시니, 그때 연이어 장계(狀啓)[15] 오르니 다 팔도에 홍길동이 작란한다는 내용의 공문이었다. 임금이 차례대로 보고는 크게 근심하여 주위를 돌아보면서 물었다.

"이 놈이 아마 사람은 아니고 귀신인 것 같소. 조신 중에서 누가 그 근본을 짐작할 수 있겠소?"

한 사람이 나와서 아뢰었다.

"홍길동은 전임 이조판서 홍아무개의 서자요, 병조좌랑 홍인형의 서제이오니, 이제 그 부자를 잡아 와서 친히 문초하시면 자연히 아실까 하옵니다."

이에 홍아무개는 의금부에 가두고, 먼저 인형을 잡아들여 임금이 몸소 문초를 하였다. 임금이 진노하여 꾸짖었다.

"길동이라는 도적이 너의 서제라는데, 어찌 조치하지 않고 그냥 두어 국가에 큰 환란이 되게 한단 말인가? 네가 만일 잡아들이지 않으면, 네 부자를 처벌하리니, 빨리 잡아들여 나라에 대변이 없게 하라."

---

14) 관찰사, 어사 등이 임금에게 글로써 아뢰
15) 감사나 왕명으로 지방에 파견된 벼슬아치가 글로 써서 올리던 보고

인형이 황공하여 관을 벗고 머리를 조아리며 아뢰었다.

"신의 천한 아우가 있어 일찍 사람을 죽이고 달아난 지 몇 년이나 지났으되, 그 생사를 알지 못하여 신의 늙은 아비 그 때문에 신병이 위중한 나머지 목숨이 끊어질 지경에 이르렀습니다. 길동이 착하지 못하여 성상께 근심을 끼쳤으니, 신의 죄는 만 번 죽어도 애석하지 않사옵니다. 그러나 엎드려 바라옵건대, 전하께서는 자비로운 은택을 내려 신의 아비 죄를 용서하시와, 집에 돌아가 조리하게 하시면, 신이 죽음으로써 맹서하고 길동을 잡아 저희 부자의 죄를 면하올까 하옵니다."

임금이 다 듣고 나자 감동하여 즉시 홍아무개를 사면하고, 인형에게 경상 감사를 제수(除授)[16]하고 일 년의 기한을 주니, 인형이 하직하고 나와 그날로 감영에 도임하고 각 고을에 방을 붙였다. 그 내용은 길동을 달래는 것이었는데, 다음과 같았다.

"사람이 세상에 남에, 오륜이 으뜸이요, 오륜이 있음으로써 인의예지가 분명하거늘, 이를 알지 못하고 군부의 명을 거역해 불충불효가 되면 어찌 세상에 용납하리요. 우리 아우 길동은 이런 일을 알 것이니 스스로 형을 찾아와 사로잡히라. 아버지께서 너로 말미암아 고칠 수 없는 병환이 들고, 성상께서 크게 근심하시니, 너의 죄악은 가득 차서 넘치는 셈이다. 이 때문에 나를 특별히 도백(道伯)[17]을 제수하시어 너를 잡아 들이라 하신다. 만일 잡지 못하면 우리 홍씨 집안의 누대 청덕이 하

16) 벼슬에 천거하는 절차를 따르지 않고 임금이 직접 벼슬을 내리던 일
17) 관찰사. '도지사'를 예스럽게 이르는 말

루에 멸하리니 어찌 슬프지 않으랴. 바라나니 아우 길동은 이를 생각하여 일찍 자수하면 너의 죄도 덜릴 것이요, 우리 가문도 보존할 것이니, 너는 만번 생각하여 자수하라."

감사가 이 공문을 각 고을에 붙인 뒤 다른 공사는 전폐한 채 길동이 자수하기만 기다리고 있었다.

하루는 나귀를 탄 소년 하나가 하인 수십 명을 거느리고 병영 문 밖에 와 뵙기를 청한다 하기에, 감사가 들어오라 하니, 그 소년이 당상에 올라와 인사를 했다. 감사가 눈을 들어 자세히 보니 그토록 기다리던 길동인지라, 기쁘고도 놀라와 주위 사람들을 물러가게 하고, 손을 잡고 흐느껴 울면서 말했다.

"길동아, 네가 한 번 집을 떠난 뒤 생사를 알지 못하여 아버지께서는 고칠 수 없는 병을 얻으셨다. 너는 갈수록 불효를 끼칠 뿐 아니라 나라에 큰 근심이 되게 하니, 무슨 마음으로 불충불효를 하며 또한 도적이 되어 세상에 비할 데 없는 죄를 짓느냐? 이 때문에 성상께서 진노하시어 나로 하여금 너를 잡아들이도록 하셨다. 이는 피치 못할 죄이니 너는 일찍 서울로 올라가 천명을 받을 것이라."

"천한 소생 길동이 여기에 왔음은 부형을 위태로움으로부터 구하기 위한 것이니, 어찌 다른 말이 있겠습니까? 대감께서 당초에 천한 길동을 위하여 아버지를 아버지라 부르게 하고 형을 형이라 부르게 하셨던들 어찌 여기까지 이르렀겠습니까? 지나간 일은 말해 봐야 쓸데없거니와, 이제 소제(少弟)[18]를 묶어 서울로 올려보내소서."

감사는 이 말을 듣고 한편 슬퍼하면서도 길동을 결박하여 서울로 보냈다. 이때, 팔도에서 다 길동을 잡아 올리니, 조정과 서울 사람들이 어찌된 영문인지를 아무도 몰랐다. 임금이 놀라서 온 조정의 신하들을 모으고, 몸소 죄인을 다스리는데, 그들이 서로 다투면서 말하기를, "네가 진짜 길동이지 나는 아니다."하며 서로 싸우니, 어느 것이 진짜 길동인지 분간할 수가 없었다. 임금이 괴이히 여겨 즉시 홍아무개를 불러 말했다.

"자식을 알아보는 데는 아비 만한 자가 없다 하니, 저 여덟 중에서 경의 아들을 찾아내라."

홍공이 황공하여 머리를 조아리면서 아뢰었다.

"신의 천한 자식 길동은 왼편 다리에 붉은 혈점이 있사오니, 그것으로써 알 수 있을 것입니다."

이에 홍아무개가 여덟 길동을 꾸짖었다.

18) 자기보다 나이가 조금 위인 사람에게 '자기'를 낮추어 일컫는 말

"지척에 임금님이 계시고 아래로 아비가 있는데, 네가 이렇듯 천고에 없는 죄를 지었으니 죽기를 아끼지 말라."

길동이 눈물을 흘리며 말했다.

"신의 아비가 국은을 많이 입었사온데, 신이 어찌 감히 나쁜 짓을 하오리까마는, 신은 본래 천한 종의 몸에서 났는지라, 그 아비를 아비라 못하옵고 그 형을 형이라 못하와, 평생 한이 맺혔기에 집을 버리고 도적의 무리에 참여하였사옵니다. 그러나 백성은 추호도 범하지 않고 각 고을 수령이 백성들에게 착취한 재물만 빼앗았을 뿐입니다. 이제 죽어도 한이 없사오나 조선을 떠나 갈 곳이 있사오니, 엎드려 빌건대 성상께서는 근심하지 마시고 신을 잡으라는 공문을 거두어 주십시오."

길동이 말을 마치며 여덟 명이 한꺼번에 넘어지거늘, 자세히 보니 다 풀로 만든 허수아비였다. 임금이 더욱 놀라며 진짜 길동을 잡으라는 공문을 다시 팔도에 내렸다.

길동이 허수아비를 없애고 두루 다니다가 사대문에 방을 붙였다.

'소신 길동은 아무리 하여도 잡지 못할 것이오니, 병조판서 벼슬을 내리시면 잡히리라.'

임금이 그 글을 보고 신하들을 모아 의논하니, 여러 신하들이 말했다.

"이제 그 도적을 잡으려 하다가 잡지 못하고 도리어 병조판서를 제수하심은 이웃 나라에도 창피스러운 일입니다."

임금이 옳다고 여기고 다만 경상 감사에게 길동 잡기를 재촉하니, 경상 감사가 왕명을 받고는 황공하고 죄송하여 어쩔 줄을 몰랐다.

하루는 길동이 공중으로부터 내려와 절하고 말했다.

"제가 지금은 진짜 길동이오니, 형님께서는 아무 염려 마시고 결박하여 서울로 보내십시오."

감사가 이 말을 듣고는 손을 잡고 눈물을 흘리면서 말했다.

"이 철없는 아우야. 너도 나와 동기인데 부형의 가르침을 듣지 않고 온 나라를 떠들썩하게 하니, 어찌 애석하지 않겠느냐. 네가 이제 잡혀가기를 자원하니 도리어 기특하구나."

감사 길동의 왼쪽 다리를 보니, 과연 혈점이 있었다. 즉시 팔다리를 단단히 묶어 수레에 태운 뒤, 건장한 장교 수십 명을 뽑아 철통같이 싸고 풍우같이 몰아가나 길동의 안색은 조금도 변치 않았다. 여러 날만에 서울에 다다랐으나, 대궐 문에 이르러 길동이 한 번 몸을 움직이자 쇠사슬이 끊어지고 수레가 깨어져, 마치 매미가 허물 벗듯 공중으로 올라가며, 나는 듯이 운무에 묻혀 가 버렸다. 장교와 모든 군사가 어이없어 다만 궁중만 바라보며 넋을 잃을 따름이었다. 어쩔 수 없이 이 사실을 보고 하니, 임금이 듣고 크게 근심하였다.

"천고에 이런 일이 어디 있으랴?"

이에 여러 신하 중 한 사람이 아뢰었다.

"길동의 소원이 병조판서를 한 번 지내면 조선을 떠나리라 하니, 그 원을 풀면 제 스스로 은혜에 감사하오리니, 그때를 타 잡는 것이 좋을까 하옵니다."

임금이 옳다 여겨 즉시 길동에게 병조판서를 제수하고 사대문에 방

을 붙였다.

그때 길동이 이 말을 듣고 즉시 고관의 복장인 사모관대를 갖추고 수레에 의젓하게 높이 앉아 큰길로 버젓이 들어오면서 말하였다.

"이제 홍판서 사은(謝恩)하러 온다."

병조의 하급 관리들이 맞이해 궐내에 들어간 뒤, 여러 관원들이 의논하였다.

"길동이 오늘 사은하고 나올 것이니 도끼와 칼을 쓰는 군사를 매복시켰다가 나오거든 일시에 쳐죽이도록 하자."

길동이 궐내에 들어가 엄숙히 절하고 아뢰었다.

"소신이 죄악이 지중하온데, 도리어 은혜를 입사와 평생의 한을 풀고 돌아가면서 전하와 영원히 작별하오니, 부디 만수무강하소서."

길동이 말을 마치며 몸을 공중에 솟구쳐 구름에 싸여 가니, 그 가는 곳을 알 수 없더라.

길동이 조선을 떠나고자 남경으로 향하여 가다가 한 곳에 다다르니, 거기는 소위 율도국이었다. 사방을 살펴보니 산천이 깨끗하고 인물이 번성하여 가히 편안하게 살 만한 곳이라. 남경에 들어가 두루 다니면서 산천도 구경하고 인심도 살피다가 오봉산에 이르니, 정말 제일 가는 강산이었다. 주위가 칠백 리요, 옥야 전답이 가득하여 살기에 적당하였다. 마음 속으로 생각하기를 '내 이미 조선을 하직하였으니, 이곳에 와 은거하였다가 큰 일을 꾀하리라.'

길동이 쌀 천 석을 얻고 삼천 적당을 거느리고 남경 땅 제도섬으로 들어가, 수천 호의 집을 지은 뒤, 농업에 힘쓰고 무기 창고를 지으며 군법을 연습하니, 병사는 잘 훈련되고 양식은 풍족하게 되었다.

하루는 길동이 화살촉에 바를 약을 구하러 망탕산으로 가다가 낙천 땅에 이르렀다. 그곳에는 부자 백룡이라는 사람이 딸 하나를 두고 있었는데, 재질이 비상하여 애중하게 여기는 터였으나, 요괴에게 잡혀가 그 부모들 애간장을 태웠다. 이에 길동이 신통술을 부려 요괴를 깨끗이 없애 버리고, 두 여자를 구출해 각각 제 부모에게 돌려주니, 그 부모들은 크게 기뻐하면서 그 날로 길동을 맞아 사위를 삼았는데, 첫째 부인은 백소저요, 둘째 부인은 조소저였다. 길동이 하루아침에 두 아내를 얻은 후, 두 집 가족을 거느리고 제도섬으로 가니, 모든 사람이 반기며 치하하였다.

하루는 길동이 천문을 보다가 놀라 눈물을 흘리기에, 백소저가 물었다.

"무슨 일로 슬퍼하십니까?"

"내가 부모의 안부를 하늘의 별을 보고 짐작하더니, 지금 하늘을 본즉 부친의 병세가 위중하신지라, 오래지 않아 세상을 버리실 것 같소이다. 그러나 내 몸이 만 리 밖에 있어 거기에 이르지 못하니 이로 인해 마음이 아프구려."

이튿날 길동은 월봉산에 들어가 산역(山役)[19]을 시작하여 석물(石物)

19) 무덤을 만듦. 또는 그 작업

을 국릉과 같이 하였다. 그러고는 사람들을 시켜 한 척의 큰 배를 준비시켰다.

"조선국 서강(西江) 강변으로 몰고 가서 기다리라."

자신은 머리를 깎고 중의 모습으로 작은 배를 타고 조선으로 향하였다.

이 무렵, 홍판서는 홀연히 병을 얻어 위중해지자, 부인과 인형을 불러 말하였다.

"내가 죽어도 다른 한이 없으나, 길동의 생사를 알지 못하는 것이 한스럽구나. 제가 살아 있으면 찾아올 것이니, 적서를 구분하지 말고 제 어미를 잘 대접해라."

이에 곧 숨이 끊어지니, 온 집안이 슬픔에 잠겨 장사를 치르고자 하나, 묘터를 구하지 못해 난처하였다.

하루는 문지기가 아뢰었다.

"어떤 중이 와서 영위(靈位)[20]에 조문(弔問)하려 합니다."

이상하게 여겨 들어오라 했더니, 그 중이 들어와 목을 놓아 크게 우니, 모든 사람이 곡절을 몰라 서로 얼굴만 돌아보았다. 상주가 자세히 보니, 곧 길동이라 붙잡고 통곡하며 말했다.

20) 혼백 · 신 · 지방 따위의 신위를 통틀어 이르는 말

"아우냐. 그 사이 어디 갔더냐? 아버지께서 평소에 유언이 간절하셨는데, 이제 오니 어찌 자식의 도리이겠는가?"

인형이 길동의 손을 이끌고 내당에 들어가 부인을 뵈옵고 춘섬을 보게 하니 모자 붙들고 통곡한다.

"네가 어찌 중이 되어 다니느냐?"

길동이 대답했다.

"소자가 조선을 떠나 머리 깎고 중이 되어 지술(地術)[21]을 배웠지요. 이제 부친을 위하여 좋은 터를 구했으니, 모친은 염려 마십시오."

인형이 크게 기뻐하면서 말했다.

"너의 재주 기이한지라, 좋은 터를 구했다니 무슨 염려가 있으랴."

다음날 길동이 운구하여 제 모친을 모시고 서강 강변에 이르니, 지휘해 놓은 배가 기다리고 있었다. 배에 올라 화살같이 빨리 저어 한 곳에 다다르니, 여러 사람이 수십 척의 배를 대기시켜 놓고 있었다. 서로 반기며 호위하여 가니 그 광경이 대단하였다. 어언간 산 위에 다다르매, 인형이 자세히 본즉 산세가 웅장한지라, 길동의 지식을 못내 탄복하였다. 일을 마치고 함께 길동의 처소로 돌아오니, 백씨와 조씨가 시어머니와 시숙을 맞아 뵈옵는 한편, 인형과 춘랑은 못내 길동의 지식을 탄복하고, 또한 춘섬은 길동이 장성하였음을 칭찬하였다.

여러 날이 되자, 인형은 길동과 춘섬을 이별하면서 산소를 극진히

21) 풍수설에 따라 지리를 살펴서 묏자리나 집터의 좋고 나쁨을 점치는 술법

모시라 당부한 후, 산소에 하직하고 출발했다. 본국에 이르자, 부인을 뵈옵고 전후 사실을 말씀 드리니, 부인이 신기하게 여겼다.

한편, 길동이 제사를 극진히 받들어 삼상(三喪)[22]을 마치고 나서는, 모든 영웅을 모아 무예를 익히며 농업에 힘을 쓰니, 병사는 잘 조련되고 양식도 풍족했다.

이때 남쪽에는 율도국이라는 나라가 있었으니, 기름진 평야가 수천 리나 되어 실로 살기 좋은 나라라, 길동이 매양 이곳에 마음을 두고 있었다.

"내가 이제 율도국을 치고자 하니 그대들은 전심 전력하라."

마침내 길동이 대군을 이끌고 철봉산 아래 다다르니, 철봉 태수 김현충이 난데없는 군마를 보고 크게 놀라, 왕에게 보고하고 길동을 맞아 싸웠으나 한 번의 접전에 김현충의 목이 달아났다. 길동이 성 안으로 들어가 백성을 달래어 위로하였다. 정철로 철봉을 지키게 하고, 대군을 지휘해 움직여 바로 도성을 치는데, 격서(檄書)를 율도국에 보냈으니, 그 내용은 이러하였다.

"의병장 홍길동은 글을 율도왕에게 부치나니, 대저 임금은 한 사람의 임금이 아니요, 천하 사람의 임금이라. 내 하늘의 명을 받아 병사를 일으켜 먼저 철봉을 파하고 물밀 듯 들어오고 있으니, 왕은 싸우고자 하거든 싸우고, 그렇지 않으면 일찍 항복하여 살기를 도모하라."

---

22) '삼년상' 의 준말. 초상(初喪), 소상(小祥), 대상(大祥)을 아울러 이르는 말

왕이 놀라 자결하니 세자, 왕비 또한 자결하는지라. 길동이 성중에 들어가 백성을 달래어 안심시키고 왕위에 오른 후, 전의 율도왕으로 의령군을 봉했다. 마숙과 최철로 각각 좌의정과 우의정을 삼고, 나머지 여러 장수에게도 각각 벼슬을 내리니, 조정에 가득 찬 신하들이 만세를 불러 하례하였다.

길동이 삼자 이녀를 낳으니, 장자와 차자는 백씨 소생이고, 삼자와 차녀는 조씨 소생이었다. 장자 현으로 세자를 봉하고 그 나머지는 다 군으로 봉하였다. 길동이 나라를 다스린 지 삼 년에 국태민안하고 사방에 일이 없으니 태평세계라고 할 만하였다.

길동이 왕위에 오른 지 삼십 년에 갑자기 병이 들어 별세하니 나이 칠십 이세였다. 그 후 세자가 즉위하여 나라는 더욱 번창하고 백성들은 더욱 복되게 되어 대대로 이으면서 태평스럽게 살았더라.

작품의 이해

작가소개

허균(許筠, 1569~1618) : 조선 선조~광해군 때의 문인, 정치가로 호는 교산(蛟山) 또는 성소(惺所)이다. 본관은 양천(陽川)이며, 경상감사 허엽(許曄)의 3남 2녀 중 막내아들로 태어났다. 우성전(遇性戰)의 부인인 큰누나와 맏형 성(筬)은 이복(異腹)이며, 둘째 형 봉과 둘째 누나 난설헌은 당대에 문명을 떨친 문인이었다. 특히 허균의 누이 허난설헌은 조선시대 최고의 여류문인으로 이름이 났었지만 27세의 나이로 요절하였다. 손곡 이달에게서 시를 배웠고, 재능이 뛰어나 8세 때에 〈백옥루상량문〉을 지어 세인을 놀라게 하였다.

허균은 서얼 차별의 벽에 부딪쳐 불우한 일생을 보내던 스승 이달을 통해 사회 모순을 발견하였고, 이것을 계기로 사대부 계통의 문인보다는 서얼 출신 문인들과 어울렸다. 그 후 사회 제도의 모순을 과감히 비판하였고, 불교의 중생 제도 사상, 서학과 양명 좌파 사상 등을 받아들여 급진적 개혁 사상을 갖게 되었다. 벼슬이 형조 판서까지 올랐으나 세 번이나 탄핵을 받아 파직당했다. 남달리 현실 비판적이고 이상주의적이며, 급진 개혁 사상을 가진 것이 빌미가 되어 50세에 반역죄로 처형되었다. 저서로 《성수부부고》, 《비한정록》, 《학산초담》, 《교산시화》와 우리나라 최초의 한글소설인 〈홍길동전〉이 있다.

줄거리

주인공 홍길동은 조선조 세종 때 한양에 사는 홍판서의 서자로 태어난다. 길동은 매우 영특하고 재기가 뛰어나 홍판서의 사랑을 받지만, 천비 소생이라는 신분 때문에 아버지를 아버지라 부르지 못하고 형을 형이라 부르지도 못하는 것을 원통하게 생각한다. 자라나면서 신분적 차별 대우를 견딜 수 없게 되고, 홍판서의 애첩 초란이 흉계를 꾸며 길동을 죽이려하자 화를 피하기 위해 집을 떠난다.

그렇게 길을 떠나 방랑하다가 우연히 산중에서 도적의 무리를 만난 길동은 그들의 괴수가 되어 활빈당을 조직하고 팔도 수령들을 습격하여 재물을 빼앗아 가난한 백성들에게 나누어주는 의적 활동을 한다. 나라에서 길동을 잡으려 하나 길동의 도술을 도저히 당해내지 못해 결국 홍판서를 회유하고 길동의 형 인형도 가세하여 길동의 소원을 들어주기로 하고 병조판서를 제수, 회유하기로 한다. 길동은 서울에 올라와 병조판서가 된다. 그 뒤 길동은 고국을 떠나 남경으로 가다가 산수가 수려한 율도국을 발견, 요괴를 퇴치하여 볼모로 잡혔던 미녀를 구하고 율도국 왕이 된다. 마침 아버지의 부음을 듣고 고국으로 돌아와 삼년상을 치른뒤 율도국으로 돌아가 나라를 잘 다스린다.

작품해설

이 작품은 허균이 지은 우리 나라 최초의 한글소설로 봉건 사회의 문제점을 비판한 사회 소설이다. 또한 영웅적 인물의 제시와 전기성을 바탕으로 한 사건 전개 등에서 고전소설의 전형적인 모습을 보여준다. 그러나 당시 사회의 부조리와 새로운 사회로의 이상적인 내용을 담고 있어, 소설이 지니는 문학적 역할을 충실하게 구현하고 있다. 이는 소재를 당대의 사회 현실에서 택했고, 의적을 등장시켜 모순된 사회 제도를 개혁하려는 혁명성과 서민 정신을 반영하고 있다는 점에서 알 수 있다. 또한 이 작품은 김시습의 《금오신화》 이후 비교적 사실적 묘사를 통해 가전(假傳)적, 또는 전기(傳奇)적 성격을 탈피한 국문학상 비로소 소설다운 형태를 갖춘 소설이라 일컬을 수 있다.

이 작품은 한글로 표기되었다는 시대적인 의미뿐만 아니라 서얼 문제 · 탐관오리 · 의적(義賊) · 이상향 등의 설정이 남성적 문학의 시작이라 할 수 있고 당시 사회의 현실문제를 제재로 삼았다는 점에서 그 당시로서는 획기적인 일이었다.

중국의 〈수호지〉, 〈삼국지연의〉, 〈서유기〉의 영향을 받았고 〈전우치전〉, 〈서화담전〉과 같은 전기체 아류작을 낳았다.

구조적 분석

- 갈래 : 사회 소설, 영웅 소설
- 성격 : 비판적, 현실적
- 시점 : 전지적 작가 시점
- 주제 : 적서 차별 타파, 탐관오리를 규탄하고 빈민 구제

구운몽

九雲夢

구운몽九雲夢

김만중

천하에 명산이 다섯이 있으니 동쪽은 동악이니 태산(泰山)이요, 서쪽은 서악이니 화산(華山)이요, 남쪽은 남악이니 형산(衡山)이요, 북쪽은 북악이니 항산(恒山)이요, 가운데는 중악이니 숭산(崇山)으로 이른바 오악(五嶽)이다. 오악 중에 오직 형산이 중원(中原)에서 가장 멀어 구의산이 그 남쪽에 있고, 동정강이 그 북쪽에 있고, 소상강 물이 그 삼면에 둘러 있으니, 제일 수려한 곳이다. 그 가운데 축용, 자개, 천주, 석름, 연화 다섯 봉우리가 가장 높으니, 수목이 울창하고 구름과 안개가 가리워 날씨가 아주 맑고 햇빛이 밝지 않으면 사람이 그 근사한 진면목을 쉽게 보지 못하였다.

진나라 때 선녀 위(魏)부인이 옥황상제의 명을 받아 선동(仙童)[1]과

옥녀(玉女)[2]를 거느리고 이 산에 와 지키니, 이른바 남악 위부인이다. 신령한 일과 기이한 거동은 다 헤아리지 못할 정도였다.

당나라 때 한 고승이 서역 천축국으로부터 들어와 형산의 아름다움과 연화봉의 경개를 사랑하여, 그곳에 법당을 크게 짓고 거처하며, 대승법(大乘法)으로 중생을 가르치고 귀신을 다스리니 사람이 다 공경하여 생불(生佛)[3]이 세상에 나왔다 하였다. 그 화상은 당호(堂號)[4]를 육여화상(六如和尙), 혹은 육관대사(六觀大師)라 일컬었는데, 그의 제자 오륙백 명 가운데 불법에 깊이 통달한 자는 겨우 삼십여 명이었다. 그 중 성진(性眞)이라 하는 자는 〈삼장경문(三藏經文)〉을 모르는 것이 없고 총명한 지혜를 당할 사람이 없으니, 대사가 극히 사랑하여 그에게 의발(衣鉢)[5]을 전하고자 하였다.

대사가 매일 모든 제자와 더불어 불법을 강론하는데 동정(洞庭) 용왕이 백의(白衣)노인으로 변하여 법석(法席)에 나와 강론을 듣는지라, 대사가 제자를 불러 말하였다.

"내가 늙고 병들어 산문(山門) 밖에 나가지 못한 지 십여 년이니 너희들 가운데 누가 나를 대신하여 수부(水府)[6]에 들어가 용왕께 보답하고 돌아오겠는가?"

---

1) 선경에 산다는 아이 신선
2) 옥과 같이 깨끗한 마음과 몸을 가진 아이 선녀
3) 덕행(德行)이 뛰어난 중으로서, 살아 있는 부처로 숭앙받는 사람. 활불(活佛)
4) 불교에서, 교학과 수행력이 뛰어나 당(幢)을 세울 때 받는 법호(法號)
5) 스승인 중이 제자에게 주는 가사와 바리때란 뜻으로, 심오한 불교의 뜻이나 가르침을 이르는 말
6) 물을 맡아 다스린다는 전설 속의 궁전

성진이 나서며 말하였다.

"소자가 비록 불민(不敏)[7]하오나 명을 받아 가겠습니다."

대사가 크게 기뻐하며 성진을 보내니 성진이 일곱 근이나 되는 가사(袈裟)[8]를 걸치고 표연히 동정을 향하여 갔다.

성진이 수정궁(水晶宮)에 들어가니 용왕이 크게 기뻐하여 잔치를 베풀어 성진을 대접할 때, 신선의 과일과 채소는 인간 세상의 음식과 같지 않았다.

용왕이 잔을 들어 성진에게 삼배(三盃)를 권하여 말하였다.

"이 술이 좋지는 않으나 인간 세상의 술과는 다르니 과인의 권하는 정을 생각하라."

성진은 용왕의 후의에 감격하여 감히 사양치 못하여 술을 먹은 후에 용왕께 하직하고 수부를 떠나 연화봉을 향해 돌아오다 산 밑에 이르니, 취기가 올라 눈앞이 어른거려 어지웠다.

'스승님께서 나의 취한 얼굴을 보시면 반드시 무거운 벌을 내리실 것이다.'

성진은 냇가로 내려가 가사를 벗어 모래 위에 놓고 취한 낯을 씻는데, 문득 신기한 향기가 코를 찌르므로 자연히 정신이 호탕해져 가히 형언치 못하였다.

---

7) 어리석고 둔하다

8) 중이 입는 법의(法衣)

성진이 이상히 여겨 말하였다.

"이 향내는 예사로운 향내가 아니니 이 산 중에 무슨 신기한 꽃이 있어 향기가 물을 따라 오는가?"

성진이 길을 찾아 올라가니 팔선녀가 돌다리 위에 앉아 있었다. 성진이 육환장을 놓고 합장하여 재배하고 말하였다.

"모든 보살님은 잠깐 소승(小僧)의 말씀을 들어주십시오. 소승은 육관대사의 제자로서 스승의 명을 받아 용궁에 다녀오는 길인데, 이에 좁은 다리 위에 모든 보살님이 앉아 계시니 소승이 갈 길이 없어 아뢰옵니다. 잠깐 길을 빌려주십시오."

팔선녀가 말하였다.

"첩들은 남악산 위부인의 시녀인데 부인의 명으로 육관대사께 문안하고 돌아오는 길에 잠시 이곳에 쉬었습니다. 첩들이 먼저 앉았으니, 화상(和尙)께서는 다른 길을 가소서."

성진이 답하여 말하였다.

"물은 깊고 다른 길이 없으니 어디로 가라 하십니까?"

"옛날 달마존자(達磨尊者)는 연꽃잎을 타고 물을 건넜다 하옵는데 화상이 진실로 육관대사의 제자라면 도를 배웠을 것이니, 어찌 이런 조그만 냇물 건너기를 염려하시며 아녀자와 길을 다투십니까?"

성진이 크게 웃으며 말하였다.

"낭자들의 뜻을 살피건대 반드시 길 값을 받으려는 것 같습니다. 본디 저는 가난한 중이라 다른 보화는 없고 다만 여덟 개 명주가 있으니,

이것으로 값을 드리겠습니다."

성진이 복사꽃 한 가지를 꺾어 팔선녀 앞에 던지거늘, 그 꽃이 변하여 여덟 개 명주가 되었다. 그 빛이 땅에 가득하고 상서로운 기운은 하늘에 사무치니 향내가 천지에 진동하였다.

팔선녀가 각각 하나씩 손에 쥐고 바람을 타고 공중을 향해 갔다. 성진이 홀로 다리 위에서 사방을 둘러보니 팔선녀는 간데없고 이윽고 채색 구름이 흩어지며 향내도 사라지고 없더라.

성진이 망연자실하여 마음을 진정치 못하고 돌아와 용왕의 말씀을 대사께 아뢰자, 대사는 성진이 늦게 돌아옴을 꾸짖었다.

성진이 말하였다.

"용왕이 지성으로 만류하기에 차마 떨치지 못하여 지체하였습니다."

대사가 두 번 묻지 않고 물러가 쉬라 하므로 성진이 돌아와 밤에 혼자 빈방에 누우니 팔선녀의 말소리가 귀에 쟁쟁하고 얼굴빛은 눈에 아른거려 마음이 황홀하여 진정치 못하다가 문득 생각하였다.

'세상에 남자로 태어나 어려서는 공맹(孔孟)의 글을 읽고, 자라서는 성군을 섬기고, 나아가면 백만 대군을 거느려 적진에 횡행하고, 돌아오면 백관(百官)의 어른이 되어 몸에는 금의(錦衣)를 입고, 허리에는 금인(金印)을 차고, 눈으로 고운 빛을 보고 귀로는 신묘한 소리를 들어, 영화를 당대에 자랑하고 공명을 후세에 전하는 것이 진실로 대장부의 떳떳한 일이거늘, 슬프도다, 우리 불가는 다만 한 그릇 밥과 한

잔 정화수요, 수십 권 경문에 백팔염주일 따름이니, 그 도가 비록 높고 길다 하더라도 허무할 따름이구나. 뉘라서 성진이 세상에 났던 줄을 알 것인가.'

성진이 마음이 심란하여 잠을 이루지 못하고 있는데 갑자기 창 밖에서 동자가 급히 말하였다.

"사형는 주무십니까? 스승님께서 부르십니다."

성진이 크게 놀라 법당에 이르니 대사가 모든 제자를 모아 놓고 법연에 앉았는데, 몸가짐이 엄숙하고 촛불이 대낮 같았다.

"성진아, 네 죄를 아느냐?"

대사가 크게 꾸짖자 성진이 놀라 섬돌 아래 꿇어앉아 말하였다.

"소자가 사부를 섬긴 지 십 년이 넘었지만 조금도 불순불공한 일이 없으나 이를 엄히 나무라시니 그 죄를 알지 못하겠습니다."

대사가 더욱 화를 내며 말하였다.

"수행을 하는 중이 술을 먹었으니 그 죄도 있거니와 팔선녀와 더불어 수작이 장황하고 꽃을 꺾어 주었으니 그 죄 어찌하겠느냐? 또한 돌아온 후엔 불법을 잊고 세상의 부귀를 생각하여 호탕한 마음이 열반의 경지를 꺼려 하니, 네 죄가 중하여 여기 더 머물지 못하리라."

대사가 이어 크게 소리쳐 황건역사(黃巾力士)를 불러 분부하였다.

"이 죄인을 염라대왕께 보내라."

성진이 염라대왕 앞으로 끌려갔을 때 역사가 나가서 또한 팔선녀를 잡아오자 염라대왕이 즉시 사자(使者) 아홉 명을 불러 명하였다.

"이 아홉 명을 인간 세상으로 보내라."

성진이 사자를 따라 바람에 몰려 지향없이 가다가 이윽고 한 곳에 다다르니 비로소 바람이 그쳐 정신을 수습하여 눈을 떠보니 땅에 닿아 있었다. 푸른 산이 사면으로 둘러 있고 푸른 물이 잔잔한 곳에 마을이 있었다. 사자가 성진의 손을 잡고 말하였다.

"이 곳은 곧 당나라 회남도(淮南道) 수주(秀州) 고을이요, 이 집은 양 처사의 집이다. 처사는 너의 부친이요, 부인 유씨는 네 모친이다. 네 전생의 연분으로 이 집 아들이 되었으니 너는 속히 들어가 때를 놓치지 말아라."

성진이 들어가니 양처사는 화로에서 약을 다리고 있었다. 이때, 어린 아이의 울음소리가 나는지라 양처사 방으로 급히 들어가보니 부인이 벌써 아들을 낳았다. 이에 이름을 소유(少游)라 짓고 애지중지 잘 키워 어언 열 살이 되었다.

하루는 처사가 부인에게 말하였다.

"나는 원래 세속 사람이 아니요. 부인과 전생에 인연이 있어 속세에 머물렀으나 이제 아들을 낳았으니 돌아갈 때가 된 것 같소. 부인은 말년에 영화를 보시고 부귀를 누리시오."

하고, 학을 타고 사라졌다.

양소유의 나이 십사오 세가 되어 하루는 모친께 말하였다.

"소자가 들어보니 과거 시험이 있다 합니다. 소자 잠시 모친 슬하를 떠나 과거를 보러 가려 하나이다."

소유가 모친께 하직하고 나귀 한 필과 서동(書童)[9]을 데리고 길을 떠났다. 여러 날만에 화주 화음현에 이르러, 소유가 춘흥을 이기지 못하고 양류사(楊柳詞)를 지어 읊었다.

이때 옥 같은 처자가 있으니 이제 막 낮잠을 자다가 그 청아한 소리를 듣고 잠을 깨어 구슬발을 반만 걷고 사방을 두루 살피니, 갑자기 소유와 눈이 마주쳤다. 그 처자의 눈은 초생달 같고, 얼굴은 빙옥 같으며, 옥비녀는 비스듬히 옷깃에 걸친 모양이 낮잠 자던 흔적이었다. 그 아리따운 거동을 어디 다 헤아리겠는가.

이 처자의 성은 진씨요, 이름은 채봉이니 진어사의 딸이다. 일찍이 어머니를 잃고 동생 또한 없는데다 그 부친이 서울에 가 벼슬하는 까닭에 소저가 홀로 집에 남아 있었는데, 뜻밖에 소유를 만나 그 풍채와 재주를 보고 심신이 황홀하였다.

(중략)

소유가 천진교(天津橋)에 이르니 다리 가에 화려한 누각이 한 채 있었다. 금안장을 한 좋은 말들은 좌우에 매어 있고 누각의 비단 장막은 은은한 가운데 온갖 풍류 소리가 들리거늘 생이 말에서 내려 누각 위에

9) 서당에서 글을 배우는 아이

올라가니, 선비들이 이름난 기생들을 거느리고 놀고 있었다.

소유가 인사를 하며 말했다.

"저는 시골 선비로 과거를 보러 가는 길에 이곳에 이르렀습니다. 풍류 소리에 그냥 지나칠 수 없어 염치를 돌보지 않고 여러 공의 잔치에 참여함을 용서하십시오."

이에 모두 환영하여 잔 돌리기를 재촉하고 온갖 풍류를 울리거늘, 소유가 취한 눈을 들어 기생들을 둘러보니 모든 기생들이 각기 재주가 있으되, 오직 한 기생만은 풍류도 아니하고 말도 아니하며 앉았는데 그 맑은 용모와 얌전한 태도가 정말로 국색(國色)이었다. 한번 보자 정신이 황홀하여 정처가 없고, 그 미인도 소유에게 정을 보내는 듯하였다.

이에 시회(詩會)가 벌어졌는데, 이 날의 꽃은 기생 계섬월이었다. 그녀가 맑은 소리로 노래를 부르는데, 학이 하늘에서 우짖고 봉이 대숲에서 우는 듯 거문고가 곡조를 일으키니 그곳 사람들이 넋을 잃었다.

소유가 객점에 머물다가 날이 저물어 섬월의 집을 찾아가니 섬월이 이미 먼저 와 있었다. 소유가 문을 두드리며 불러 말하였다.

"계랑은 있느냐?"

섬월이 문 두드리는 소리를 듣고 신도 못 신고 달려 나와 소유를 맞았다.

"상공께서 먼저 가셨는데 어찌 이제야 오십니까?"

소유가 웃으며 말하였다.

"주인이 손을 기다려야 옳으냐, 손이 주인을 기다려야 옳으냐?"

서로 이끌고 중당에 들어가 취하도록 권한 후에 원앙금침을 한 가지로 하니 이렇게 하여 인연이 시작되었으니 양소유의 첫여인이 계섬월이었다.

소유가 말하였다.

"내 일찍이 화음 땅을 지나다가 마침 진가 여자를 보니 그 얼굴과 재주가 계랑과 비슷하였는데 불행하게 죽었으니 어디 가서 다시 어진 아내를 얻겠는가?"

섬월이 말하였다.

"그 처자는 진어사의 딸 채봉입니다. 진어사가 낙양 태수로 오셨던 때에 첩이 그 낭자와 더불어 친하게 지냈습니다. 그 낭자 같은 얼굴과 재주는 과연 얻기 어렵거니와 이제는 속절없으니 생각지 마시고 다른 데 구혼하십시오."

소유가 진채봉을 못잊어 하자 섬월은 다른 신부감을 추천하였다.

소유가 섬월의 뜻에 따라 정사도(鄭司徒)의 딸 정경패를 찾아가 그녀의 마음을 사로잡으니 소유는 한림학사의 예폐를 받고 한림을 청하여 후원 별당에 거처케 하니 소유가 사위의 예로써 정사도 내외를 섬겼다. 정경패가 양생의 두 번째 여인이요, 정실부인이었다. 또 부인 경패가 시녀 가춘운(賈春雲)이 소유를 흠모하는 줄 알고 첩실로 권하니 소유가 이를 허락하여 가까이 두게 되었다. 춘운은 양생의 세 번째 여인이었다.

소유가 여가를 내어 고향으로 돌아가려는데 그때 토번(吐蕃)이 자주 변방을 쳐들어와 하북(河北)을 나누어 연(燕)나라, 위(魏)나라, 조(趙)나라가 되어 군사를 일으키니, 천자가 진노하여 조정 대신을 불러 의논하자, 소유가 천자 앞에 나아가 아뢰었다.

"옛날 한무제(漢武帝)는 조서(詔書)를 내려서 남월(南越) 왕을 항복받았으니, 원컨대 폐하는 급히 조서를 내려 달래시고 마침내 귀순치 않거든 군사를 내어 치심이 마땅하옵니다."

천자가 즉시 소유에게 명하여 조서를 만들어 세 나라에 보내니, 조왕과 위왕은 즉시 항복하였지만, 오직 연왕은 땅이 멀고 군병이 강하기로 항복하지 않았다.

이에 천자는 소유로 하여금 직접 연나라에 가도록 하였다.

소유가 화원에 들어가 행장을 차려 떠나려 할 때, 춘운이 소매를 잡고 눈물을 흘리며 말하였다.

"상공이 한림원에 가셔도 밤에 잠을 이루지 못하는데 이제 만리 밖에 가시니 이를 어찌 하오리까."

소유가 웃으며 말하였다.

"대장부가 큰 일을 앞에 두고 어찌 사사로운 감정을 생각하겠는가? 춘랑은 부질없이 슬퍼하지 말고 소저를 편히 모시고 기다리라."

소유가 연나라에 이르러 연왕을 보고 천자의 위엄을 베푸니 연왕이 즉시 땅에 엎드려 항복하고 황금 일만 냥과 명마 백 필을 드리거늘 소유가 받지 않고 그냥 왔다.

소유가 낙양 객관(客館)에 다다르자 계섬월이 높은 누각 위에 올라 소유의 행차를 기다리다가 소유에게 나아가 절하고 앉으니 한편으로는 슬프고 한편으로는 기쁨을 이기지 못하여 눈물을 흘리며 말하였다.

"첩이 상공을 이별한 후에 깊은 산중에 들어가 자취를 감추었다가 상공이 급제하여 한림 벼슬하신 기별만은 들었지만, 이렇게 연나라의 항복을 받아 돌아오시매, 천지만물과 산천초목이 다 환영하옵니다. 부인은 정하셨습니까?"

소유가 말하였다.

"정사도 여자와 혼사를 정하였지만 예식은 치루지 못하였다."

이에 섬월과 하룻밤을 함께 지내게 되었는데, 아침에 눈을 뜨니 밝은 눈과 고운 태도가 섬월이었으나 자세히 보니 아니었다. 소유가 놀라 물었다.

"낭자는 뉘시오?"

"첩은 본디 하북 사람입니다. 제 성명은 적경홍으로 섬월과 함께 의형제를 맺었는데, 섬월이 마침 병이 있어 저에게 상공을 모시라 하거늘 첩이 마지못하여 모셨습니다."

말이 끝나기도 전에 섬월이 문을 열고 말하였다.

"상공께서 새 사람을 얻으셨으니 삼가 치하하옵니다. 첩이 일찍이 하북의 적경홍을 상공께 천거하였는데 과연 어떠시나이까?"

"이름을 듣더니보다는 그 얼굴이 더욱 아름답구나."

소유가 연왕의 항복 받은 문서와 조공 받은 보화를 다 경성으로 들여가자, 천자가 크게 기뻐하였다. 소유에게 예부상서(禮部尙書)를 내리시고 그를 사랑하여 자주 불러들였다.

하루는 소유가 한림원에서 달을 구경하는데, 갑자기 바람결에 퉁소 소리가 들리거늘 하인을 불러 물었다.

"이 소리가 어디서 나느냐?"

"확실히는 모르겠지만 달이 밝고 바람이 순하면 때로 들립니다."

소유가 손 안에 백옥 퉁소를 내어 한 곡조 부니 맑은 소리가 청천에 사무쳐 오색 구름이 사면에 일어나며 청학과 백학이 공중에서 내려와 뜰에서 춤을 추었다. 보는 사람이 기이하게 여겼다.

이때 황태후에게 두 아들과 딸이 하나 있었는데, 맏아들은 천자요, 또 하나는 월왕을 봉하고, 딸은 난양공주다. 태후가 공주를 낳으실 때 한 선녀가 구슬을 팔에 걸자 공주가 탄생하시니 장성하시매 지혜와 자질이 예법에 어긋남이 없고, 문필과 침선(針線)[10]이 신기하고 절묘하여 태후가 가장 사랑하셨는데, 서역국(西域國)에서 백옥 퉁소를 진상하였거늘 악공을 불러 불라고 하였지만 소리를 내지 못하였다. 공주가 밤에 꿈을 꾸니 한 선녀가 한 곡조를 가르치기에, 공주가 꿈을 깨어 그 퉁소

10) 바느질하는 일

를 불어보니 소리가 청아하여 세상에 듣지 못하던 곡조였다. 황제와 태후가 사랑하여 항상 달 밝은 밤이면 불게 하니, 그때마다 청학이 내려와 춤을 추었다.

이날 밤 공주의 퉁소 소리에 춤추던 학이 한림원에 가 춤을 추었다. 그 후에 궁인이 이 말을 전하니 황제가 듣고 기특히 여겨 말하였다.

"양소유는 진실로 난양의 배필이다."

하시고, 태후께 들어가 아뢰어 말하였다.

"예부상서 양소유의 나이가 난양과 서로 비슷하고 재주와 얼굴이 모든 신하 중에 으뜸이니 부마를 정할까 합니다."

태후가 크게 기뻐하여 말하였다.

"소화(簫和)의 혼사를 정하지 못하여 밤낮으로 염려하였는데 양소유는 진실로 하늘이 정해준 소화의 배필이니, 내가 양상서를 보고 청하고자 하오."

이때 토번(吐蕃)이 바야흐로 변경 지방에 있는 군현(郡縣)을 노략하여 선봉이 이미 위교(渭橋)까지 왔다. 이에 천자는 즉시 양소유에게 대사마(大司馬) 대원수를 봉하여 이를 대처케 하였다.

소유가 길을 떠나니, 수일 사이에 오십여 성(城)을 항복 받고 적절산 아래에 군사를 머물게 하였다. 소유가 촛불을 밝히고 병서를 보는데 삼경(三更)쯤 되었을까, 홀연 음산한 바람이 일어나더니 촛불이 꺼졌다. 문득 한 여자가 공중에서 내려와 소유앞에 서거늘, 손에 서릿발 같은 비수를 들고 있었다.

"네 어떤 사람이기에 밤에 군중(軍中)에 들어왔느냐?"

"저는 토번국 찬보(贊普)의 명으로 상서의 머리를 베러 왔나이다."

소유가 웃으며 말하였다.

"대장부가 어찌 죽기를 두려워하겠는가."

그러자 여인이 칼을 땅에 던지고 머리를 들어 말하였다.

"상서는 염려치 마십시오. 첩이 어찌 경거망동하오리까."

소유가 여인을 일으키며 말하였다.

"그대 나를 죽이고자 이곳에 왔거늘, 어찌된 일인가?"

"첩은 본디 양주(楊洲) 사람으로 이름은 심요연입니다. 부모를 일찍 여의고 한 도사를 따라 검술을 배웠는데, '너는 양상서를 백만 군중에서 만나 연분을 맺을 것이다. 또 토번이 자객을 모아 양상서를 죽이려 하니 네 어서 나가 자객을 물리쳐 양상서를 구완하라.' 하거늘, 첩이 토번국에 와 모든 자객을 물리치고 왔으니 어찌 상공을 해하겠습니까?"

소유가 이 말을 듣고 크게 기뻐하여 말하였다.

"낭자가 네 목숨을 구하였으니 이 은혜를 어찌 갚겠는가. 낭자와 함께 백년해로하겠다."

달빛이 뜰에 가득하고 옥문관(玉門關) 밖에 춘광이 향기로왔다. 소유가 그녀를 다시 보니 이슬에 젖은 해당화 같았다. 이에 깊은 인연을 맺으니 난양공주에 이어 여섯 번째 여인이었다.

소유가 군사를 거느리고 돌아올 때, 한 곳에 이르니 길이 좁아 군대가 지나기 어려웠다. 겨우 그곳을 벗어나 군대를 머물게 하니 군사들이 목이 말라 마침 못의 물을 먹었더니 일시에 몸이 푸르게 되고 말을 하지 못하고 죽어 나갔다. 소유가 크게 놀라 진을 옮기고자 하는데, 갑자기 북소리가 천지를 진동하니, 이는 적병이 험한 길을 막아 습격코자 한 것이었다.

여러 장수와 군사가 배고픔과 목마름이 심하여 적들과 대적할 형편이 못되니, 소유가 크게 걱정하던 중에 진문 밖에 나가니 문득 자태가 고운 여인이 나타났다.

"첩은 동정 용왕의 막내딸 백능파입니다. 실상 저는 천상의 선녀로 죄를 짓고 용왕의 딸이 되었으나 귀인의 첩이 되어 영화를 얻어 백년해로하다가 마침내 다시 불가(佛家)에 돌아가 극락세계에서 천만 년을 지낼 것입니다. 하오나 남해 용왕의 태자가 첩의 자색을 듣고 구혼하니 우리 동정은 남해 소속이라 부왕이 거역하지 못하여 첩이 몸을 피하여 이 물에 와 살고 있는데, 이 물의 이름은 백룡담(白龍潭)입니다. 그 물을 다시 달게 할 것이니 군사가 먹으면 자연 병이 나을 것입니다."

소유가 말하였다.

"이제 낭자의 말을 들으니 우리는 하늘이 정한 연분이오. 낭자와 동침함이 어떠하겠소?"

소유는 큰 공을 세워 대승상(大丞相) 위국공(魏國公)에 봉하여졌다. 또한 소유가 첫사랑인 진채봉을 어렵사리 만나 아내로 맞아들이니, 드디어 여덟번째 여인이 되었다.

소유가 십육세에 모친과 이별하고 과거에 갔다가 다시 사 년 사이에 대승상 위국공이 된 위의를 갖추고 대부인께 돌아가 뵈니, 부인 유씨가 말하였다.

"네가 진실로 내 아들 소유냐? 내 너를 그리도 기다렸건만 이리 될 줄 누가 알았더냐?"

소유가 천자께 받은 금과 비단으로 대부인을 위하여 친구와 일가 친척을 다 청하여 큰 잔치를 베풀고 대부인을 모시고 황성에 이르러 천자와 태후께 입조하니 천자가 불러 만나보고 금과 비단을 많이 상사(賞賜)하거늘, 택일하여 천자께서 내려준 새 집에 모시고 두 공주와 진숙인, 가유인을 다 예로써 알현(謁見)하고 만조 백관을 청하여 삼일을 잔치할 때, 궁실 거처의 휘황함과 풍악 음식의 찬란함은 세상에 비할 데 없었다.

이후로 두 공주를 비롯하여 여섯 낭자들이 서로 뜻이 맞는지라 마치 고기가 물에서 놀고 새가 구름에서 나는 듯 서로 의지하며 형 같고 아우 같았다. 게다가 소유의 애정이 모두에게 똑같이 미치니 온 집안이 다 화목하였다. 이는 비록 그들의 부덕에서 비롯된 것이나 이들 아홉 사람이 전생으로부터 인연이 있음이라.

하루는 두 공주가 서로 의논하여 말하였다.

"우리 두 아내와 여섯 첩들의 정이 골육의 형제와 같으니 어찌 천명(天命)이 아니겠는가. 이에 귀천을 가리지 말고 결의형제(結義兄弟)하여 일생을 지내는 것이 어떠한가?"

이 뜻을 여섯 낭자가 다 겸손히 사양하였다. 춘운과 섬월이 더욱 응하지 않자 정부인이 말하였다.

"유비, 관우, 장비 세 사람은 임금과 신하 사이로되 의형제를 맺었습니다. 나는 춘운과 더불어 규중에서부터 좋은 벗이니 형제됨이 안 될 게 무엇입니까? 우리는 대사의 제자가 됨으로써 마침내 연분을 얻었으니 처음 미천함이 나중에 뜻을 이루는데 무슨 관계가 있으리오."

두 공주가 이에 여섯 낭자를 데리고 관음화상 앞에 나아가 분향 재배한 후, 형제 맺은 서약문을 지어 올렸다.

이로부터 두 공주가 첩들을 아우로 부르니, 여섯 낭자는 스스로 명분을 지켜 감히 형제로 부르지는 못하나 그 정의(情誼)[11]는 더 각별하였다. 이에 여덟 사람이 각각 자녀를 두었는데 두 부인과 춘운, 섬월, 요연, 경홍은 아들을 낳았고, 채봉, 능파는 딸을 낳아 다 잘 길러 한 번도 자녀의 참경(慘景)[12]을 겪지 아니하니 이 또한 여느 사람들과는 달랐다.

이때 천하가 아주 태평하여 소유가 장상(將相)이 되어 권세를 잡은 지 이미 수십 년이었다. 유부인이 천수를 다하고 별세하자 소유의 슬퍼함이 말할 수 없었다. 이에 천자가 중사(中使)[13]를 보내 위로하고 왕후

11) 사귀어 두터워진 정
12) 끔찍하고 비참한 광경이나 정상
13) 궁중에서 왕명(王命)을 전하던 내시

예(王后禮)로 장사 지내게 하였다.

소유가 천자께 벼슬에서 물러날 뜻을 아뢰니, 천자는 소유에게 위국공(魏國公)을 더 봉하고 오천 호를 더 상사하였다.

소유가 두 부인과 여섯 낭자를 데리고 날마다 물에 다달아 달을 희롱하고 산에 들어가 매화를 찾아, 시도 화답하며 거문고도 타니 만년의 조용한 복을 사람들은 더욱 부러워하였다.

하루는 소유가 부인과 낭자들을 데리고 가을 경치를 즐기는데, 어느덧 석양은 기울어지고 구름은 나즉히 깔려 가을빛이 찬란하니 마치 그림 속 같았다. 소유가 퉁소를 내어 한 곡조를 부니 그 소리가 처량하여 슬픔을 이기지 못하니 두 부인이 물었다.

"승상이 일찍이 공명을 이루고 오래 부귀를 누려 오늘날 좋은 풍경을 당하였는데, 퉁소 소리가 처량하여 전일과 다르니 어찌된 일입니까?"

소유가 밝은 달을 가리키며 말했다.

"내가 미천한 지방의 선비로 다행히 현명하신 임금을 만나 벼슬이 장상(將相)에 이르고 또 여러 낭자와 함께 정이 두텁고 심정이 늙도록 더 긴밀하니, 전생 인연이 없었다면 어찌 그러하겠소? 내 근래 꿈을 꾸면 항상 참선하는 것이 불가에 반드시 인연이 있는 것 같소. 내 장차 불생 불멸의 도를 얻고자 하나, 다만 그대들과 함께 반평생을 서로 따르다가 장차 멀리 이별하려 하니 자연 비창한 마음이 퉁소 소리에 나타났던 것이오."

이에 낭자들도 다 남악 선녀로서 세속의 인연이 장차 다한 가운데

승상의 말씀을 들으니 어찌 감동치 아니하겠는가?

"이는 분명 하늘의 뜻입니다. 저희들도 마땅히 아침저녁으로 예불하여 상공을 기다릴 것이니, 상공은 밝은 스승을 얻어 큰 도를 깨달은 후에 저희들을 가르치십시오."

소유가 크게 기뻐하며 말하였다.

"우리 아홉 사람의 마음이 서로 맞으니 무슨 근심이 있겠소. 오늘은 모든 낭자와 더불어 취하도록 술을 마시리다."

이에 시녀를 불러 술을 내오려하는데 문득 지팡이 소리가 들리거늘 모두 괴이하게 생각했다.

'아니, 이곳에 어떤 사람이 오는가?'

이윽고 한 노승이 나타났는데 눈썹은 한 자나 길고 눈은 물결처럼 맑고 얼굴이나 행동거지로 보아 보통 중은 아니었다.

그는 대에 오르더니 소유에게 절하며 말했다.

"산야(山野)의 사람이 대승상을 뵈옵니다."

소유가 일어나 답례하여 말했다.

"대사는 어디에서 오셨습니까?"

"승상은 평생 사귀던 오랜 벗을 모르십니까?"

소유가 자세히 살펴본즉 이내 깨닫고 말했다.

"내가 지난날 토번을 치러갔을 때 꿈에 동정호에 갔다가 돌아오는 길에 잠시 남악에 올라갔거늘 늙은 대사가 제자들과 더불어 불경을 강론하는 것을 보았습니다. 대사께서는 바로 그 꿈에서 만났던 분이 아니십니까?"

노승이 박장대소하며 말했다.

"옳소! 옳소! 그러나 승상은 다만 꿈속에서 한번 본 것만 기억하고, 십 년 동안 같이 산 일은 기억하지 못하시오?"

소유가 망연자실하여 멍한 채로 말했다.

"저는 십오륙 세 이전에는 부모의 곁을 떠나지 않았고, 그 후로는 벼슬하여 동으로는 연나라에 사신으로 가고 서로는 토번을 정복하느라 분주하게 지냈거늘, 어느 때 대사님과 십 년을 지냈겠습니까?"

노승이 웃으며 말했다.

"승상이 아직도 춘몽에서 깨어나지 못하였소."

"대사께서 어찌하여 저를 깨닫게 하시겠습니까?"

"이 어렵지 않소."

이에 대사가 잡고 있던 지팡이로 난간을 치니, 갑자기 구름이 일어나 사면을 뒤덮는지라 지척을 분간하지 못하였다.

소유가 크게 불러 말했다.

"대사께서는 어찌하여 바른 도리로 가르치지 아니하시고 환술(幻術)로 희롱하십니까?"

소유의 말이 채 끝나기도 전에 구름이 걷히는가 싶더니 노승과 두 부인, 그리고 여섯 낭자가 온데간데없이 사라졌다. 소유가 크게 놀라 자세히 보니 누대 궁궐은 간 데 없고, 몸은 홀로 작은 암자 가운데 있었다. 손으로 머리를 만지니 새로 깎은 흔적이 있고 백팔염주가 목에 걸려 있으니 위엄있는 대승상은 없고 연화도장의 성진 소화상(小和尙)이었다.

'당초 스승님께 책망을 듣고 지옥으로 떨어졌다가 인간계에 환생하여 양씨 집 아들로 태어나 자라서 한림학사가 되고, 다시 나아가서는 장수가 되고, 돌아온 후에는 재상이 되어 공훈을 세운 뒤 두 공주와 여섯 낭자와 더불어 여생을 즐기던 것이 다 하룻밤의 꿈이란 말인가? 짐작컨대 이는 필시 스승님께서 나로 하여금 인간의 부귀와 남녀의 사랑이 다 허무한 일임을 알게 함이니라.'

소유가 즉시 세수하고 옷차림을 바로한 후 법당으로 나가니 모든 제자들이 다 모여 있었다.

대사가 큰 소리로 말하였다.

"성진아, 인간 세상의 재미가 어떠하더냐?"

성진이 머리를 땅에 두드리며 눈물을 흘리며 말했다.

"제자 성진이 이제야 깨달았습니다. 저의 행실이 바르지 못해 스스로 저지른 죄를 누구에게 탓하겠습니까? 스승께서 하룻밤의 허망한 꿈을 불러 깨우시어 저의 마음에 깨달음을 주셨으니 스승의 은덕은 천만년이라도 갚지 못하겠습니다."

대사가 말하였다.

"네 흥(興)을 타고 갔다가 흥이 다하여 왔으니 새삼 내가 무슨 간여할 바가 있겠느냐? 또 네가 세상과 꿈을 다르게 아니, 네 꿈을 오히려 깨지 못하였구나."

성진이 두 번 절해 사죄하며 말했다.

"제자 성진은 이제 모든 것이 아득하여 꿈과 참을 분별치 못하오니 바라건대 스승님께서 법을 베풀어 이 몸으로 하여금 깨달음을 얻게 하소서."

이에 대사가 쾌히 응락했다.

"내 마땅히 금강경(金剛經)의 큰 법을 베풀어 그로써 네 마음을 깨닫게 하겠거니와 잠시 후에 새로 올 제자들이 있으니 너는 기다려라."

이때 팔 선녀가 들어와 사례하며 말하였다.

"저희들이 비록 위부인을 모시고는 있으나 배운 것이 없기에 망령된 생각을 억누르지 못해 중한 책망을 입었는데, 스승님께서 저희를 깨워 다시 데려오시니 그 은혜가 크옵니다. 원컨대 저희들의 묵은 죄를 사하시어 밝은 가르침을 내려주십시오."

대사가 크게 웃으며 즉시 대경법(大經法)을 베풀었다. 그러자 성진과 팔 선녀는 일시에 깨닫고 생겨나지도 않고 죽어 없어지지도 않을 정과를 얻으니, 육관대사는 성진의 계율 지킴을 높이 보고 이에 대중을 모아 놓고 말했다.

"내 불법의 전도를 바라고 이곳으로 왔거늘, 이제야 비로소 정법을 전할 사람을 얻었으니 나는 돌아간다."

그후로 성진이 연화 도량의 대중을 거느려 크게 교화를 베푸니, 인간 세상의 모든 변화는 다 꿈 밖의 꿈이요, 한 마음으로 불법에 나아가니 극락 세계의 만만세 무궁한 즐거움이었다.

작품의 이해

작가소개

김만중(金萬重, 1637~1692) : 조선 후기의 문신이자 소설가로 자는 중숙(重淑), 호는 서포(西浦)이다. 조선조 예학의 대가인 김장생의 증손이요, 김익겸의 유복자이며 광성부원군 김만기의 아우로 숙종의 초비(初妃)인 인경왕후의 숙부이다.

1665년 문과에 급제, 지평·수찬 등을 역임하고 암행어사로 활동, 동부승지로 있다가 서인의 패배로 관직을 삭탈당하고 이후 예조참의로 복귀, 대사헌을 거쳐 대제학에까지 올랐으나 인현왕후 폐비를 반대하다가 남해에 유배당한다. 이러한 와중에 그의 어머니 윤씨가 아들의 안위를 걱정하던 끝에 병으로 죽었으나 효성이 지극했던 그는 임종도 지키지 못하고 남해의 유배지에서 56세를 일기로 숨을 거두었다.

〈구운몽〉은 그의 어머니를 위로하기 위해 쓴 것으로 전문을 한글로 집필하여 숙종 때 소설문학의 선구자가 되었다. 한편, 한글로 쓴 문학이라야 진정한 국문학이라는 '국문가사예찬론'은 문학이론에서의 진보성을 보여준다. 그의 우리말과 우리 글에 대한 '국자의식(國字意識)'은 높이 살 만하며, 특히 〈구운몽〉, 〈사씨남정기〉같은 국문소설의 창작은 허균을 잇고 조선 후기 실학파 문학의 중간에서 훌륭한 소임을 수행한 것으로 평가된다. 저서에 〈구운몽(九雲夢)〉, 〈사씨남정기(謝氏南征記)〉, 〈서포만필(西浦漫筆)〉, 〈서포집(西浦集)〉, 〈고시선(古詩選)〉 등이 있다.

줄거리

중국 당나라 때 남악 형산 연화봉에 서역 천축국으로부터 불교를 전하러 온 육관대사가 법당을 짓고 불법을 베풀었는데, 동정호의 용왕도 이에 참석한다. 육관대사는 제자들 중 가장 뛰어난 성진을 용왕에게 사례하러 보낸다. 이때 형산의 선녀인 위부인이 팔선녀를 육관대사에게 보내 인사드렸다. 용왕의 융숭한 대접으로 술이 취하여 돌아오던 성진은 연화봉에서 노는 위부인의 팔선녀를 만나게 된다. 절에 돌아온 성진은 불도에 회의를 느끼고 줄곧 팔선녀와 인간세계를 동경하다가 결국 육관대사의 노여움을 사서 성진과 팔선녀는 지옥으로 떨어진다. 그곳에서 그들은 벌을 받아 인간세상으로 내쫓기게 되는데 성진은 중국 회남 수주현 양가의 집안에 양소유로 환생하고, 팔선녀는 각각 여러 계급의 여자로 태어나게 된다. 그리하여 양소유는 팔선녀와 함께 인생의 부귀영화를 누리게 된다.

어느덧 세월이 흘러 한가히 그의 여생을 즐기던 양소유는 두 부인과 여섯 낭자를 거느리고 뒷동산에 올라갔다가 문득 인생의 허무함을 느낀다. 이에 인생의 무상과 허무를 논하며 장차 불도를 닦아 영생을 구하고자 할 때, 육관대사가 찾아와 문답하는 가운데 긴 꿈에서 깨어나 자신이 육관대사의 앞에 있음을 알게 된다. 성진은 결국 그 모든 것이 하룻밤의 꿈이었다는 사실을 알게 되고 이전의 죄를 뉘우치고 육관대사의 후계자가 되어 열심히 불도를 닦아 팔선녀와 함께 극락세계로 돌아간다.

작품해설

이 작품은 조선 숙종 때 김만중이 그의 나이 52세에 지은 작품으로 남해로 귀양갔을 때, 어머니 윤씨 부인의 근심을 덜어주기 위해 하룻밤 사이에 지었다고 알려져 있다.

작품의 내용을 보면 주인공 성진이 현실에서 이루지 못한 뜻을 꿈속에서 실현하다가 다시 현실로 돌아와 꿈 속의 일이 한낱 허망한 것임을 깨닫게 된다는 것인데, 이는 인간의 부귀 · 영화 · 공명은 모두 일장춘몽에 지나지 않는다는 주제로, 유교적인 윤리관과 불교의 은둔사상과 도교의 향락주의가 교묘히 융합되어 한국인의 정신생활을 총체적으로 반영한 작품이다. 이는 조선조 고대 소설의 양식을 완성한 것으로 국문학사상 높이 평가되고 있다.

한편 이 작품은 현실→꿈→현실로 바뀌는 과정이나 양소유가 8명의 여인과 만나고 헤어지는 과정, 작품에 등장하는 환경, 인물, 심리를 우아하고 품위있는 문체를 활용하여 세밀하게 묘사해 놓아 작자의 뛰어난 창작 역량을 가늠하게 한다.

이 작품은 몽자류(夢字類)소설의 효시로 〈옥루몽(玉樓夢)〉, 〈옥련몽(玉蓮夢)〉 등에 그 영향을 미쳤다.

구조적 분석

갈래 : 환몽소설, 이상소설, 염정소설

시점 : 전지적 작가시점

성격 : 불교적, 구도적

주제 : 인생무상의 깨달음과 불법에의 귀의

심청전

沈淸傳

심청전 沈淸傳

작자미상

황주 도화동에 심학규라는 봉사가 있으니, 대대로 내려오며 벼슬하던 거족으로 명망(名望)이 자자하더니 가운이 기울어 가난하여지고 어려서 눈을 못 보게 되니 시골에서 곤궁하게 지내었다.

도와주는 일가친척도 없고 아울러 눈까지 멀고 보니 그 누구 하나 대접하는 이 없건마는 본래 양반의 후손으로서 행실이 청렴하고 정직하며 지조와 기개가 고상하여 모든 행동이나 동정을 경솔히 하지 아니하므로 그 동네의 눈뜬 사람은 모두 칭찬을 마지아니하였다.

심봉사의 아내 곽씨 부인도 또한 현철하여 덕과 아름다움과 절개를 갖추었고, 예서와 시경 중에 본받을 대목은 모르는 것이 없고 제사를 받드는 법이나 손님을 대접하는 법을 비롯하여 동네 사람과 화목하고 가장을 공경하고 살림하는 솜씨며 무슨 일이고 못하는 것이 없이 다 잘 하였다.

그러나 가세가 빈한하니 곽씨 부인은 몸을 아끼지 않고 품팔이를 했다. 삯바느질, 삯빨래, 삯길쌈, 삯마전[1], 염색일이며, 혼상대사에 음식 만들기, 술 빚기, 떡 찧기 하며, 일년 삼백 예순 날을 잠시라도 놀지 아니하고 품을 팔아 모으는데, 푼을 모아 돈이 되면 돈을 모아 냥을 만들고, 냥을 모아 관이 되면 이 동네 저 동네에서 실수 없이 받아들여 춘추로서 시제(時祭)와 집안 제사를 받드는 것이며, 앞 못 보는 가장을 공경하고 시중드는 것이 한결같으니 가난과 병신은 조금도 허물됨이 없고 먼 마을 사람들까지도 부러워하고 칭찬하는 중에 재미나게 세월을 보내었다.

그러나 그같이 지내는 중에도 심학규의 가슴에는 한 가지 품은 억울한 한이 있으니, 슬하에 혈육이 하나도 없음이었다. 하루는 심봉사가 마누라를 곁에 불러 앉히고 말했다.

"여보 마누라, 거기 앉아 내 말 좀 들어 보오. 나는 편하다 하려니와 마누라의 고생살이 도리어 불안하니 괴로운 일일랑 너무 하지 말고 사는 대로 삽시다. 그러나 내 마음에 매우 원통한 일 하나 있소. 우리 양주 이미 나이 사십이나 슬하에 혈육이라고는 하나도 없어 조상의 향화(香火)[2]를 끊게 되니 죽어 저승으로 돌아간들 무슨 면목으로 조상을 대

1) 삯을 받고 피륙을 삶거나 빨아서 바래는 일
2) 향을 피운다는 뜻으로 '제사(祭祀)'를 이르는 말이다.

할 것이며, 우리 양주 죽은 후에 장사치레와 소대상이며, 해마다 돌아오는 기제사에 뉘 있어 밥 한 그릇 물 한 모금 떠 놓겠소? 병신자식일망정 남녀 간에 낳아 본다면 평생 한을 풀 듯하니 어찌하면 좋을는고 명산대천에 치성이나 들여 보오."

"지성껏 하오리다."

이렇게 대답하고 그날부터 품을 팔아 모은 재물로 온갖 정성을 다 들인다. 이렇게 치성을 다 지내니 그 어찌 공든 탑이 무너지며 힘든 나무 부러지랴.

갑자년 사월 초파일에 꿈 하나를 얻었는데 이상할 뿐 아니라 맹랑 기괴하였다. 천지가 명랑하고 서기(瑞氣)가 허공에 서리며 오색 꽃구름이 피더니 선인옥녀가 하늘에서 내려오는데 머리에는 화관이요, 몸에는 하의(霞衣)[3]로다. 둥근 옥패를 그 몸에 차고 옥패 소리 쟁쟁하며, 계화 가지를 손에 들고 내려오더니 부인 앞에 재배하고 곁으로 와서,

3) 노을로 만들어진 옷

"소녀는 다른 사람이 아니라 서왕모의 딸인데 상제께 죄를 받아 인간계로 정배되어 갈 바를 모르던 중 태상 노군과 후토 부인, 제불 보살 석가님이 댁으로 지시하기로 지금 찾아왔사오니 어여삐 여기소서."

하고 품에 와 안기기에 곽씨 부인이 놀라서 잠을 깨었다.

심봉사 내외가 꿈 이야기를 의논하니, 둘의 꿈이 똑같았다. 태몽인 줄 짐작하고 마음에 희한하여 못내 기쁘게 여기는데, 그 달부터 태기가 있으니 이는 신불의 힘인가 하늘의 도움인가? 아마도 부인의 정성이 지극하므로 역시 하늘이 감동하심이렷다.

하루는 해산할 기미가 있어 순산하기를 바랄 때 향기가 진동하며 꽃구름이 비끼더니 얼떨결에 아이를 낳으니 선녀 같은 딸이다.

"아가 아가 내 딸이야! 아들 겸 내 딸이야! 금을 준들 너를 사며 옥을 준들 너를 사랴? 어둥둥 내 딸이야! 은하수 직녀성이 네가 되어 내려왔나? 어둥둥 내 딸이야!"

심봉사는 이같이 주야로 즐거워하는데 마음에서 우러나 이렇듯이 좋아하였다. 슬프다, 세상사여. 슬픔과 즐거움에 수가 있고 죽고 삶에 명이 있는지라. 운수가 다하면 가련만 몸을 용서치 않는다. 뜻밖에 곽씨 부인에게 산후 탈이 일어나 호흡을 헐떡이며 식음을 전폐하고 정신없이 앓는데,

"애고 머리야, 애고 허리야!"

하는 소리에 심봉사 겁을 먹고 의원을 찾아 약을 쓰며 경도 읽고 굿도 하여 백 가지로 서둘러도 죽기로 든 병이라 인력으로 어찌 구하리오.

심봉사는 기가 막혀 부인 곁에 앉아서 온몸을 만져 보며 말했다.

"여보, 여보 마누라, 정신 차려 말을 하오. 식음을 전폐하니 속이 비어 어찌하오. 삼신님께 탈이 되어 제석님이 탈이 났나? 도리 없이 죽게 되었으니 이게 웬일이오? 만일 불행하여 마누라가 죽게 되면 눈 어두운 이놈의 팔자, 일가친척 하나 없는 혈혈단신 외로운 이내 몸은 올 데 갈 데 없어지니 그도 또한 원통한데 강보에 싸인 딸아이는 어찌한단 말이오?"

곽씨 부인 생각하여 보니 스스로 아는 병세라 살아나지 못할 줄을 짐작하며 봉사에게,

"여보 서방님, 내 말씀 들어 보오. 우리 부부 같이 늙어 백년을 같이 살자 하였거늘 명한(命限)을 못 이기고 필경은 죽을 테니, 죽는 나는 서럽지 아니하나 장차로 가군의 신세 어찌하면 좋으리오. 내 평생 마음먹기를 앞 못 보는 가장님을 내가 조심 아니하면 고생되기 쉽겠기로 더위 추위 비바람을 가리지 아니하고 동네방네 품을 팔아 밥도 받고 반찬 얻어 식은 밥은 내가 먹고 더운밥은 가군 드려 곯지 않고 춥지 않게 극진 공경하였는데 천명이 이뿐인지 인연이 끊겼는지 도리 없이 죽게 되었네. 내가 만일 죽게 되면 의복치레 뉘 거두며 조석공궤(朝夕供饋)[4] 뉘라 할까? 사고무친 외로운 몸이니 의탁할 곳 전혀 없는지라, 지팡막대 거머잡고 더듬더듬 다니다가 도랑에 떨어지고 돌에도 발길 채어 넘어

4) 아침과 저녁으로 웃사람에게 음식을 드린다.

져 신세를 자탄하여 우는 모양이 눈으로 보는 듯하고 기한을 못 이기어 이 집 저 집 다니면서 '밥 좀 주오!' 슬픈 소리가 귀에 쟁쟁히 들리는 듯하니 죽은 혼이 차마 어찌 듣고 보며, 밤낮없이 바라다가 사십 후에 낳은 자식 젖 한 번 못 먹이고 죽다니 무슨 일일고! 어미 없는 어린 것을 뉘 젖 먹여 길러내며, 춘하추동 사시절을 무엇 입혀 길러내리! 이 몸이 뜻밖에 죽게 되면 머나먼 황천길을 눈물이 가려 어찌 가며, 앞이 막혀 어찌 갈고! 여보시오 봉사님, 저 건너 김동지 댁에 돈 열 냥을 맡겼으니 그 돈일랑 찾아다가 내 죽은 초상에 쓰시고, 항아리에 넣은 양식 해산 쌀로 두었다가 못 먹고 죽어가니 장사나 치른 다음 양식으로 쓰시고, 진어사댁 관대(冠帶) 한 벌, 흉배(胸背)에 수놓다가 끝내지 못하고 보에 싸 농 안에다 넣었으니 남의 귀중한 의복일랑 나 죽기 전에 보내시고, 뒷마을 귀덕 어미는 나와 친한 사람이니 내가 죽은 뒤에라도 어린아이 안고 가서 젖 좀 먹여 달라 하면 괄시는 아니하리다. 하늘이 도와 저 자식이 죽지 않고 살아나서 제 발로 걷거들랑 앞세우고 길을 물어 내 무덤에 찾아와서 '아가 아가, 이 무덤이 너의 모친 무덤이다' 라고 또렷하게 가르쳐서 모녀 상봉 시켜 주오. 천명을 못 이겨 앞 못 보는 가장에게 어린 자식 떼쳐 두고 영이별로 돌아가니 가군의 귀하신 몸 애통하여 상치 말고 천만보중하소서. 이승에서 미진한 일 후생에서 다시 만나 이별 없이 살고 싶소."

유언하고 한숨쉬며 돌아누워 어린 아이에게 낯을 대고 혀를 찬다.

"아차 내가 잊었구려. 이애 이름을 청이라 불러 주오. 이 애 주려고

만든 굴레진 옥판 붉은 술에 진주 드림 붙여 달아 함 속에 넣었으니, 아기가 엎치락뒤치락하거들랑 나 본 듯이 씌워주오."

말을 마치매 딸꾹질 두세 번에 숨이 덜컥 그쳤다. 슬프다, 곽씨 부인은 이미 다시 이승 사람이 아니었다. 슬프다, 사람의 수명을 어찌 하늘이 돕지 못하는가!

"애고 마누라, 참으로 죽었는가?"

심봉사는 가슴을 꽝꽝, 머리를 탕탕 치며 발을 동동 그르면서 울며 부르짖는다.

울다가 기가 막힌 심봉사는 머리를 방바닥에 부딪치며 몸부림치니 이리 덜컥 저리 덜컥, 치둥글 내리둥글 엎어져 슬피 통곡하니 이때 도화동 사람들이 이 소식을 듣고 남녀노소 할 것 없이 누가 아니 슬퍼하리!

비록 가난한 집안의 초상이라도 동네가 힘을 모아 정성껏 차렸으니 상여치레는 매우 현란하였다. 상두꾼을 두건, 제복, 행전까지 생포로 호사하게 차려 입고 상여를 얼메고 갈지자로 운구한다.

"댕그렁 댕그렁 어화 넘차 너호."

그때 심봉사는 어린아이 강보에 싸 귀덕 어미에게 맡겨두고, 제복을 얻어 입고 상여 뒤채를 거머잡으며 미친 듯 취한 듯 겨우 부축을 받아 나아간다.

"애고 여보 마누라, 날 버리고 어디로 간단 말인가? 나도 갑세, 나와 가! 만 리라도 나와 가세! 어찌 그리 무정한가? 이제는 자식도 귀하지 않소. 얼어서도 죽을 테고, 굶어서도 죽을 것이니 나와 함께 갑세다."

"어화 넘차 너호!"

그럭저럭 건너가 안산으로 돌아들어 양지바른 자리를 가려서 깊이 안정한 후에 평토제(平土祭)[5]를 지내는데, 심봉사가 본래부터 맹인이 아니라 이십 후의 실명이라 머리 속에는 들어 있는 학식이 많으므로 원한이 사무치는 축문을 지어 몸소 읽는다.

"슬프다 부인이여! 이토록 요조한 숙녀를 맞아 좋을 때에 짝으로 삼고서 백 년을 같이 늙자 하였거늘, 이제 갑자기 죽으니 부인의 혼백은 아주 갔노라. 젖먹이를 남겨 두고 영이별하니 장차 내 무슨 수로 기를 수 있으리오? 돌아오지 못할 길을 부인이 떠나가니 어느 때고 다시는 오지 못하겠기에 소나무와 가래나무가 무성한 언덕에 깊이 묻었으니 푸른 묏부리와 더불어 길이 쉴지어다. 생전에 듣던 음성과 모습이 아득히 멀어지니 슬프다! 이제는 보지도 듣지도 못하리라. 백양나무 가지 밖으로 달이 지니 산이 적적하고 밤은 깊은데, 어디서 귀신 우는 소리가 들리는 듯하니 무슨 말씀이든 하소연한들 저승과 이승이 가로막혀 길이 다르니 그 뉘라서 위로할 수 있으리오? 후유! 주과와 포혜로 간략히 차려 놓았으니, 부인이여 부디 많이 먹고 돌아가 주소서."

심봉사는 부인을 매장하여 공산야월 쓸쓸한 곳에 혼자 두고 허둥지둥 돌아오니, 부엌 안은 쓸쓸하고 방안은 텅 비었는데 분향은 그저 피어 있었다. 휑뎅그렁한 빈 방안에 벗도 없이 혼자 앉아 온갖 슬픔을 짓

5) 장사 때, 봉분한 뒤에 그 자리에서 지내는 제사

씹고 있을 때 이웃집 귀덕 어미가 사람 없는 동안에 아기를 데려다 돌보아 주었다가 건너와 아기를 주고 가는지라, 심봉사는 이를 받아 품안에 안고서 지리산 갈가마귀 게발 물어다 던진 듯이 혼자 우뚝 앉았으니 슬픔이 하늘에 사무치거늘 품안에 어린것은 자지러져 울어댄다.

그렁그렁 그날 밤을 넘기는데 아기는 젖 못 먹어 기진하니 심봉사는 어두운 눈이 더욱 침침하여 어찌할 바를 모를 때, 동녘이 밝아지매 우물가에 두레박 소리가 귀에 얼른 들리기에 날이 새었음을 짐작한지라, 문을 활짝 열어젖히며 단숨으로 우둥퉁 밖에 나가 애걸한다.

"우물가에 오신 부인, 뉘신 줄은 모르나 칠일 만에 어미 잃고 젖 못 먹어 죽게 된 이 아기를 젖 좀 먹여 주오."

그러나 그 부인 대답한다.

"나는 젖이 없소마는 젖 있는 여인네가 이 동네에 많으므로 아기 안고 찾아 가서 좀 먹여 달라 하면 누가 괄시하겠소?"

심봉사는 그 말을 듣자 품속에다 아기 안고 한 손에는 지팡이를 거머잡고 더듬더듬 동네로 걸어가서 젖먹이 있는 집을 찾아 사립문을 밀치고 안으로 들어서며 애걸복걸 빈다.

"이 댁이 뉘시온지 사뢸 말씀 있나이다."

"어쩐 일로 오셨소?"

"현철하던 우리 아내 인심으로 생각하나 눈먼 나를 보더라도 어미 잃은 우리 아기 이 아니 불쌍하오! 댁의 아기 먹고 남은 젖이 있거들랑 이 애 젖 좀 먹여 주오."

근방의 부인네들 심봉사의 사정을 알므로 한없이 측은히 여겨서 아기 받아 젖을 먹이고 돌려주며 말한다.

"여보시오 봉사님, 어렵게 생각 말고 내일도 안고 오고, 모레도 안고 오면 이 애를 설마 굶게 하겠소."

백배(百拜)로 치하하고 아기를 품에 안고 집으로 돌아와서는 요를 덮어 뉘어 놓고, 아기가 노는 사이에 심봉사는 동냥을 다닌다. 이렇듯이 구걸하여 매월 초하루 보름의 삭망(朔望)[6]과 소상을 빠뜨리지 아니하며 지나갈 때, 심청이는 크게 될 사람이라 천지신명이 도와주어 잔병 없이 자라나니 흐르는 물 같은지라, 그의 나이 육칠 세가 되어가니 소경 아비의 손을 잡고 앞에 서서 인도한다.

다시 심청의 나이 십여 세가 되어가니 얼굴은 일색이요, 효행이 지극하였다. 소견도 능통하고 재주도 매우 빼어나서 부친께 바치는 조석 반찬과 모친의 기제사에 지극한 정성을 기울이므로 어른을 넘어설 지경이니 아니 칭찬하는 이 없다.

세상에 덧없는 것은 세월이요, 무정한 것은 가난이라. 심청의 나이 열한 살이 되었을 무렵에는 가세도 군색하고 늙은 부친은 병으로 시달리니, 어리고 연약한 몸이 무엇을 의지하고 살리오.

하루는 심청이 부친께 여쭙는다.

"아버님 들으십시오. 눈 어두우신 아버지가 험한 큰 길을 다니시면

---

6) 상중(喪中)에 있는 집에서, 매달 초하룻날과 보름날 아침에 지내는 제사. 삭망전(朔望奠), 삭전(朔奠)

다치기 쉬우며, 비바람을 무릅쓰고 나다니시면 병환 나실까 염려되오니, 오늘부터 아버지는 집에 앉아 계시오면 소녀 혼자 밥을 얻어 조석 걱정 덜겠습니다."

심청이는 그날부터 밥을 빌러 나섰다. 이렇듯이 봉양하여 춘하추동 사시절을 쉬는 날이 없이 밥을 빌어 왔고 나이 점점 들수록 바느질과 길쌈으로 삯을 받아 부친 공경을 한결같이 하였다.

세월은 흐르는 물 같아서 심청이가 열다섯 살이 되니 얼굴이 나라에서 첫 손 꼽는 국색(國色)[7]이요, 효행이 극진한데 재질마저 비범하고 문필도 넉넉하니 여자 중에 군자요, 새 무리 중에 봉황이요, 꽃 중에서는 모란에 비길 만했다.

원근에 이 소문이 퍼지매 저 건너 마을 무릉촌의 장승상 부인이 심소저를 청하니 시비를 따라갈 때 천천히 발을 옮겨 승상 댁에 당도한다.

"네가 틀림없는 심청이냐? 과연 듣던 말과 같이 아름답구나."

자리를 주어 앉힌 후에 승상부인이 자세히 살펴보니 별로 단장한 바도 없거늘 타고난 자태가 아리따워 나라에서 으뜸가는 미녀였다.

"심청아 내 말 듣거라. 승상이 이미 세상을 떠나시고 아들은 삼형제이나 모두 다 황성에 가 객지에 벼슬살이요, 다른 자식과 손자는 없다. 슬하에 말벗이 없으니 자나 깨나 적적한 빈 방에서 대하느니 촛불이요, 기나긴 겨울밤에 보는 것이 고서로다. 네 신세를 생각하니 양반의 후예

7) 나라 안에서 제일 아름다운 여자를 이르는 말. 국향(國香). '모란꽃'을 아름답게 이르는 말

로서 저렇듯 빈곤하니, 내 집의 수양딸 되면 여공도 손 익히게 하고 문자도 학습시켜 친딸같이 출가시켜 말년 재미를 보고자 하는데 너의 뜻이 어떠하냐?"

심청이 여쭙기를,

"팔자가 기구하여 저 낳은 지 칠일 만에 모친이 세상을 뜨셨기로 앞 못 보는 늙은 부친이 저를 싸안고 다니면서 동냥젖을 얻어 먹여 겨우겨우 길러 내어 이토록 컸으나, 모친의 모습과 몸가짐을 전혀 몰라 철천의 한이 되어 그칠 날이 없기로 내 부모를 생각하여 남의 부모 공경하였거늘 오늘날 승상 부인 존귀하신 처지로서 미천함을 불구하시고 은혜 입으면 이 몸은 부귀영화 누리겠지만 앞 못 보는 우리 부친 사철 의복, 조석공양 뉘 있어 하오리까? 길러 내신 부모 은덕 사람마다 있거니와 이 몸은 더욱 부모 은혜 견줄 바 없으니 잠시라도 슬하를 떠날 수 없습니다."

심청이는 목이 메어 말을 잇지 못하고 눈물이 흘러내려 옥 같은 얼굴을 적시니, 봄바람 보슬비에 복사꽃 떨어지듯 하는지라, 부인이 가상히 듣고 이른다.

"네 말 들으니 과연 하늘이 낸 효녀로다. 망령된 이 늙은이 미처 그 일을 생각지 못하였구나."

부인이 애틋이 여겨 비단과 패물이며 양식을 후히 주고 시비와 함께 보내며 말씀하신다.

"심청아 내 말 듣거라. 너는 나를 잊지 말고 모녀간의 굳은 의를 지켜라."

이리하여 심청이는 하직하고 돌아왔다. 그 무렵 심봉사는 무릉촌에 딸을 보내고 말벗 없이 홀로 앉아 딸 오기만 기다리는데, 아무리 기다려도 발자취는 전혀 없다. 심봉사는 갑갑하기에 지팡막대 거머잡고 딸 마중 나가본다.

더듬더듬 주춤주춤 사립문 앞에 나가다가 비탈에 발이 삐긋 밀려 개천물에 풍덩하고 떨어지니, 얼굴에는 진흙이요 의복이 다 젖었다. 두 눈을 희번덕, 두 팔을 허위적, 나오려면 빠지고 사방 물이 출렁출렁 물소리만 요란하니, 심봉사 겁을 먹고 외친다.

"아무도 거기 없소? 사람 살리시오!"

몸은 점점 깊이 빠져 허리 위로 물이 돈다.

"아이고 나 죽는다!"

차츰 물이 올라와서 목덜미를 감돈다.

"허푸허푸, 아이고 사람 죽소!"

아무리 소리를 친들 오가는 사람이 그쳤으니 뉘 있어 건져 줄까. 이때 몽운사의 화주승(化主僧)[8]이 지나가다가 소리 나는 곳을 찾아가니 어떤 사람이 개천물에 떨어져 거의 죽게 되었으므로 그 중은 깜짝 놀라 굴갓, 장삼을 훨훨 벗어 되는 대로 버려두고, 짚고 있던 구절죽장(九節竹杖)[9]은 되는 대로 내던지고, 행전, 대님을 다 벗고 누비바지 아래를

8) 민간에서 시주하는 물건을 얻어 절의 양식을 대는 승려.

9) 중이 짚는, 마디가 아홉인 대지팡이

똘똘 말아 올려붙이고는 백로가 고기 새끼 노리듯 징검징검 들어가서 심봉사의 가는 허리를 후려쳐 담쑥 안고 '어뚜름 이어차!' 끌어내어 밖에다 앉힌 후에 자세히 보니 낯이 익은 심봉사였다.

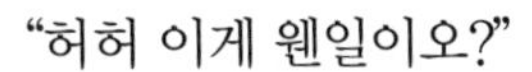

"허허 이게 웬일이오?"

"나 살린 이 뉘시오?"

"소승은 몽운사 화주승이올시다."

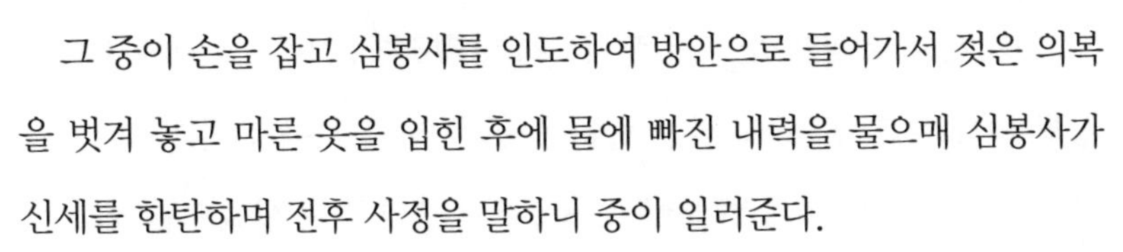

그 중이 손을 잡고 심봉사를 인도하여 방안으로 들어가서 젖은 의복을 벗겨 놓고 마른 옷을 입힌 후에 물에 빠진 내력을 물으매 심봉사가 신세를 한탄하며 전후 사정을 말하니 중이 일러준다.

"우리 절 부처님은 영검[10]이 많은지라, 빌어서 아니 되는 일 없고 구하면 응하시니 부처님께 공양미 삼백 석을 시주로 올리고 지성으로 비시면 살아생전에 눈을 떠서 천지 만물 두루 보고 성한 사람 됩니다."

심봉사는 그 말을 듣더니 신세 처지는 생각지 않고 눈 뜬다는 말이 반갑다.

"여보시오 대사! 공양미 삼백 석을 권선문(勸善文)[11]에 적어 가소."

그 중은 허허 웃는다.

"적기는 적겠으나 댁의 가세를 둘러보니 삼백 석은 주선할 길 없을

10) 사람의 기원(祈願)에 대한 신불(神佛)의 영묘한 감응
11) 불가에서 선을 권하는 글발

듯합니다."

심봉사가 화를 낸다.

화주승이 다시 허허 웃으며 권선문에,

'심학규 미 삼백 석.' 이라 대서특필하고는 하직하고 돌아갔다. 심봉사가 중을 보내놓고 곰곰이 생각하니, 이는 긁어 부스럼이요 도리어 후환이라 홀로 앉아 스스로 탄식한다.

"내가 공을 드리려다 만약에 죄가 되면 이를 장차 어찌하잔 말인고?"

묵은 근심 새 걱정이 불같이 일어나 신세를 탄식하며,

"천지가 아주 공평하여 별로 치우침이 없건마는 이내 팔자 어찌하여 형세 없고 눈도 멀어 해 달같이 밝은 것을 분별할 수 전혀 없고, 처자 같은 정든 사이도 마주 대하여 못 보는가? 우리 망처 살았으면 조석 근심 없을 것을, 다 커가는 딸자식이 동네 품을 팔아 겨우 풀칠하는 중에 공양미 삼백 석이 어디 있어 호기 있게 적어 놓고 백 가지로 궁리하나 방책이 전혀 없으니 이를 어찌한단 말인가? 장독, 그릇 다 팔아도 한 되 곡식 못 살 것이며, 장롱, 함을 방매(放賣)[12]해도 단돈 닷 냥에도 사지 않으리라. 집이라도 팔자 하나 비바람을 못 가리니 나라도 아니 사리라. 내 몸이나 팔자 한들 눈 못 보는 이 잡것을 어느 누가 사가리오? 애고 애고 서러워라, 애고 애고 서러워라."

한동안 이렇게 슬피 울고 있을 때에 심청이가 급히 돌아와서 닫힌

12) 물건을 내놓아 파는 것. 매출(賣出)

방문을 벌떡 열고,

"아버님!"

하고 부르더니, 저의 부친의 모양 보고 깜짝 놀라 달려든다.

"애고 이게 웬일이시오?"

승상 댁 시비에게 방에 불을 때달라고 부탁하고 치마를 걷어쥐고 눈물을 씻으면서 얼른 밥을 지어 부친 앞에 상을 놓는다.

"아버지 진지 잡수시오."

"나 밥 안 먹으련다."

"무슨 근심이라도 계시오?"

"네 알 일 아니로다."

"아버지 무슨 말씀이오? 소녀 비록 불효이나 말씀을 속이시니 마음이 서럽습니다."

"아가 아가 울지 마라. 너 속일 리 없지마는 네가 만일 알고 보면 지극한 네 효성이 걱정이 되겠기로 진작 말 못하였다. 아까 너 오는가 문 밖에 나가다가 개천물에 빠져 죽게 되었더니 몽운사 화주승이 나를 건져 살려놓고 '몽운사 부처님이 영검하기 다시없으니 공양미 삼백 석을 부처님께 시주하면 생전에 눈을 떠서 성한 사람이 된다' 기로 형편은 생각지 아니하고 홧김에 적었으니 이 어찌 될 말이냐? 도리어 후회로다."

심청이 그 말 듣고 반기어 웃으면서 대답한다.

"이제 새삼 후회하시면 정성이 못 되니 아버님 어두우신 눈 정녕 밝혀 보게 공양미 삼백 석을 아무쪼록 마련하여 보겠습니다."

심청이는 부친의 소원을 듣고 그날부터 뒤뜰을 정히 하고 황토로 단을 모아 좌우로 금줄 매고 정화수 한 동이를 소반 위에 받쳐 놓고 북두칠성 호반[13]에 향 피우고 재배한 다음에 공손히 두 무릎 꿇고 두 손 모아 빈다.

이렇듯이 밤낮으로 빌었더니 도화동 심소저는 하늘이 아는 바라 흠향(歆饗)[14]하시고 앞일을 인도하시었다. 하루는 유모 귀덕 어미가 오더니,

"아가씨, 이상한 일 보았나이다."

"무슨 일이 이상하오?"

"어떠한 사람인지 십여 명씩 다니면서, 값은 고하간에 십오 세 처녀를 사겠다고 다니니 그런 미친놈들이 있소?"

심청이 속마음으로 반겨 듣고,

"여보, 그 말 진정이오? 정말로 그리 될 양이면, 그 다니는 사람 중에 노숙하고 점잖은 사람을 불러오되, 말이 밖에 나지 않게 조용히 데려오오."

귀덕 어미 대답하고 과연 데려왔는지라, 처음은 유모를 시켜 사람 사려는 까닭을 물은즉 그 사람의 대답이,

"우리는 본디 황성 사람으로서 장사차로 배를 타고 만 리 밖에 다니더니, 배 갈 길에 인당수라 하는 물이 있어 변화불측하여 자칫하면 몰

---

13) 정 화수 떠 놓는 소반

14) 신이나 신령이 제물을 받거나 제사 음식의 향기를 맡는 것

사를 당하는데, 십오 세 처녀를 제수로 제사를 지내면, 수로만리를 무사히 왕래하고, 장사도 흥왕하옵기로 생애가 원수로 사람 사러 다니오니, 몸을 팔 처녀가 있으면 값을 관계치 않고 주겠나이다."

심청이 그제야 나서며,

"나는 본촌 사람으로, 우리 부친 안맹하여 세상을 분별 못하기로 평생에 한이 되어 하나님 전에 축수하던 중, 몽운사 화주승이 공양미 삼백 석을 불전에 시주하면 눈을 떠서 보리라 하되, 가세가 지빈(至貧)[15] 하여 주선할 길 없삽기로 내 몸을 방매하여 발원하기 바라오니 나를 삼이 어떠하오? 내 나이 십오 세라 그 아니 적당하오?"

선인이 그 말 듣고 심소저를 보더니 마음이 억색하여[16] 다시 볼 정신이 없이, 고개를 숙이고 묵묵히 섰다가,

"낭자 말씀 듣자오니 거룩하고 장한 효상 비할 데 없습니다."

이렇듯이 치하한 후에, 저의 일이 긴한지라,

"그리하오."

하고 허락하니 심소저가 묻기를,

"행선 날이 언제이니까?"

"내월 십오일이 행선할 날이오니, 그리 아옵소서."

피차에 상약하고, 그 날로 선인들이 공양미 삼백 석을 몽운사에 보냈다.

---

15) 지극히 가난하다

16) 몹시 원통하거나 슬퍼서 가슴이 막히는 느낌이 있다.

심소저는 귀덕 어미를 백 번이나 단속하여 말 못나게 한 연후에, 집으로 돌아와 부친 전에 여쭈되,

"아버지."

"왜 그러느냐?"

"공양미 삼백 석을 몽운사로 올렸나이다."

심봉사 깜짝 놀라서,

"그게 어쩐 말이냐? 삼백 석이 어디 있어 몽운사로 보냈어?"

심청이 같은 효성으로 거짓말을 하여 부친을 속일까마는, 사세 부득이라 잠깐 속여 여쭙는다.

"일전에 만나 뵌 무릉촌 장승상 댁 부인께서 소녀보고 말씀하기를 '수양딸 노릇하라' 하되 아버지 계시기로 허락을 아니하였는데, 사세 부득하여 이 말씀 사뢰었더니 부인이 반겨 듣고 쌀 삼백 석 주시기로, 몽운사로 보내옵고 수양딸로 팔렸습니다."

심봉사 물정 모르고 소리 내어 웃으며 즐겨한다.

"어허, 그 일 잘 되었다. 언제 데려간다더냐?"

"내월 십오일에 데려간다 하옵니다."

"네가 게 가서 살더라도, 나 살기 관계찮지! 어, 참으로 잘 되었다."

부녀간에 이같이 문답하고, 부친을 위로한 후, 심청이는 그 날부터 선인을 따라갈 일을 곰곰 생각하니, 사람이 세상에 생겨나서 한때를 못 보고 이팔청춘에 죽을 일과 안맹하신 부친 영결하고 죽을 일이, 정신이 아득하여 일에도 뜻이 없어 식음을 전폐하고 시름없이 지내다가 다시

생각하여 보니 엎질러진 물이 되고 쏘아 놓은 살이었다.

"내 몸이 죽어지면, 춘하추동 사시절에 부친 의복 뉘라 다 할까? 아직 살아 있을 때에, 아버지 사철 의복 망종 지어 드리리라."

하고, 춘추 의복과 하동 의복을 보에 싸서 농에 넣고, 갓, 망건도 새로 사서 걸어 두고 행선 날을 기다릴 제, 하룻밤이 격한지라.

밤은 깊어 삼경인데, 은하수는 기울어져 촛불이 희미할 제, 두 무릎을 쪼그리고 아무리 생각한들 심신이 난정이라. 부친의 벗은 버선볼이나 망종 받으리라, 바늘에 실을 꿰어 손에 들고 하염없는 눈물이 간장에서 솟아올라, 복받쳐 오르는 울음을 부친 귀에 들리지 않게 속으로 느껴 울며 부친의 낯에다가 얼굴을 가만히 대어보고 수족도 만지면서,

"오늘 밤 모시면 다시는 못 뵐 테지. 내가 한 번 죽어지면 여단수족 우리 부친, 누굴 믿고 살으실까? 애닯도다, 우리 부친. 내가 철을 안 연후에 밥 빌기를 하였더니, 이제 내 몸이 죽어지면 춘하추동 사시절을 동네 걸인 되겠구나. 눈총인들 오죽하며, 괄시인들 오죽할까? 부친 곁에 내가 모셔 백세까지 공양하다가 이별을 당하여도 망극한 이 설움이 측량할 수 없을 텐데, 하물며 이러한 생이별이 고금천지 간 또 있을까? 우리 부친 곤한 신세, 적수단신 살자 한들 조석공양 뉘라 하며, 고생 하다 죽사오면 또 어느 자식 있어 머리 풀고 애통하며, 초종장례 소대기며 연년 오는 기제사에 밥 한 그릇 물 한 그릇 뉘라서 차려 놀까? 몹쓸 년의 팔자로다, 칠일 만에 모친 잃고 부친마저 이별하니 이런 일이 또

있는가? 우리 부녀 이 이별은, 내가 영영 죽어 가니 어느 때 소식 알며 어느 날에 만나 볼까? 돌아가신 우리 모친 황천으로 들어가고 나는 인제 죽게 되면 수궁으로 갈 터이니, 수궁에 들어가서 모녀 상봉 하자 한들 황천 가기 몇 천리나 된다는지? 황천을 묻고 불원천리 찾아간들 모친이 나를 어이 알며, 나는 모친 어이 알리? 만일 알고 뵈옵는 날, 부친 소식 묻자오면 무슨 말로 대답할꼬? 오늘 밤 오경 시를 함지[17]에 머무르고, 내일 아침 돋는 해를 부상[18]에 매었으면 하늘같은 우리 부친 한 번 더 보련마는 밤 가고 해 돋는 일 그 뉘라서 막을손가?"

천지가 사정없어 이윽고 닭이 우니, 심청이 기가 막혀,

"닭아 닭아, 우지 마라. 네가 울면 날이 새고, 날이 새면 나 죽는다. 나 죽기란 섧지 않으나, 의지 없는 우리 부친 어찌 잊고 가잔 말가?"

밤새도록 섧게 울고 동방이 밝아 오니, 부친 진지 지으려고 문을 열고나서 보니 벌써 선인들이 사립문 밖에서 주저주저하며,

"오늘 행선 날이오니, 빨리 가게 하옵소서."

심청이 그 말 듣고, 대번에 두 눈에서 눈물이 빙 돌아 목이 메어 사립문 밖에 나가서,

"여보시오 선인네들, 오늘 행선하는 줄은 내가 이미 알거니와 부친이 모르오니 잠깐 지체하옵시면, 불쌍하신 우리 부친 진지나 하여 상을 올려 잡순 후에 말씀 여쭈옵고 떠나게 하오리다."

17) 해 넘어가는 곳
18) 해 뜨는 곳

선인들이 불쌍하고 가엾게 여기어,

"그리하오."

허락하니, 심청이 들어와서 눈물 섞어 밥을 지어 부친 앞에 상을 올리고, 아무쪼록 진지 많이 잡수시도록 하느라고 상머리에 마주앉아 자반도 뚝뚝 떼어 수저 위에 올려놓고 쌈도 싸서 입에 넣어,

"아버지, 진지 많이 잡수시오."

"오냐, 많이 먹으마. 오늘은 각별하게 반찬이 매우 좋구나. 뉘 집 제사 지냈느냐?"

심청이 기가 막혀 속으로만 느껴 울며 훌쩍훌쩍 소리 나니, 심봉사는 물색없이 귀 밝은 체 말을 한다.

"아가, 너 몸 아프냐? 감기가 들었나 보구나. 오늘이 며칠이냐? 오늘이 열닷새지, 응?"

부녀의 천륜이 중하니 몽조가 어찌 없을쏘냐? 심봉사가 간밤 꿈 이야기를 하되,

"간밤에 꿈을 꾸니 네가 큰 수레를 타고 한없이 가 보이니, 수레라 하는 것은 귀한 사람 타는 것이라. 아마도 오늘 무릉촌 승상 댁에서 너를 가마 태워 가려나 보다."

심청이 들어 보니 분명히 자기 죽을 꿈이로다. 속으로 슬픈 생각 가득하나, 겉으로는 아무쪼록 부친이 안심하도록,

"그 꿈이 장히 좋소이다."

대답하고, 진지상을 물려내고 담배 피워 물려드린 후에, 사당에 하

직차로 세수를 정히 하고 눈물 흔적 없앤 후에 정한 의복 갈아입고 후원에 들어가서, 사당문 가만히 열고 주과(酒果)를 차려 놓고 통곡 재배하직할 제,

"불효 여식 심청이는 부친 눈 뜨게 하오려고 남경 장사 선인들께 삼백 석에 몸을 팔려 인당수로 떠나오니, 소녀가 죽더라도 아비의 눈 뜨게 하고 착한 부인 작배(作配)[19]하여 아들 낳고 딸을 낳아 조상향화 전하게 하소서."

이렇게 축원하고 문 닫으며 우는 말이,

"소녀가 죽사오면 이 문을 누가 여닫으며, 동지, 한식, 단오, 추석 명절이 온들 주과포혜를 누가 다시 올리오며, 분향재배 누가 할고? 조상의 복이 없어 이 지경이 되옵는지, 불쌍한 우리 부친 강근지친(强近之親)[20] 전혀 없고, 앞 못 보고 형세 없어 믿을 곳이 없이 되니 어찌 잊고 죽어갈까?"

우르르 나오더니 자기 부친 앉은 앞에 철썩 주저앉아 '아버지!' 부르더니 말 못하고 기절한다. 심봉사 깜짝 놀라,

"아가, 웬일이냐? 봉사의 딸이라고 누가 정가하더냐? 이것이 회동하였구나. 어쩐 일이냐? 말 좀 하여라."

심청이 정신 차려,

"아버지!"

---

19) 남녀가 서로 짝을 짓는 것

20) 가까운 친척

"오냐."

"제가 불효 여식으로 아버지를 속였소. 공양미 삼백 석을 누가 저를 주오리까? 남경 장사 선인들께 삼백 석에 몸을 팔아 인당수 제수로 가기로 하와, 오늘 행선 날이오니 저를 오늘 망종 보오."

사람의 슬픔이 극진하면 가슴이 막히는 법이라, 심봉사 하도 기가 막혀 놓으니 울음도 아니 나오고 실성을 하는데,

"애고, 이게 웬말이냐, 응? 참말이냐 농담이냐? 말 같지 아니하다. 나더러 묻지도 않고 네 마음대로 한단 말가? 네가 살고 내 눈 뜨면 그는 응당 좋으려니와 자식 죽여 눈을 뜬들 그게 차마 할 일이냐? 너의 모친 너를 낳고 칠일 만에 죽은 후에 눈조차 어둔 놈이 품안에 너를 안고, 이 집 저 집 다니면서 동냥 젖 얻어 먹여 그만큼이나 자랐기로 한시름 잊었더니, 이게 웬말이냐? 눈을 팔아 너를 살지언정 너를 팔아 눈을 산들 그 눈 해서 무엇하랴? 어떤 놈의 팔자로서 아내 죽고 자식 잃고 사궁지수(四窮之首)[21]가 된단 말가? 네 이 선인놈들아! 장사도 좋거니와, 사람 사다 제수하는 걸 어디서 보았느냐? 눈먼 놈의 무남독녀 철모르는 어린것을 나 모르게 유인하여 산단 말이 웬말이냐? 쌀도 싫고 돈도 싫고, 눈 뜨기 내 다 싫다. 네 이 독한 상놈들아! 생사람 죽이면 대전통편(大典通編)[22] 율에 걸리렷다!"

---

21) 환(鰥)·과(寡)·고(孤)·독(獨)의 네 가지 궁한 처지. 곧, 늙은 홀아비, 늙은 홀어미, 부모 없는 어린이, 자식 없는 늙은이를 이르는 말

22) 정조 때 편찬한 법전

이렇듯이 심봉사는 홀로 큰소리하더니 이를 갈며 죽기로 기를 쓰는지라, 심청이가 허겁지겁 부친을 붙잡는다.

"아버지! 아버지! 이 일은 남의 탓이 아니오니 그리 마소서."

부녀가 서로 붙잡고 뒹굴며 통곡하니 동화동의 남녀노소 뉘 아니 슬퍼하리오. 뱃사람들도 모두 눈물진다. 그 중의 한 사람이,

"여보시오 영좌[23] 영감! 하늘이 낸 큰 효(孝) 심소저는 말할 것도 없거니와 심봉사 저 영감이 참으로 불쌍하니, 우리 선인 삼십 명이 밥 열 숟가락 모아 한 그릇 밥이 된다 하니 저 양반 남은 여생일랑 우리들이 굶지 않도록 주선하여 주도록 하세."

하고 발설하니 모두들 고개를 끄덕이며,

"그 말 옳소!"

하고 돈 삼백 냥, 백미 백 석, 무명 삼베 각 한 바리를 동중으로 들여 놓으며 말한다.

"삼백 냥은 논을 사서 착실한 사람 주어 토지를 경작하고, 백미 열닷 섬은 당년 양식하게 하고, 나머지 팔십여 섬은 해마다 풀어 놓고 장리(長利)[24]로 추심(推尋)[25]하면 양미가 풍족하니 그렇게 하시고 무명 삼베 각 한 바리는 사철 의복 짓게 하소서."

종중에서 의논하여 그리하고 그 연유를 통문(通文)[26] 내어 균일하게

---

23) 수령 곧 선장
24) 곡식을 꾸어 주고 받을 때, 본디 곡식의 절반을 받는 변리. 흔히, 봄에 꾸고 가을에 갚는다.
25) 찾아내어 가지거나 받아 내는 것
26) 여러 사람의 성명을 적어 차례로 돌려보는 통지문

구별하였다. 이 때 무릉촌의 장승상 부인은 심청이가 몸을 팔아 인당수로 간다는 말을 그제야 듣고 시비를 시켜 심청을 불렀다.

"이 무정한 인간아. 내가 너를 안 후로는 자식으로 여겼는데 너는 나를 잊었느냐? 말을 들으니 선인들에게 몸을 팔아 죽으로 간다 하니 너의 효심은 지극하나 네가 죽어 될 일이냐? 그토록 일이 되었거든 나에게 건너와서 그 연유를 말했던들 이 지경을 당하지는 않았을 것을! 어찌 그리 철없이 굴었느냐?"

하며 손을 잡아 이끌고 방안으로 들어가서 심청이를 앉힌 다음에 타이른다.

"쌀 삼백 석 내줄 터이니 선인 불러 도로 주고 망령된 생각일랑 다시는 품지 마라."

심청이는 이 말 듣고 한동안 생각하더니 천연스레 여쭙는다.

"당초에 아뢰지 못한 일을 이제 와서 후회한들 어찌하며 또 이 한 몸 어버이를 위해 정성을 다하자면 어찌 명색 없는 남의 재물을 바라리까? 이제 와서 백미 삼백 석을 돌려준다면 선인들도 뜻하지 않은 낭패가 될 것이니 그도 또한 어렵고, 한편 사람이 남에게다 한 몸을 허락하여 값을 받고 팔았다가 수삭이 지난 다음 차마 어찌 낯을 들고 보리까? 늙은 아비 두고 죽는 것이 도리어 불효됨을 모르는 바 아니로되 그것이 천명이니 할 수 없습니다. 부인의 높은 은혜와 이끌고 자별하신 말씀 황천에 돌아가 결초보은 하겠습니다."

승상 부인은 이 말을 듣고 애석한 마음에 차마 놓지 못하고 통곡한다.

"네가 잠깐 지체하면 화공을 불러들여 네 얼굴 네 태도를 그대로 그려두고 내 생전에 두고두고 볼 것이니 잠시 머물러 있어라."

화공이 그림을 그리니 심소저가 둘이었다. 심청이 울며 여쭙는다.

"정녕 부인께서는 전생에 내 부모였으니 오늘날 물러가면 언제 다시 모실 수 있으리까? 소녀 글 한 수 지어 내어 부인 앞에 바치리니 걸어두면 증험(證驗)[27]이 있으오리다."

부인이 매우 반겨 붓과 벼루를 내놓는다.

살아 있고 죽어감이 한 토막 꿈이라.

정이 그립다고 하필이면 눈물을 흘리는가?

세상에 가장 애를 끊는 것이라면

강남이 푸르러도 돌아오지 않음이리.

부인이 또한 두루마리 한 축을 끌러내어 글 한 수를 단숨에 내리쓴다.

까닭 모를 비바람에 양대[28]의 넋은

이름난 꽃을 불어 보내어 바다 어귀에 떨어뜨리더라.

인간계로 귀양살이 온 것을 하늘도 보시겠거늘

죄 없는 부녀가 사랑 어린 은혜를 끊는도다.

---

27) 실지로 사실을 경험하는 것

28) 무산 신녀에서 인용

심청이는 두 손으로 그 글을 받고 눈물로 이별하니, 무릉촌의 남녀노소 뉘 아니 통곡하랴. 심청이가 돌아오니 심봉사 달려들어 딸아이의 목을 껴안고 뛰며 통곡한다.

"나도 가자, 나하고 가! 혼자 가지는 못한다. 이제는 죽어도 같이 죽고 살아도 같이 살자! 나 버리고 못 간다. 고기밥이 되려거든 너와 나와 같이 되자!"

"우리 부녀간에 천륜을 끊고 싶어 끊고, 죽고 싶어 죽습니까? 불효여식 청이는 생각지 마시고 아버지 눈을 떠서 광명 천지 다시 보고 착한 사람 배필로 삼아 아들 낳고 후사를 전케 하소서."

심봉사 펄쩍 뛴다.

"애고 애고, 그 말 하지 마라. 처자 있을 팔자라면 이런 일을 당하겠느냐? 나 버리고는 못 간다."

심청이는 사람을 시켜 부친을 붙들어 앉혀 놓고 울며 당부한다.

"동네 어른님들, 혈혈단신 우리 부친을 내맡기고 죽으로 가는 이 몸은 오직 동중만 믿사오니 굽어 살피소서."

이렇듯이 하직할 때 하느님이 아셨는지 백일은 어디 가고 검은 구름 자욱하다.

이따금 빗방울이 눈물같이 떨어지고 휘늘어져 곱던 꽃은 이울고자 빛이 없고 청산에 초목 수색을 띠어 있고 녹수에 드리운 버들 수심을 돕는 듯, 우짖는 저 꾀꼬리 너 무슨 회포던가? 너의 깊은 한을 내가 알지 못하여도 통곡하는 내 심사는 네가 혹시 짐작할까?

한 걸음에 눈물지고 두 걸음에 돌아보며 드디어 떠나가니 명도의 풍파가 이제부터 험난하다. 강가에 다다르니 뱃사람이 몰려들어 뱃머리에 좌판 놓고 심소서를 모셔 올려 빗장 안에 앉힌 다음 닻 감고 달아 소리하며 북을 둥둥 울리면서 지향 없이 떠나간다. 배 타고 한가운데 떠서 흘러가니 망망한 창해 중에 가없는 물결이다.

한 곳에 당도하여 닻을 주고 돛을 내리니 이곳이 인당수다. 고기와 용이 싸우는 듯 큰 바다 한 가운데 돛도 잃고 닻도 끊기며, 노도 잃고 키도 빠지며, 바람 불고 물결치고 안개마저 자욱한 날에 아직도 갈 길은 천만 리가 넘으며 사면이 검게 어둑 저물어 천지와 지척이 똑같이 막막한데 산 같은 파도가 뱃전을 땅땅 치니 당장에 위태로운지라, 도사공[29] 이하가 크게 겁을 먹고 어쩔 바를 몰라 하며 혼비백산하여 고사 절차를 차린다.

섬쌀로 밥을 짓고 큰 돼지를 잡아 큰 칼 꽂아서 정하게 받쳐 놓고 삼색사(三色絲)와 오색 당속(糖屬)[30]에 큰 소 잡고 동잇술을 곁들이어 방향을 가리어 갖다 놓고서 심청이를 목욕시켜 의복을 정히 입히고 뱃머리에 앉힌 다음 도사공이 고사를 올리는데, 북채를 갈라 쥐고 북을 둥둥둥둥 두리둥둥 울린다.

"헌원씨가 배를 만들어 가지 못하던 길을 통하게 한 후로 뒷사람들

29) 뱃사공의 우두머리
30) 설탕에 조려서 만든 음식

이 본받아 저마다 이로써 업을 삼으니 막대한 공이 아닙니까? 하우씨[31]는 구년 치수에 배를 타고 다스려 오복[32]을 구제하고 다시 구주[33]로 돌아들 때 배를 타고 기다렸으며, 제갈공명의 높은 조화도 동남풍을 불러 일으켜 조조의 백만 수군을 주유를 시켜 불을 질러 적벽 대전할 적에 배 아니면 어찌하였으리오? 우리 동무 스물네 명 상가[34]로 업을 삼아 열다섯에 배를 타서 여러 해를 거듭하여 서 남방을 떠돌다가 오늘날 인당수에 제물을 바치오니 동해신 아명이며, 남해신 축융이며, 서해신 거승이며, 북해신 우강이며 모두 강물의 신과 모두 냇물의 신이 이 제물을 드시고 여러 신령께서 한결같이 굽어 살피시어 비렴[35]으로 하여금 바람 주시고 해약[36]으로 하여금 인도케 하여 황금더미로 우리의 소망을 이루어주소서. 고수레! 둥둥."

빌기를 마치고 심청이더러 물에 들라 하며 뱃사공들이 재촉하니, 심청이는 뱃머리에 우뚝 서서 두 손을 합장하고 하느님께 빈다.

"비나이다 비나이다. 심청이 죽는 것은 추호도 서럽지 않으나 앞 못 보는 우리 부친 천지에 사무치는 원한을 살아생전에 풀어 드리려고 죽음을 당하오니 하나님이 굽어 살피시어 우리 부친 어두운 눈을 불원간 밝게 하시어 광명천지를 보게 하소서."

---

31) 우왕
32) 서울을 중심으로 다섯 지방
33) 중국 땅은 아홉 주이다.
34) 장수
35) 바람 신
36) 바다 신

다시 뒤로 펄썩 주저앉더니 도화동을 향하면서,

"아버지 나 죽소! 어서 눈을 뜨소서!"

손을 짚고 일어서서 사공들에게,

"여러 선인 상가님네들, 평안히 가시고 억만금의 이를 얻어 이 물가를 지날 때면 나의 혼백 넋을 불러 떠돌이 귀신을 면케 하여 주오."

이르고 빛나는 눈을 감고 치마폭을 뒤집어쓰고 이리저리 저리이리 뱃머리로 와락 나가 푸른 물에 풍덩 빠지니, 물은 인당수요, 사람은 심봉사의 딸 심청이라. 인당수 깊은 물에 힘없이 떨어진 꽃 헛되이 고기 뱃속에 장사 지냈단 말인가?

그 배의 영좌는 한숨 지며 통곡하고 삿대잡이는 엎드려 운다.

"하늘이 낸 큰 효 심소저는 아깝고 불쌍하다. 부모 형제가 죽었다 한들 이에서 더할쏘냐?"

이 무렵 한편 무릉촌의 장승상 부인은 심소저를 이별하고 애석한 마음을 이기지 못하여 심소저의 화상 족자를 벽 위에 걸어두고 날마다 살펴보는데, 하루는 족자 빛이 검어지며 화상에서 물이 흐르므로 부인이 놀란다.

"이제는 죽었구나!"

슬픔을 못 이기어 애간장이 끊어지는 듯, 가슴이 터지는 듯 기막혀 슬피 우는데 이윽고 족자 빛이 완연히 새로워지니 마음에 괴이쩍게 여기었다.

"누가 건져 내어 목숨을 부지하였는가? 푸른 바다 만 리 밖 소식 어찌 알리?"

그날 밤 삼경(三更)[37] 초에 제물을 갖추어 시비에게 들리고 강가에 나가 백사장 정한 곳에 주과포를 벌어놓고 승상 부인은 몸소 축문을 크게 읽어 심소저의 넋을 위로하며 제사를 지냈다. 강촌에 밤이 깊어 사면이 고요한데,

"심소저야 심소저야! 아깝도다 심소저야! 앞 못 보는 부친 눈을 뜨게 하려 평생 한이 되는지라. 네 효성이 죽기로써 갚으려고 실낱같은 목숨을 스스로 내던져 고기 뱃속 넋이 되니 가련하고 불쌍코나! 하느님은 어찌하여 너를 내고 죽게 하며, 귀신은 어찌하여 죽는 너를 못 살리나? 네가 나지 말았거나 내가 너를 몰랐거나 할 것이지 생리사별이 웬말인고? 그믐이 되기 전에 달이 먼저 기울었고, 모춘이 되기 전에 꽃이 먼저 떨어지니 오동에 걸린 달은 뚜렷한 네 얼굴이 다시 온 듯, 이슬에 젖은 꽃은 천연한 네 몸가짐 눈앞에 내리는 듯, 대들보에 앉은 제비 아름다운 네 소리로 무슨 말을 하소연할 듯, 두 귀밑의 머리털은 이로 하여 희어지고 인간계에 남은 세월 너로 인해 재촉되니 무궁한 나의 수심을 너는 죽어 모르거니와 나는 살아 고생이렷다. 한 잔 술로 위로하니 꽃

37) 밤 11시

다운 넋이여, 오호라 슬프구나! 상향."

부인이 눈을 씻고 제물을 조금씩 뜯어 물에 띄울 때 술잔이 뒹구니 심소저의 혼이 온 듯하여 부인은 그지없이 서러워하며 집으로 돌아갔다. 대저 이 세상같이 억울하고 고르지 못한 것은 없으리라. 가난하고 약한 사람은 그 부모가 낳은 몸과 하늘이 주신 귀중한 목숨도 보전치 못하고 심청이 같은 하늘이 낸 큰 효가 필경에는 인당수 물에 가련한 몸이 잠기게 되었다.

그러나 그가 잠긴 곳은 물 속이 아니라 이 인간계를 영 이별하고 간 하늘의 상계이니, 하느님의 능력이 한없이 큰 세상이다. 이욕에 눈이 어두운 인간계의 사람들과 말 못하는 부처는 심청이를 돕지 못하였으나 인당수의 물귀신이야 심청이를 알아보지 못하리오?

그때 옥황상제께서는 사해용왕에게 분부를 내리시었다.

"명일 오시 초각에 인당수 바다 속으로 하늘이 낸 큰 효 심청이가 떨어질 터이니, 그대들은 등대하였다가 수정궁에 영접하고, 다시 영을 기다려 도로 그를 인간계로 보내되 만일에 시각을 어기는 날에는 사해의 수궁제신들이 죄를 면치 못하리라."

이렇듯 분부가 지엄한지라 사해의 용왕들이 황겁하여 원참군 별주부와 백만의 철갑제강(鐵甲諸將)[38]이며 무수한 시녀들로 하여금 백옥 교자를 채비하고 그 시각을 기다릴 때 오시 초각이 되자 백옥 같은 한

---

38) 게나 조개 따위

소저가 바다 위로 떨어지매 여러 선녀들이 이를 옹위하여 심청이를 고이 모셔 교자에 앉히니, 심청이는 정신을 가다듬고 사양한다.

"나는 속세의 천한 몸이니 어찌 황공하여 용궁의 교자를 탈 수 있겠습니까?

여러 시녀가 여쭙는다.

"옥황상께서 분부를 내리셨습니다. 만약에 지체하시면 사해 수궁에 탈이 나니 지체 마시고 타십시오."

심청이는 사양하다 못하여 교자에 올라앉으니, 여러 선녀들이 옹위하여 수정궁으로 들어갈 때 위의가 굉장하다. 옥황상제의 명이거늘 어찌 거행함이 범연하랴. 사해의 용왕들이 각기 선녀를 보내어 조석으로 문안하고 번갈아가며 시위할 때 삼일에 소연이요, 오일에 대연으로 극진히 위로한다.

심청이는 이렇듯이 수정궁에 머무를 때 하루는 하늘에서 옥진 부인이 오신다 하나, 심소저는 누구인지 모르고 일어서 바라보니 오색구름이 푸른 하늘에 서리며 요란한 풍악이 궁중에 낭자하더니, 머리 바른쪽에는 단계화요 왼쪽에는 벽도화로, 청학과 백학이 옹위하고 공작새는 춤을 추고 안비는 인도하며 천상 선녀 앞을 서서 용궁 선녀 뒤를 서서 엄숙하게 내려오니 보던 중 처음이다. 이윽고 다다르자 교자에서 옥진 부인이 내려 안으로 들어온다.

"청아, 너의 어미 내가 왔다."

"애고 어머니!"

심청이는 우르르 달려들어 모친 목을 덥썩 잡고 웃다 울다 하면서 말한다.

"변변치 못한 소녀 몸이 부친 덕에 아니 죽고, 열다섯을 다하도록 모녀간에 어머니가 중하거늘 이날 이때껏 얼굴을 모르기로 평생에 한이 되어 잊을 날이 없더니, 오늘에야 모녀가 상봉하여 나는 한이 없거니와 외로우신 아버지는 누구 보고 반기실까?"

그러구러 모녀가 어울려서 여러 날을 수정궁에 머물러 있더니 하루는 옥진 부인이 심청이한테 말한다.

"반가운 마음이야 한량없건마는 옥황상제의 처분으로 맡은 직분이 허다하므로 오래 지체를 못하겠구나. 오늘은 너와 이별하고 네가 장차 부친을 만나게 될 줄 네 어찌 알랴만, 후일에 서로 반길 때가 있으리라."

옥진 부인 일어서서 손을 잡고 작별하더니, 공중을 향하여 홀연 삽시간에 사라지니 심청이는 할 수 없이 눈물로 하직하고 계속 수정궁에 머물러 있었다.

이럴 즈음 옥황상제께서는 심낭자의 출천대효(出天大孝)를 가상히 여기시고, 수정궁에 오래 둘 도리가 없는지라 사해용왕에게 다시 전교를 내리셨다.

"대효 심낭자를 옥정연화 꽃봉오리 속에 아무쪼록 고이 모셔 오던 길인 인당수로 도로 내보내라."

꽃봉오리 속의 심낭자는 가는 바를 모르는데 수정문 밖 떠날 적에 하늘에서 사나운 비바람이 없이 맑게 개었으며 바다 또한 잔잔하여 파도가 일지 않는다. 때는 봄이라 해당화는 바닷물에 피어 있고, 동풍에 푸른 버들은 바닷가에 가지를 드리웠는데 고기 낚는 저 어부는 시름없이 앉았구나. 한 곳에 다다르니 날씨가 명랑하고 사면이 광활하다. 심청이가 정신을 가다듬고 둘러보니 용궁 가던 인당수라, 슬프다 이 역시 꿈을 꾸는 것이 아닐까?

바로 그 무렵, 남경으로 장사 하러 갔던 선인들이 심낭자를 제수로 바친 덕에 그 행보에 이를 남겨 돛대 끝에 큰 기 꽂고 웃음으로 지껄이며 춤추고 돌아오다 인당수에 다다르니, 큰 소 잡고 동이 술에 각종 과실 차려놓고 북을 치며 제를 지내던 참이다. 해상을 바라보니 난데없는 꽃 한 송이 물 위로 덩실덩실 떠내려 오기에 선원들이 내다르며 말한다.

"이 애야, 저 꽃이 웬 꽃이냐? 천상의 월계화냐, 요지의 벽도화냐? 천상 꽃도 아니요, 세상 꽃도 아닌데 해상에 홀로 있을진대 아마도 심낭자의 넋인가 보다."

이같이 공론이 분분할 때 백운이 자욱한 가운데 산뜻하게 푸른 옷을 떨쳐입은 선관 하나가 공중에 학을 타고 외쳐 이른다.

"해상에 떠 있는 선인들아, 꽃 보고 떠들지 마라. 그 꽃은 천상의 귀한 꽃이니 타인은 일체 접근치 말 것이며 각별 조심하여 고이 모셔다가 천자께 진상토록 하라. 만일 그리 아니하면 뇌성보화천존(雷聲普化天尊)으로 하여금 생벼락을 내리도록 하련다."

뱃사람들 그 말 듣고 황겁하여 벌벌 떨면서 그 꽃을 고이 건져 빈칸에 모신 후에 청포장을 둘러치고 내외 제례가 분명하였다. 닻을 감고 돛을 다니 순풍이 절로 일어 서울 남경을 순식간에 당도하여 해안에 배를 대었다.

때는 바로 경진년(庚辰年) 삼월이라. 당시 송나라 천자께옵서는 황후의 상사를 당하였으니, 억조창생 만민들은 이를 것도 없거니와 조공하는 열두 나라 사신들은 황황급급 분주한데, 천자는 마음이 어지러워 슬픔을 가라앉히려고 각색 화초를 고루고루 구하여서 상림원에 채우고 황극 전 앞뜰에 골고루 심었으니, 기화요초가 아니랴!

이렇듯 여러 가지 화초가 만발한데 꽃 사이로 쌍쌍이 범나비는 꽃을 보고 반기며 너울너울 춤을 출 때 천자는 슬픔을 잠시 잊고 마음에 기꺼워 꽃을 보고 즐거워하시었다.

마침 이때 남경 장사 선인들이 희귀한 꽃 한 송이를 진상하니, 천자는 이를 보고 매우 기꺼워하시며 옥쟁반에 받쳐놓고 진종일 그 꽃을 사랑하시니 구름 같은 황극 전에 날이 가고 밤이 들어도 들리는 것은 시각을 알리는 경점(更點)[39] 소리뿐이었다.

천자가 잠자리에 드시니 비몽사몽간에 봉래산 선관이 학을 타고 분명히 내려와서 천자 앞에 돌연히 이른다.

"황후가 돌아가셨음을 상제께서 아시고 인연을 보내셨으니 폐하께서는 어서 바삐 살피소서."

천자가 잠을 깨시고 자리에서 일어나 천천히 거닐다가 궁녀를 급히

39) 조선 시대, 북과 꽹과리를 쳐서 시각을 알리던 경과 점. 경에는 북, 점에는 꽹과리를 친다.

불러 옥쟁반의 꽃을 살피시니, 보던 꽃이 없고 한 낭자가 앉아 있으매 천자는 매우 기꺼워한다.

이튿날 아침에 삼태육경(三台六卿)을 비롯하여 만조백관 문무 제신을 불러 놓고 천자께서 이르신다.

"짐이 간밤에 꿈을 꾼 후 기이하기로, 어제 선인들이 진상한 꽃을 보니 그 꽃은 간 곳이 없고 다만 한 낭자가 앉았는데 황후의 기상인지라 짐은 이를 하늘이 정한 연분으로 여기거니와 경들의 뜻은 어떠한가?"

문무 제신이 일제히 아뢴다.

"황후께서 승하하셨음을 상천이 아시고 인연을 보내셨으니 국운이 무궁하여 하늘이 보호하심입니다. 국가의 경사 이에 더함이 없는 줄로 아뢰오."

이리하여 대례를 마친 다음 심낭자를 금덩[40]에 고이 모셔 황후 전에 들게 하니 위의와 예절이 거룩하고 화사했다.

이로부터 심황후의 어진 덕이 천하에 고루 퍼지니, 조정의 문무백관과 각 성 자사(刺史)와 열읍 태수(太守)와 만백성이 엎드려 축원한다.

"우리 황후 어진 성덕 만수무강하소서."

이즈음 심봉사는 딸을 잃고 실성하여 날마다 탄식할 때 봄이 가고 여름 되니 녹음방초도 원망스럽고 자연을 노래하는 새도 심봉사를 비

40) 귀부인이 타던 가마

웃는 듯하여 눈물지며 허송세월하였다.

인간에 있어 가장 절실한 정은 천륜이라, 심황후는 귀한 몸이 되었으나 앞 못 보는 부친 생각이 무시로 솟아올라 홀로 앉아 근심과 탄식하는 날이 많았다.

이럴 즈음 천자께서 내전에 들어와 황후를 보시니, 눈에 눈물이 서려있고 얼굴에 수심이 가득하기에 천자께서 물으신다.

"황후는 미간에 수심이 가득하니 어인 일이오?"

황후가 꿇어앉으며 나직이 여쭙는다.

"신첩은 본래 용궁인이 아니라 황주 도화동에 사는 심학규의 딸인데, 첩의 부친이 앞을 보지 못하는지라 철천지 한이더니, 부처님께 공양미 삼백 석을 시주하면 감은 눈을 뜬다 하기로 남경 장사 선인들에게 이 몸을 팔아 인당수에 빠졌습니다. 하늘이 굽어 살피시어 몸은 귀하게 되었으나 천지인간 병신 중에는 소경이 제일 불쌍하니 맹인 불러 음식을 내려 주시면 첩의 천륜을 찾을까 합니다."

황제가 즉시 근신을 불러 연유를 하교하시며 금월 말일 황성에서 맹인 잔치를 베푼다는 칙지를 선포하여 모든 맹인들을 상경토록 하였다.

그러나 심봉사는 어디 갔기로 이 경사를 모르는가?

이때 심학규는 몽운사 부처가 영험이 없었는지 딸 잃고, 쌀 잃고, 눈도 뜨지 못해 지금껏 심봉사는 봉사 그대로 있는지라. 그 중에서 눈만 못 떴을 뿐 아니라 생애의 고생이 세월을 따라 더욱 깊어간다.

도화동 사람들은 당초의 남경 장사 부탁도 있고 곽씨 부인을 생각하든지 심청의 정곡을 생각하여도 심봉사를 위하여 마음 극진히 써서 돕는 터라. 그 때 선인이 맡길 전곡을 착실히 이식을 늘여 가며 심봉사의 의식을 넉넉케 하고 행세도 차차 늘어 가더니, 이때 마침 본촌에 뺑덕 어미라 하는 계집이 있어 행실이 간악한데, 심봉사의 가세 넉넉한 줄 알고 자원하여 첩이 되어 심봉사와 사는데 이 계집의 버릇은 아주 인중지말(人中之末)[41]이라. 그렇듯 어두운 중에도 심봉사를 더욱 고생되게 가세를 결단내는데, 쌀을 주고 엿 사먹기, 벼를 주고 고기 사기, 잡곡으로 돈을 사서 술집에서 술 먹기와 이웃집에 밥 부치기, 빈 담뱃대 손에 들고 보는 대로 담배 청하기, 이웃집에 욕 잘하고 동무들과 싸움 잘하고 정자 밑에 낮잠 자기, 술 취하면 한밤중 긴 목 놓고 울음 울고, 동리 남자 유인하기, 일년 삼백육십 일을 입 잠시 안 놀리고는 못 견디어 집안의 살림살이를 홍시감 빨듯 홀짝 없이하되, 심봉사는 다년간 공방으로 지내던 터라 기중 실가지락(室家之樂)[42]이 있어 삯 받고 관가 일을 하듯 하되, 뺑덕 어미는 마음먹기를 형세를 털어 먹다 이삼 일 양식할 만큼 남겨놓고 도망할 작정으로, 유월 까마귀 곤 수박 파먹듯 불쌍한 심봉사의 재물을 주야로 퍽퍽 파던 터라.

41) 사람 가운데 제일 못난 사람
42) 부부 사이의 화목한 즐거움

하루는 심봉사 뺑덕 어미를 불러,

"여보소, 우리 형세가 매우 착실하더니 지금 남은 살림 얼마 아니 된다 하니, 내 도로 빌어먹기 쉬운즉 차라리 타관에 가 빌어 먹세. 본촌에는 부끄럽고 남의 책망 어려우니 이사하면 어떠한가?"

"매사를 가장 하라는 대로 하지요."

"당연한 말이로세. 동리 사람에게 빚이나 없나?"

"내가 줄 것 조금 있소."

"얼마나 되나?"

"뒷동리 높은 주막에 가 해정주[43] 한 값이 마흔 냥."

심봉사 어이없어,

"잘 먹었다. 또 어데?"

"저 건너 불똥이 함씨에게 엿 값이 서른 냥."

"잘 먹었다. 또."

"안촌 가서 담배 값이 쉰 냥."

"이것 참 잘 먹었네."

"기름 장사한테 스무 냥."

"기름은 무엇했나?"

"머리 기름 했지."

심봉사 기가 막히고 하도 어이가 없이,

43) 술기운을 풀기 위해 아침을 먹기 전에 조금 마시는 술

"실상 얼만큼 아니 되네."

"고까짓 것 무엇이 많소?"

한참 이렇듯 문답하더니 심봉사는 그 재물을 생각할 적이면 그 딸의 생각이 더욱 뼈가 울리며 간절한지라. 여광여취(如狂如醉)[44]한 듯 홀로 뛰어나와 심청 가던 길을 찾아 강변에 홀로 앉아 딸을 불러 우는 말이,

"내 딸 심청아, 너는 어이 못 오느냐. 인당수 깊은 물에 네가 죽어 황천 가서 너의 모친 뵈옵거든 모녀간의 혼이라도 나를 어서 잡아가거라."

이때에 심황후는 나날이 오는 소경들의 거주성명을 받아 보나 목을 늘여 고대하는 부친 성명 없는지라 눈물 흘리며 탄식했다. 삼천 궁녀 시위하니 크게 울지 못하고 옥난간에 나앉아서 문설주에 옥면을 대고 혼잣말로,

"불쌍하신 우리 부친 세상에 사셨나 죽으셨나? 부처님이 영검하여 그동안에 눈을 떠서 맹인 잔치 빠지셨나? 당년 칠십 노환으로 병이 들어 못 오시나? 오시다가 멀고 먼 길 노중에서 무슨 낭패 보셨는가? 이 몸이 살아나서 귀하게 되었음을 아실 리가 만무하니 안타깝고 원통하다."

이렇듯 탄식하는데, 이윽고 모든 소경들이 궁중으로 들어와서 벌려 앉거늘 말석에 앉은 소경을 유심히 바라보니 머리는 백발이나 귀 밑에

44) 매우 기뻐서 미친 듯도 하고 취한 듯도 하다.

검은 때가 있는 것이 부친이 분명했다.

심황후 시녀를 불러 분부한다.

"저기 앉은 늙은 소경 이리로 데려 와서 거주성명을 아뢰게 하라."

심봉사는 더듬더듬 일어나서 시녀를 쫓아 조심조심 탑전으로 들어가서,

"소생은 본래 황주 도화동에 거주하는 심학규라 합니다. 이십에 소경이 되고 사십에 상처하여 강보에 싸인 딸을 동냥젖을 얻어 먹여 근근이 키워 내어 열다섯이 되었는데 이름은 심청이요, 효성이 지극하였습니다. 그것이 밥을 빌어 연명하며 살아갈 때 몽운사 부처님께 공양미 삼백 석을 지성으로 시주하면 감은 눈을 뜬다기로 남경 장사 선인들께 공양미를 얻으려고 아주 영영 팔려가서 인당수에 죽었으나 딸만 죽고 눈 못 뜨니 몹쓸 놈의 팔자소관 진작 죽자 하다가 탑전에서 세세한 연유를 낱낱이 아뢰고 죽어 갈 모양으로 불원천리 왔습니다."

원통한 신세 사연을 낱낱이 아뢰고 엎어져 백수풍진(白首風塵)[45] 고루 겪은 두 눈에서 피눈물 흐르더니,

"애고, 내 딸 청아!

하고 땅을 치고 통곡함을 마지않았다.

심황후는 이 말을 들으시매 말을 다 마치지도 아니하여 눈에서는 피가 돋고 뼈는 녹는 듯하기에 부친을 부축하여 일으켰다.

---

45) 늙바탕에 겪는 세상의 어지러움이나 온갖 곤란

"애고 불쌍한 아버지! 어서 눈을 떠서 나를 보소서."

이 말을 들은 심봉사가 어찌나 반갑던지,

"으흐흐! 이게 웬일일고? 출천대효 내 딸 청이 살았다니 그게 웬말이냐? 내 딸이면 어디 보자!"

하는데 흰 구름이 자욱하며 청학, 백학, 난봉, 공작이 운무 중에 오고가며 심봉사의 머리 위로 안개마저 서리며, 심봉사의 두 눈이 번쩍 뜨이매 천지 일월 밝아진다.

심봉사 마음에 흐뭇하나 어찌할 바 모르면서 큰 소리를 질렀다.

"애그머니! 애고, 어쩐 일로 양쪽 눈이 환하더니 온 세상이 허전하구나! 감았던 눈 번쩍 뜨니 천지일월 반갑도다!"

딸의 얼굴 쳐다보니 칠보화관이 황홀하여 뚜렷하고 어여쁘다.

심봉사는 그제야 눈 뜬 줄을 알아차려 사방을 둘러보니 형형색색 반갑도다. 어찌나 반갑던지 심봉사는 와락 달려들었다.

"이분이 누구뇨? 갑자 시월 초파일날 꿈에 보던 얼굴일세. 음성은 같다마는 얼굴은 초면일세. 허허 세상 사람들아 고진감래(苦盡甘來) 흥진비래(興盡悲來)는 나를 두고 한 말일세. 얼씨구 좋을씨구 지화자 좋을씨구! 어두컴컴한 빈 방안에 불 켠 듯이 반가우며 산양수 큰 싸움에 조자룡 본 듯 반갑도다! 어둡던 두 눈 뜨니 황성 대 이 웬말이며, 궁중을 살펴보니 죽은 몸이 한 세상에 황후되고 사십여 년 긴긴 세월 앞 못 보던 내 눈을 홀연히 다시 뜨니 이는 모두 옛글에도 없는 일. 허허, 세상 이런 말을 들었는가? 얼씨구 좋을씨구 지화자 좋을씨구! 이런 경사 어디 있나? 칠십 평생 처음일세!"

삼황후도 진심으로 기뻐하며 부친 손을 이끄시고 삼천 궁녀 옹위하여 내전으로 들어가니 황제 또한 기꺼움을 못 이기며 소경 아닌 심학규를 부원군에 봉하시고 저택이며 전답이며 남녀 종을 내리셨다.

심부원군이 선영(先塋)과 곽씨 부인 산소에 영분을 한 연후에 황성 올라오다 중로에서 인연 맺은 안씨 맹인을 맞아들여 그에게서 칠십에 생남하고, 심황후의 어진 성덕 천하에 가득하니 만백성들 천세 만세를 부른다. 그리하여 만백성 이 심황후를 본받으니 효자 열녀가 곳곳에서 나왔다.

작품의 이해

작가소개

작자 미상

줄거리

황해도 황주 도화동에 심학규라는 봉사가 살고 있었다. 그는 늦도록 자식이 없어 근심하던 중 불전에 지성으로 불공을 드린 끝에 딸 심청을 낳았으나 부인은 청을 낳은 후 7일 만에 죽고 만다. 심 봉사는 갖은 고생을 하며 딸 청이를 키우는데 마을 사람들은 젖동냥을 다니는 심 봉사를 측은히 여겨 청에게 젖을 먹여 준다. 잔병 없이 성장한 심청은 그 인물과 효행이 지극하여 길쌈과 삯바느질로 아버지를 극진히 공양한다.

어느 날 저녁 늦도록 돌아오지 않는 청이를 찾아 나선 심 봉사는 발을 헛디뎌 웅덩이에 빠지고 말았다. 마침 그 곳을 지나던 몽운사 화주승이 그를 구해주며 공양미 삼백 석을 시주하면 눈을 뜰 수 있다고 하자, 심 봉사는 앞뒤 가리지 않고 그만 공양미 삼백 석을 시주하겠다고 약속해 버리고 만다. 자신의 어리석은 약속을 남몰래 후회하는 심 봉사의 고민을 알게 된 심청은 마침 용왕신에게 제물로 바칠 처녀를 구하러 다니는 남경 상인들에게 자신의 몸을 팔고 그 대가로 받은 공양미 삼백 석을 몽운사에 시주한다. 인당수에 당도한 심청은 마지막으로 아버지를 걱정하면서 인당수에 뛰어든다. 그 지극한 효성이 하늘을 감동시켜 청은 용왕의 시녀들에 의해 용궁으로 모셔져, 후한 대접을 받게 된다. 용궁에서 하루를 지낸 청은 연꽃 속에 들어가 다시 인당수로 돌아오는데, 남경 상인들이 바다에 떠 있는 연꽃을 이상히 여겨 천자에게 바친다. 천자는 연꽃 속에서 나온 청을 아내로 맞이하고, 왕후가 된 심청은 아버지를 찾기 위해 맹인 잔치를 벌인다. 잔치 소문을 듣고 황성으로 향한 심 봉사는 맹인 잔치에서 황후가 된 청을 만나 크게 감격하여 눈을 뜨게 된다.

작품해설

〈심청전〉은 〈춘향전〉과 쌍벽을 이루는 우리나라 판소리계 소설의 대표작이다. 작자와 연대는 미상으로 〈심청왕후전(沈淸王后傳)〉이라고도 한다. 〈심청전〉은 크게 경판본 계열과 완판본 계열로 나뉘는데 경판본은 판소리와 관계없이 설화가 소설화된 것이고, 완판본은 판소리로 불리다가 소설로 정착된 것이다.

〈심청전〉의 내용상 근원설화를 살펴보면 심 봉사의 개안(開眼)과 관련된 개안 설화, 선인들의 제의(祭儀)와 관련된 인신 공회 설화, 심청의 혼인과 관련된 영웅 설화, 그리고 효행 설화가 그 핵심이다. 심청전은 이 설화들이 하나로 합해져 형성된 작품이다. 또, 〈심청전〉과 관련된 문헌상 설화로는 '효녀 지은' 과 '거타지 설화' 가 있다.

〈심청전〉은 동양의 근본사상인 효의 유교사상과 인과응보의 불교사상, 도교와 민간신앙이 자연스럽게 조화를 이루고 있다. 이처럼 여러 사상이 하나의 작품에서 복합적으로 나타나는 것은 판소리계 소설의 특징이라고 할 수 있는데 이 작품은 불교적인 인과율(因果律)로 죽음과 환생(還生), 행과 불행이 모순된 인과의 순환을 겪음으로써 한국적 의식을 바탕으로 사필귀정의 귀결을 보여주고 있다. 이처럼 〈심청전〉은 유교적 덕목인 효를 행하면 나중에 보답을 받는다는 것을 보여 줌으로써 어려운 삶을 살아가는 민중들에게 희망과 교훈을 던져 주었던 이야기인 것이다.

구조적 분석

갈래 : 판소리계 소설, 윤리소설, 도덕소설

성격 : 교훈적, 비현실적, 우연적

시점 : 전지적 작가 시점

주제 : 심청의 지극한 효성, 혈육간 생이별의 슬픔, 권선징악

근원 설화 : 효녀지은(孝女知恩)설화, 빈녀양모(貧女良母)설화, 거타지(居陀知)설화, 홍장(洪莊)처녀설화 등

춘향전

春香傳

춘향전 春香傳

작자미상

숙종대왕 즉위 초에 성덕이 넓으시사 충신은 조정에 가득하고 효자와 열녀는 가가재(家家在)라. 미재미재(美哉美哉)[1]라. 우순풍조(雨順風調)[2]하니 함포고복(含哺鼓腹)[3]에 백성들은 처처에 격양가(擊壤歌)[4]라.

이때 전라도 남원부(南原府)에 월매(月梅)라 하는 기생이 있으되, 삼남(三南)의 명기로서 일찍이 퇴기(退妓)하여 성씨(成氏)라는 양반을 데리고 세월을 보내되, 나이 바야흐로 사십이 넘었으나 일점혈육이 없어

1) 아름답고 아름답도다
2) 농사가 잘 되도록 때맞추어 비가 오고 바람이 고르게 분다.
3) 배불리 먹고 배를 두드리며 즐겁게 지내다
4) 풍년이 들어 농부가 태평한 세월을 즐기며 부르는 노래

이로 한이 되어 장탄수심(長歎愁心)[5]의 병이 되겠구나.

하루는 크게 깨쳐 옛사람을 생각하고 남편을 불러들여 공손히 하는 말이,

"들으시오. 전생에 무슨 은혜를 끼쳤던지 이 생에 부부되어, 창기 행실 다 버리고 예모도 숭상하고 길쌈도 힘썼건만 무슨 죄가 이리 많아 일점혈육 없으니, 육친무족(六親無族) 우리 신세 선영(先塋)의 향화 뉘 받들며, 죽은 뒤의 감장(監葬)[6]을 어이하리. 명산대찰(名山大刹)에 불공이나 드리어 남녀간 낳기만 하면 평생의 한을 풀 것이니 당신의 뜻이 어떠하시오."

성참판 하는 말이,

"일생 신세 생각하면 자네 말이 당연하나, 빌어서 자식은 낳을진댄 자식 없을 이 뉘 있으리오."

이날부터 목욕재계 정히 하고 명산승지 찾아가 상봉에 단(壇)을 모아 제물을 차려 놓고, 단 아래 엎드려서 천신만고 빌었더니, 과연 그 달부터 태기 있어 열 달이 차매, 하루는 향기가 방안에 가득하여 오색구름이 빛나는데 혼미한 가운데 아기를 낳으니 한낮의 구슬 같은 딸이더라. 월매의 일구월심 그리던 마음에 아들은 아니지만 그만한 대로 소원을 이룬 셈이더라. 그 사랑하는 정경은 어찌 다 말하리오. 이름을 춘향(春香)이라 부르면서, 손에 잡은 보옥같이 길러내니 효행이 비길 데 없

5) 조심하는 마음이 있어 크게 탄식하다

6) 장사 지내는 일을 보살피다

고 어질고 착하기가 기린과 같더라. 칠팔 세가 되매 글 읽기에 마음을 붙여 예모정절(禮貌貞節)을 일삼으니, 춘향의 효행을 남원읍이 칭송치 않는 이 없더라.

이때 한양 삼청동(三淸洞) 이한림(李翰林)[7]이라 하는 양반이 있었으니, 그때의 명가요 충신의 후손이라. 하루는 전하께옵서 충효록(忠孝錄)을 올려 보시고, 충신과 효자를 가리어 내시어 지방관으로 임명하시는데, 이한림(李翰林)으로 하여금 과천(果川) 현감에서 금산(錦山) 군수를 제수하시었다가 다시 남원부사(南原府使)를 제수하시니, 이한림이 사은(謝恩)하여 절하며 임금을 하직하고 내행(內行)[8]을 데리고 남원부에 도임(到任)하여 민정을 잘 살피니, 사방에 일이 없고 지방의 백성들은 더디 옴을 칭송하더라.

어느 날 사또 자제 이도령이 나이가 이팔이요, 풍채는 당나라의 잘생긴 시인 두목지(杜牧之)[9]와 같고, 도량은 푸른 바다 같고, 지혜는 활달하고, 문장은 이태백(李太白)이요 글씨는 왕희지(王羲之)[10]와 같았다. 하루는 방자를 불러 말하되,

"이 고을에 경치 좋은 곳이 어디냐? 시흥과 춘흥(春興)이 도도하니

---

7) 이씨 성을 가진 한림. 한림은 예문관의 정구품 벼슬
8) 여행길에 나서거나 오른 부녀자. 가정에서의 부녀자의 행실
9) 만당(晩唐) 때의 시인. 자는 목지(牧之). 호는 번천(樊川). 두보(杜甫)에 대하여 소두(小杜)라 일컬었다.
10) 중국 동진(東晉)의 서예가

절승경처를 말하여라."

방자놈이 여쭙기를,

"글공부 하시는 도련님이 경처를 찾음은 부질없소."

"너 무식한 말이다. 옛날로부터 이 고장 문장재사[11]가 절승한 강산을 구경하는 것은 풍월과 글 짓는 데 근본이 되는 것이다. 신선도 두루 돌아 널리 보니 어이하여 부당하냐?"

이때 방자, 도련님의 뜻을 받아 사방 경치를 말하되,

"동문 밖에 나가오면 관왕묘(關王廟)는 천고영웅 엄한 위풍 어제 오늘 같사옵고, 남문 밖에 나가오면 광한루(廣寒樓), 오작교, 영주각(瀛州閣)이 좋사옵고, 북문 밖에 나가오면 푸른 하늘에 금부용 꽃이 빼어나 괴팍하게 우뚝 섰으니 기암(奇巖) 둥실 교룡산성(蛟龍山城) 좋사오니 처분대로 가시이다."

도련님 이르는 말씀이,

"얘야, 네 말을 들어보니까 광한루와 오작교가 절경인 모양이구나, 그리로 구경 가자."

도련님 거동 보소. 사또 앞에 들어가서 공손히 말씀하시기를,

"오늘 날씨 화창하오니 잠깐 나가 풍월이나 읊겠사오며 시의 운(韻)이나 생각고저, 성이나 한바퀴 돌아보고 오겠나이다."

사또 크게 기뻐하시며 허락하시되,

11) 문장이 뛰어나고 재주가 많은 선비

"남주(南州) 풍물을 구경하고 돌아오되 시제(詩題)를 생각하여라."

"아버님 가르치시는 대로 하오리다."

물러나와,

"방자야, 나귀 안장 지어라."

"나귀 등대하였소."

도련님 거동 보소. 옥안 선풍(仙風) 고운 얼굴, 전판(剪板)[12] 같은 채머리, 곱게 빗어 기름에 잠재와 궁초[13]댕기 석황(石黃)[14] 물려 맵시 있게 잡아 땋고, 성천수주(成川水紬)[15] 접동베 세백저(細白苧)[16] 상침[17]바지, 극상세목(極上細木)[18] 겹버선에, 남갑사[19] 대님 치고, 육사단(六紗緞)[20] 겹배자[21] 밀화[22]단추 달아 입고 통행전[23]을 무릎 아래 늦추 메고, 영초단(影稍緞)[24] 허리띠, 모초단(毛稍緞)[25] 도리낭[26], 당팔사[27] 갖은 매듭 고

12) 종이를 도련할 때 쓰는 얇고 긴 나무 조각
13) 비단의 한 가지. 엷고 무늬가 둥글다
14) 천연으로 나는 비소의 화합물. 빛깔은 등황색 또는 황색이며, 염료 · 화약에 쓰인다.
15) 성천지방에서 나는 수화주(水禾紬). 수화주는 좋은 비단의 한 가지
16) 올이 가는 흰 모시
17) 옷의 가장자리를 실밥이 드러나 보이게 꿰매는 것을 말한다.
18) 최고로 좋은 세목. 세목은 올이 아주 가는 무명
19) 남빛 갑사. 갑사는 품질이 좋은 얇은 비단
20) 비단 이름
21) 마고자 모양으로 되고 소매가 없는 덧저고리
22) 밀과 비슷한 빛깔의 누른 호박의 한 가지
23) 아래에 귀가 달리지 않은 예사 행전. 행전은 바지, 고의를 입을 때 정강이에 감아 무릎 아래에 매는 물건
24) 중국에서 나는 비단의 한 가지
25) 날은 가늘고 씨는 굵은 올로 짠 비단의 한 가지
26) 모양이 알꼴로 된 주머니
27) 중국에서 생산된 팔사. 팔사는 여덟 가닥으로 드리운 끈

를 내어 늦추 매고, 쌍문초(雙紋稍)[28] 긴 동정, 중추막[29]에 도포 받쳐 흑사띠를 가슴 위로 눌러 매고 육분당혜(肉粉唐鞋)[30] 끌면서,

"나귀를 붙들어라!"

광한루에 얼른 올라 사면을 살펴보니 경개가 장히 좋다. 광한 진경(眞景) 좋거니와 오작교가 더욱 좋다. 바야흐로 이르되 호남의 제일성(第一城)이라 하겠다. 오작교가 분명하면 견우직녀 어디 있나? 이런 승지(勝地)에 풍월이 없을쏘냐. 도련님이 글을 귀를 지었으니,

드높고 밝은 오작의 배에
광한루 옥섬들 고운 다락이라
누구냐 하늘 위의 직녀란 별은
흥나는 오늘의 내가 견우이리라

高明烏鵲船 廣寒玉階樓
借問天上誰織女 至興今日我牽牛

28) 중국에서 나는 비단의 한 가지
29) 소매가 넓고 길며 옆이 터지고 네 폭으로 된, 옛날 남자가 입던 웃옷
30) 앞뒤에 고추 모양을 그린 가죽신

이때 내아(內衙)[31]에서 잡술상이 나오거늘 한잔 술 먹은 후에 통인 방자에게 물려주고, 취흥이 도도하여 담배 피워 입에다 물고 이리저리 거닐 적에, 경처(景處)에 흥을 재워 충청도 곰산, 수영(水營) 보련암(寶蓮庵)을 자랑한댔자 이곳 경치를 당할 수 있으랴. 붉은 단(丹), 푸를 청(靑), 흰백(白), 붉은 홍(紅), 고몰고몰이 단청(丹靑) 버드나무 꾀꼬리가 짝 부르는 소리는 내 춘흥을 도와준다. 노랑벌 흰나비 황나비도 향기 찾는 거동이다. 날아가고 날아오니 춘성(春城)의 안이요, 영주는 바야흐로 봉래산이 눈 아래 가까우니, 물은 본시 은하수요, 경치도 잠깐 천상 옥경(玉京)과 같다. 옥경이 분명하면 월궁(月宮)의 항아(姮娥)[32]가 없을쏘냐.

이때는 춘삼월이라 일렀으되, 오월 단오날이었다. 일년 가운데 제일 좋은 시절이다. 이때 월매 딸 춘향이도 또한 시서음률(詩書音律)이 능통하니, 천중절(天中節)[33]을 모를쏘냐. 그네를 뛰려고 향단이를 앞세우고 내려올 때, 난초 같이 고운 머리, 두 귀를 눌러 곱게 땋아 금봉비녀[34]를 바로 꽂고 비단치마 두른 허리 다 피지 아니한 버들들이 힘없이 드리운 듯, 아름답고 고운 태도로 아장거려 흐늘거리며 그넷줄을 섬섬옥수[35] 넌짓 들어 양수에 갈라 잡고, 백릉버선 두 발길로 살짝 올라 발구

31) 지방 관아의 안채. 내동헌
32) 달 속에 있다는 선녀의 이름. 상아라고도 한다.
33) 단오
34) 금으로 봉황을 새겨서 만든 비녀
35) 여자의 정결한 손

를 제, 세류 같은 고운 몸이 단정히 노니는데 뒷단장 옥비녀 은죽절(銀竹節)[36]과 앞치레 볼 것 같으면 밀화장도(密花粧刀)[37], 옥장도며 광원사 겹저고리 제색 고름의 모양이 난다.

도련님 혼비중천하여 온몸이 고단하다.

"통인(通引)[38]아!"

"예!"

"저 건너 화류중에 오락가락 희뜩희뜩 얼른얼른 하는 게 무엇인지 자세히 보고 오너라."

통인이 살펴보고 말하기를,

"다른 무엇이 아니오라, 이 고을 기생이던 월매란 사람의 딸 춘향이란 계집아이입니다."

도련님이 엉겁결에 하는 말이,

"장히 좋다. 훌륭하다."

통인이 말하기를,

"제 어미는 기생이오나 춘향이는 도도하여 기생구실 마다하고 백화초엽(百花草葉)[39]에 글자도 생각하고, 여공재질(女工才質)[40]이며 문장을 겸전(兼全)[41]하여 여염집 처자와 다름이 없나이다."

---

36) 은으로 대마의 형상으로 만들어 여자의 쪽에 꽂는 장식품
37) 밀화로 만든 장도 즉, 평복에 차는 작은 칼
38) 지방의 관장(官長) 밑에서 잔심부름을 하던 사람
39) 온갖 종류의 꽃과 풀잎
40) 바느질이나 길쌈 등 여인으로서 갖추어야 할 기술
41) 두 가지 이상의 좋은 점을 함께 갖추는 것

도령이 허허 웃고 방자를 불러서 분부하기를,

"들은 즉 기생의 딸이라니 급히 가 불러오라."

방자 분부를 듣고 춘향 초래 건너갈 때에, 맵시 있는 방자 녀석 서왕모(西王母)[42] 요지의 잔치에 편지 전하던 청조(靑鳥) 같이, 이리저리 건너가서,

"여봐라, 이애 춘향아."

하고 부르는 소리에 춘향이 깜짝 놀라,

"무슨 소리를 그 따위로 질러 사람의 정신을 놀라게 하느냐."

"이애야 말 말아라, 일이 났다."

"일이란 무슨 일?"

"사또 자제 도련님이 광한루에 오셨다가 너 노는 모양 보고 불러 오란 영이 났다."

춘향이 화를 내어,

"네가 미친 자식이다. 도련님이 어찌 나를 알아서 부른단 말이냐? 이 자식이 네가 내 말을 종달새가 열씨[43] 까듯 하였나 보다."

"아니다. 내가 네 말을 할 리 없으되, 네가 그르지 내가 그르냐. 너 그른 내력을 들어 보아라. 계집아이 행실로 추천을 할양이면 네 집 후원 담장 안에 줄을 매고, 남이 알까 모를까 은근히 매고 추천하는 게 도리가 당연하다. 광한루 머지않고 또한 이곳을 논할진대 녹음방초 승화

42) 주나라 목왕이 서쪽 곤륜산에 사냥을 가서 만난 선녀
43) 삼씨의 방언

시라, 방초는 푸르른데 버들은 초록장 두르고 뒷내의 버들은 유록장 둘러 한 가지 늘어지고, 또 한 가지 펑퍼져 광풍이 겨워 흐늘흐늘 춤을 추는데 광한루 구경처에 그네를 매고 네가 뛸 때 외씨 같은 두 발길로 백운간에 노닐 적에 홍상자락 펄펄, 백방사(白紡絲)[44] 속곳가래 동남풍에 펄렁펄렁, 박속같은 네 살결이 백운간에 희뜩희뜩, 도련님이 보시고 너를 부르실 제 내가 무슨 말을 한단 말이냐. 잔말 말고 건너가자."

춘향이 대답하되,

"네 말이 당연하나 오늘이 단오일이다. 비단 나뿐이랴. 다른 집 처자들도 예서 함께 추천 하였으며 그런 뿐 아니라 또 설혹 내 말을 할지라도 내가 지금 기적에 있는 바도 아니거늘 여염 사람을 함부로 부를 일도 없고, 부른 대로 갈 리도 없다. 당초에 네가 말을 잘못 들은 모양이다."

방자 경우에 빠져 광한루로 다시 돌아와 도련님께 여쭈니 도련님 그 말 듣고,

"기특한 사람이다. 말인즉 바른 말이로되 다시 가서 말을 하되 이리 이리 하여라."

방자 전갈 모아 춘향에게 건너가니 그 사이에 제집으로 돌아갔거늘, 저의 집을 찾아가니 모녀간 마주앉아 점심이 방장이라. 방자 들어가니,

---

44) 흰 고치만으로 실을 켜서 짠 명주

"너 왜 또 오느냐?"

"황송타, 도련님이 다시 전갈하시더라. '내가 너를 기생으로 아는 것이 아니라, 들으니 네가 글을 잘 한다기에 청하는 것이니, 여염집에 있는 처녀 불러 보는 것이 소문에 괴이하기는 하나, 험으로 아지 말고 잠깐 와 다녀가라' 하시더라."

춘향의 도량[45]한 뜻 연분 되려고 그랬던지, 홀연히 생각하니 갈 마음이 나되 모친의 뜻을 몰라 묵묵히 한참이나 말 않고 앉았더니, 춘향 모 썩 나앉으며 정신없게 말하되,

"꿈이라 하는 것이 아주 전혀 허사가 아닌 모양이다. 간밤에 꿈을 꾸니 난데없는 청룡 한 마리 벽도지(碧桃池)[46]에 잠겨 보이기에, 무슨 좋은 일이 있을까 하였더니, 우연한 일이 아니다. 또한 들으니 사또 자제 도련님이 이름이 몽룡이라 하니 꿈 몽자 용 용자 신통하게 맞추었다. 그러나 저러나 양반이 부르시는데 아니 갈 수 있느냐. 잠깐 가서 다녀오라."

춘향이가 그제야 못 이기는 체하고 겨우 일어나 광한루로 건너갈 제 도련님 좋아라 하고 자세히 살펴보니, 요요정정(夭夭貞靜)[47]하여 월태화용이 세상에 무쌍이고, 얼굴이 조촐하니 청강에 노는 학이 설월(雪月)에 비친 것 같고, 붉은 입술과 흰 이가 반쯤 열리니 별 같기도 하고 구슬

45) 너그러운 마음과 깊은 생각. 금도(襟度)

46) 그 가장자리에 벽도가 서 있는 연못

47) 나이가 젊어 얼굴에 화색이 도는 한편 정숙한 모양

같기도 하다. 연지를 품은 듯 아래위로 고운 맵시 어린 안개 석양에 비치는 듯, 푸른 치마 아롱지니 무늬는 은하수의 물결과 같다. 연보(蓮步)[48]를 정히 옮겨 천연히 다락에 올라 부끄러이 서 있거늘 통인 불러,

"앉으라고 일러라."

춘향이 고운 태도 얼굴을 단정히 하여 앉은 모습 자세히 살펴보니 백석(白石) 창파 새로 내린 비 뒤에 목욕하고 앉은 제비 사람을 보고 놀라는 듯, 별로 단장한 일 없이 천연한 국색(國色)이라. 옥안을 상대하니 구름 사이의 명월과 같고, 붉은 입술을 반쯤 여니 수중의 연꽃과 흡사하다. 신선은 내 알 수 없으나 영주에서 놀던 선녀가 남원에 귀양 와서 사니, 월궁에 모여 놀던 선녀가 벗 한 사람을 잃었구나. 네 얼굴 네 태도는 세상인물이 아니로다.

이때 춘향이 추파를 잠깐 들어 이도령을 살펴보니, 이 세상의 호걸이요, 진세(塵世)의 기남자였다. 이마가 높았으니 소년공명 할 것이요, 이마와 턱과 코와 좌우의 광대가 조화를 이루었으니 보국 충신 될 것이니, 마음에 흠모하여 아미를 숙이고 무릎을 여미며 단정히 앉을 뿐이었다.

이도령이 입을 열어,

"성현도 성이 같으면 장가가지 않는다 하였으니, 네 성은 무엇이며 나이는 몇 살이냐?"

---

48) 미인의 고운 걸음걸이

"성은 성가이옵고 나이는 열여섯이로소이다."

이도령의 거동을 보라.

"허허 그 말 반갑구나. 네 나이 들어보니 나와 동갑 이팔이요, 성씨를 들어 보니 나와 천정연분 분명하고나, 이성지합 좋은 연분 평생 동락하여 보자, 너의 부모 다 계시냐?"

"편모슬하로소이다."

"몇 형제나 되느냐?"

"육십 당년 나의 모친 무남독녀 나 하나요."

"너도 남의 집 귀한 딸이로구나. 천정하신 연분으로 우리 둘이 만났으니, 만년락(萬年樂)을 이뤄 보자."

춘향이 거동을 보라. 눈썹을 쫑그리며 붉은 입을 반쯤 열어, 가는 목쪽을 겨우 열고 옥성(玉聲)으로 말하는 것이렸다.

"충신은 두 임금을 섬기지 아니하고 열녀는 두 지아비를 바꾸지 않는다는데, 도련님은 귀공자요 소녀는 천첩이로라, 한 번 정을 맡긴 연후에 인하여 버리시면 일편단심 이내 마음 독수공방 홀로 누워 우는 한은 이내 신세 내 아니면 누가 알랴, 그런 분부 다시는 마옵소서."

이도령 이른 말이,

"네 말을 들어보니 어이 아니 기특하랴. 우리 둘이 인연 맺을 때 금석(金石) 맹약 맺으리라. 네 집이 어드메냐?"

춘향이 여쭈오되,

"방자 불러 물으소서."

이도령 허허 웃고,

"내 너더러 묻는 말이 허황하고나! 방자야!"

"예!"

"춘향의 집을 네 일러라."

방자 손을 넌지시 들어 가리키는데,

"저기 저 건너, 송정(松亭) 죽림 두 사이로 은은히 보이는 것이 춘향의 집이오이다."

도련님이 이른 말이,

"장원(墻苑)이 정결하고 송죽이 울울하니 여자의 절개 행실을 가히 알 만하고나."

춘향이 일어나며 부끄러이 말하기를,

"시속 인심 고약하니 그만 놀고 가겠나이다."

도련님 그 말 듣고,

"기특하다. 그럴 듯한 일이로다. 오늘 밤 퇴령(退令)[49] 후에 너의 집에 갈 것이니 괄시나 부디 마라."

춘향이 대답하되,

"나도 몰라요."

"네가 모르면 쓰겠느냐. 잘 가거라. 오늘밤에 상봉하자."

누각에서 내려 건너가니 춘향 모 마중 나와,

---

49) 지방 관아에서 아전이나 심부름꾼 등에게 퇴근을 허락하던 명령

"애고 내 딸 이제 다녀오냐. 그래 도련님이 무엇이라 하시더냐?"

"무엇이라 하여요. 조금 앉았다가 가겠노라 하고 일어나니, 오늘 밤에 우리 집에 오시마 하셨습니다."

"그래 어찌 대답하였느냐?"

"모른다 하였지요."

"잘 하였다."

이때 도련님이 춘향을 애연히 보낸 후에 잊을 수 없는 생각 둘 데가 없어 책방으로 돌아와 만사에 뜻이 없고 다만 생각은 춘향뿐이었다. 말소리 귀에 쟁쟁하고 고운 태도 눈에 삼삼하여 해지기만 기다리는데 방자를 불러,

"해가 어느 때나 되었느냐?"

"동쪽에 이제 아귀 트나이다."

도련님이 크게 노하여,

"이놈 괘씸한 놈, 서로 지는 해가 동으로 도로 가랴. 다시금 살펴보라."

이윽고 방자 여쭈되,

"해는 떨어져 함지(咸地)[50]에 황혼이 되고 달은 동령에 솟사옵니다."

"서로 소리를 바꾸어 우는 정경이 새는 물가에서 노니는도다. 아름다운 여인은 군자의 좋은 짝이로다. 아서라, 그 글도 못 읽겠다."

이때 이도령은 퇴령(退令) 놓기를 기다리다가,

50) 태양이 목욕하는 곳

"방자야!"

"예!"

"퇴령 놓았나 보아라."

"아직 아니 놓았소."

조금 있더니,

"하인 불러라."

퇴령 소리 길게 나니,

"좋다! 좋다! 옳다! 옳다! 방자야 초롱에 불 밝혀라."

통인 하나 뒤를 따라 춘향의 집으로 건너 갈 때 자취 없이 가만 가만 걸으면서,

"방자야, 상방(上房)[51]에 불 비친다. 등롱을 옆으로 감춰라!"

삼문 밖에 썩 나서니 좁은 길 사이에는 월색이 영롱하고 꽃 사이에 푸른 버들 몇 번이나 꺾었으며 투기하는 소년 아이들은 밤에 청루(靑樓)에 들어갔으니 지체 말고 어서 가자.

이때 춘향이 칠현금(七絃琴)[52] 비껴 안고 남풍시(南風詩)를 희롱하다가 침석에서 졸더니 방자가 안으로 들어가되 개가 짖을까 염려하여 자취 없이 가만가만 춘향 방 영창 밑에 가만히 살짝 들어가서,

"이애 춘향아, 잠들었냐?"

춘향이 깜짝 놀라,

51) 관아의 우두머리가 거처하는 방
52) 일곱 줄의 거문고

"네 어찌 오냐?"

"도련님이 와 계시다."

춘향이가 이 말을 듣고 가슴이 울렁울렁 속이 답답하여 부끄럼을 이기지 못하여 문을 열고 나오더니 건넌방에 건너가서 저의 모친을 깨우는데,

"애고 어머니, 무슨 잠을 이다지 깊이 주무시오?"

춘향의 모 잠을 깨어,

"아가 무엇을 달라고 부르느냐?"

"뉘가 무엇을 달랬소?"

"그러면 어째서 불렀느냐?"

엉겁결에 하는 말이,

"도련님이 방자 뫼시고 오셨다오."

춘향의 모친이 문을 열고 방자 불러 묻는 말이

"뉘 왔냐?"

방자 대답하되,

"사또 자제 도련님이 와 계시오."

춘향 모 그 말을 듣고,

"향단아!"

"네."

"뒤 초당에 좌석과 등촉을 마련해라."

당부하고 춘향 모가 나오는데 세상 사람들이 다 춘향모를 칭송하더

니 과연 그 이유가 있었다. 예로부터 사람이 외탁(外託)을 많이 하는 고로 춘향 같은 딸을 낳았구나. 춘향 모 나오는데 거동을 살펴보니, 반백이 넘었는데 소탈한 모양이며 다정한 거동이 표표정정하고 살결이 윤택하여 복이 많게 보이더라. 점잖은 걸음으로 걸어 나오는데 가만가만 방자가 뒤를 따라 온다.

이때 도련님이 천천히 거닐며 뒤돌아보고 흘겨보기도 하며 무료히 서 있을 때 방자가 여쭈되,

"저기 오는 게 춘향 모로소이다."

춘향 모가 나오더니 공수(拱手)[53]하고 우뚝 서며,

"그 사이 도련님 문안이 어떠시오?"

도련님 반만 웃고는,

"춘향의 모친이라지… 평안한가?"

"예, 겨우 지냅니다. 오실 줄 진정 몰라 영접이 불민하옵니다."

"그럴 리가 있나?"

춘향 모 앞을 서서 인도하여 대문 중문 다 지나고 후원을 돌아가니 해묵은 별초당(別草堂)[54]에 등촉을 밝혔는데, 그중에 반가운 것은 못 가운데 쌍오리는 손님 오신노라 두둥실 떠서 기다리는 모양이요, 처마에 다다르니 그제야 저의 모친의 영을 받들어 사창을 반쯤 열고 나오는데 그 모양을 살펴보니 뚜렷한 일륜명월(一輪明月)이 구름 밖에 솟아난 듯

53) 왼손을 오른손 위에 놓고 두 손을 마주 잡아, 공경의 뜻을 나타내는 예
54) 몸채의 옆이나 뒤에 따로 지은 초당

황홀한 그 모양은 측량키 어렵다. 부끄러이 당에 내려 천연스레 서 있는 거동은 사람의 긴장을 다 녹인다.

춘향 모 말하기를,

"귀중하신 도련님이 변변찮은 집에 와 주시니 황공하고 감격하옵니다."

도련님 그 말 한 마디에 말구멍이 열리었다.

"그럴 리가 있는가. 우연히 광한루에서 춘향을 잠깐 보고 연연히 보내기로 탐화봉접(探花蜂蝶)[55] 취한 마음, 오늘 밤에 오는 뜻은 춘향의 모 보러 왔거니와 자네 딸 춘향이와 백년언약을 맺고자 하니 자네의 마음 어떠한가?"

춘향의 모가 대답하되,

"말씀은 황송하오나 가세가 부족하니 재상가(宰相家)에는 부당하고 사(士), 서인(庶人) 상하에 다 미치지 못하니 혼인이 늦어져서 주야로 걱정이나 도련님 말씀은 잠시 춘향과 백년 가약한다는 말씀이오나 그런 말씀 마시고 노시다가 가시기나 하시오."

이 말이 참말 아니라 이도령님 춘향을 얻는다 하니 앞일 몰라 뒤를 눌러 하는 말이었다. 이도령 기가 막혀,

"호사에 다마로세. 춘향도 미혼 전이나 나도 미장가 전이라 피차 언약이 이렇고 육례(六禮)[56]는 못할망정 양반의 자식이 일구이언을 할 까

---

55) 여색을 좋아하다

56) 혼인의 여섯 가지 예법. 곧, 납채(納采), 문명(問名), 납길(納吉), 납폐(納幣), 청기(請期), 친영(親迎)

닭이 있겠나?"

이렇듯 애기하니, 청실홍실 육례(六禮)를 갖춰 만난다 해도 이 위에 더 뾰족할 것인가.

"내 저를 첫 장가 모양 여길 터이니 시하(侍下)라고 염려 말고 미장가 전이라고 염려 마오. 대장부 먹은 마음으로 박대하는 행실을 할 것인가? 허락만 하여 주오."

춘향의 모 이 말을 듣고 이윽히 앉았더니 몽조(夢兆)[57]가 있는지라 연분인 줄 짐작하고 흔연히 허락하여,

"봉(鳳)이 나매 황(凰)이 나고 장군 나매 용마 나고 남원의 춘향 나매 이화춘풍 꽃다웁다. 향단아, 주반(酒盤) 등대 하였느냐?"

"예."

춘향 모 앵무배 술잔에 가득히 술을 부어 도련님께 드리오니 이도령 잔 받아 손에 들고 탄식하며 하는 말이,

"내 마음대로 한다면 육례(六禮)를 행할 것이나 그렇게는 못하고 개구멍 서방으로 들고 보니 이 아니 원통하냐. 이애 춘향아, 그러나 우리 둘이 대례(大禮)[58] 술로 알고 먹자."

한 잔 술 부어 들고,

"내 말 들어라. 첫째 잔은 인사주요. 둘째 잔은 합환주(合歡酒)니, 이

57) 꿈에 나타나는 길흉의 징조. 꿈자리

58) 전통 혼례에서, 신랑이 신부 집에 가서 행하는 모든 의례

술이 다른 술이 아니라 근원 근본으로 삼으리라. 순임금 때의 아황(娥皇)과 여영(如英)이 귀히 만난 연분이 귀중하다 하였으되 월로(月老)의 우리 연분, 삼생(三生) 가약을 맺은 연분, 천만년이라도 변치 않을 연분 대대로 삼태육경(三台六卿)[59]의 자손이 많이 번성하여 자손 증손 고손이며 무릎 위에 앉혀 놓고 죄암죄암 달강달강 백 살까지 살다가 한 날 한 시 마주 누워 선후 없이 죽게 되면 천하에 제일가는 연분이 아닌가."

술잔 들어 먹는 후에

"향단아, 술 부어 너의 마나님께 드려라."

"장모, 경사술이니 한 잔 먹으소."

춘향의 모 술잔 들고 슬프기도 하고 기쁘기도 하여 하는 말이,

"오늘이 우리 딸이 백년의 고락을 맺는 날이라, 무슨 슬픔 있을까마는 저것을 길러낼 때 애비 없이 길러 이 때를 당하오니 영감 생각이 간절하여 비창하여라."

도련님 하는 말이,

"기왕지사 생각 말고 술이나 먹소."

춘향 모 수 삼배 먹은 후에 도련님 통인 불러 상 물려주면서,

"너도 먹고 방자도 먹여라."

통인과 방자가 상을 물려 먹은 후에 대중 중문 다 닫히고 춘향의 모는 향단을 불러 사리를 보세 할 때에 원앙금침 잣베개와 샛별 같은 요

59) 삼정승과 육조판서

강, 대야까지 갖춰 자리보전을 정히 하고

"도련님 평안히 쉬시옵소서."

"향단아, 나오너라 나하고 함께 가자."

둘이 다 건너갔구나.

춘향과 도련님과 마주 앉아 놓았으니 그 일이 어찌 되겠느냐. 온갖 장난을 다하고 보니 이런 장관이 또 있으랴. 이팔 이팔, 둘이 만나 벅친 마음 세월 가는 줄 모르던가 보더라.

이때 뜻밖에 방자 나와,

"도련님! 사또께옵서 부릅시오."

도련님 들어가니 사또 말씀하시되,

"여봐라! 서울서 동부승지(同副承旨)[60]의 교지가 내려왔다. 나도 문부(文簿)[61] 사정(査定)하고 갈 것이니, 너는 내행을 모시고 오늘로 떠나거라."

도련님 부교(父敎)듣고 한편 반가우나 한편 춘향을 생각하니 가슴이 답답하여 사지의 맥이 풀리고 간장이 녹는 듯, 두 눈에서 더운 눈물이 펄펄 솟아 고운 얼굴을 적시거늘 사또 보시고,

"너 왜 우느냐? 내가 남원에서 일생을 살 줄 알았더냐? 내직으로 승차되니 섭섭히 생각 말고 오늘부터 치행(治行) 등절을 급히 차려 내일 오전으로 떠나거라."

---

60) 조선시대 승정원의 정삼품 벼슬

61) 뒤에 상고할 문서와 장부. 문서, 문안(文案)

겨우 대답하고 물러나와 내아에 들어가 사람의 상중하(上中下)를 막론하고 모친께는 허물이 적은지라 춘향의 말을 울며 청하다가 꾸중만 듣고 춘향의 집으로 가는데, 설움은 기가 막히나 길거리에서 울 수 없어 참고 나오는데 속에서는 두 간장이 끊어지듯 하였다. 춘향 문전에 당도하니 통째 건데기째 보째 왈칵 쏟아져 나오니,

"어푸어푸 어허."

춘향이 깜짝 놀라 뛰어 내달아,

"애고 이게 웬일이오? 안으로 들어가시더니 꾸중을 들으셨소? 노상에 오시다가 무슨 분함 당하셨소? 서울서 무슨 기별이 왔다더니 상부를 입으셨소? 점잖으신 도련님이 이것이 웬일이오?"

춘향이 도련님 목을 안고 치맛자락을 걷어잡고 고운 얼굴에 흐르는 눈물을 이리 씻고 저리 씻으면서,

"우지 마오, 우지 마오."

도련님 기가 막혀 울음이란 게 말리는 사람이 있으면 더 울게 되는 것이었다. 춘향이 화를 내어,

"여보 도련님, 아가리 보기 싫소. 그만 울고 내력이나 말하오."

"사또께옵서 동부승지로 승차하셨소."

춘향이 좋아하며,

"댁의 경사요, 그래서 그러면 왜 운단 말이오?"

"너를 버리고 갈 터이니 내 아니 답답하냐?"

춘향이 천연히 돌아앉아,

"여보 도련님! 지금 막 하신 말씀 참 말이오, 농말이오? 우리들이 처음 만나 백년언약 맺을 적에 대부인(大夫人) 사또께옵서 시키시던 일이오니까? 핑계가 웬말이오. 광한루서 잠깐 보고 내 집에 찾아 와서 침침무인 야삼경에 도련님은 저기 앉고 춘향 저는 여기 앉아 저한테 하신 말씀 '굳은 맹약 어길 수 없다'고 전년 오월 단오날 밤에 내 손목 부여잡고 우둥퉁퉁 밖에 나와 당중(堂中)에 우뚝 서서 경경(耿耿)히 맑은 하늘 천 번이나 가리키며 만 번이나 맹세키로, 내 정녕 믿었더니 말경에 가실 때는 똑 떼어 버리시니 이팔청춘 젊은 것이 낭군 없이 어찌 살꼬. 여보 도련님, 춘향 몸이 천하다고 함부로 버리셔도 그만인 줄로 아지 마오. 팔자 사나운 춘향이가 입이 써서 밥 못 먹고 잠 안와 잠 못 자면 며칠이나 살 듯하오? 상사로 병이 들어 애통하다 죽게 되면 슬프고 원통한 이 혼신이 원귀가 될 것이니 존중하신 도련님께 그건들 재앙이 아니겠소. 사람의 대접을 그리 마오. 죽고 싶구나. 애고 애고 서러워라."

한참 이리 자진하여 슬피 울 때 춘향 모는 영문도 모르고,

"나와 말 좀 하여봅시다. 내 딸 춘향을 버리고 간다 하니 무슨 죄로 그러시오? 춘향이가 도련님을 모신 것이 거의 일년 되었으니 행실이 그르던가, 예절이 그르던가, 바느질이 그르던가, 언어가 불순하던가, 잡스런 행실을 가져 노류장화(路柳墻花)[62] 음란하던가, 무엇에 그르던

62) 누구라도 꺾을 수 있는, 길가의 버들과 담 밑의 꽃. 곧 창부(娼婦)를 비유로 이르는 말

가, 이 봉변이 웬일인가. 군자가 숙녀를 버리는 법, 칠거지악(七去之惡)[63] 아니면 못 버리는 줄 모르는가?

"여보 장모, 춘향만 데려가면 그만 아니요."

"그래 아니 데려가고 견뎌낼까?"

춘향이 그 말 듣고 도련님을 물끄러미 바라보더니,

"마소 어머니, 도련님 너무 조르지 마소. 우리 모녀의 평생 신세가 도련님의 장중에 매였으니 알아 하시라 당부나 하오. 이번엔 아무래도 이별할 밖에 수가 없사오니, 기왕에 이별이 될 바에는 가시는 도련님을 어이 조르리까마는 우선 갑갑하여 그러는 것 아니오? 어머니 그만 건넌방으로 가옵소서."

"내일은 이별이 되는가 보오. 애고 애고 내 신세야 이별을 어찌할꼬. 여보 도련님."

"왜?"

"도련님 올라가면 살구꽃 피고 봄바람 부는 거리거리마다 취하나니 장진주(將進酒)요, 청루미색 집집마다 보시나니 미색이요, 곳곳에 풍악 소리 간 곳마다 화월(花月)이라. 호색(好色)하신 도련님 주야로 호강하실 때에 나 같은 먼 시골 천첩이야 손톱만치나 생각하오리까? 애고 애고 내 일이야."

"춘향아 울지 마라. 한양성 남북촌에 옥 같은 여자와 아름다운 여자

---

63) 아내를 내쫓는 이유로서의 일곱 가지 사실. 불순구고(不順舅姑), 무자(無子), 음행, 질투, 악질(惡疾), 구설(口舌), 도절(盜竊)

가 많건마는 규중심처 깊은 정 너밖에 없었다. 내 아무리 대장부인들 잠시인들 잊을쏘냐?"

서로 피차 기가 막혀 연연 이별 못 떠나는 것이었다.

도련님을 모시고 갈 하인 나올 때에 헐떡헐떡 들어오며,

"도련님 어서 행차하옵소서. 안에서 야단났소."

춘향이 할 수 없어,

"여보, 도련님, 내 손의 술이나 마지막으로 잡수시오. 행찬(行饌)[64] 없이 가시려면 제가 드리는 찬합 간직하셨다가 주무실 때에 저 본 듯이 잡수시오. 향단아, 찬합 술병 내 오너라."

춘향이 한잔 술 가득 부어 눈물 섞어 드리면서 하는 말이,

"한양성 가시는 길에 강가에 늘어선 푸른 나무들은 제 작별의 서러움을 머금었으니 제 정을 생각하시고 아름다운 시절이 되어 가는 비가 뿌리거든 길 위에 오가는 사람의 가슴에는 수심이 가득 차겠지요. 말에 오른 채 지치시어 병이 날까 염려되니, 방초무초(芳草茂草)[65] 저문 날에는 일찍 들어 주무시고 아침 날 풍우상(風雨狀)에 늦게야 떠나시며, 한 채쭉 천리마로 모실 사람 없사오니 부디부디 천금같이 귀하신 몸조심하여 천천히 걸으시옵소서. 푸른 가로수가 우거져 늘어선 진나라 서울 길 같은 길에 평안히 행차하옵시고 일자음신(一字音信) 듣사이다. 종종 편지나 하옵소서."

64) 여행 또는 소풍갈 때 집에서 가지고 가는 반찬
65) 풀이 향기롭고 무성하다

춘향이 할 일 없이 자던 침방으로 들어가서,

"하루아침에 낭군을 이별하니 어느 날에 만나보리. 온갖 근심과 한이 가득하여 끝끝내 느껴워라. 옥안운빈[66] 헛되어 늙는 한이 해와 달이 무정하다. 오동추야 달 밝은 밤에 어이 그리 더디 새며 녹음방초 비낀 곳에 해는 어이 더디 가는고. 달 걸린 밤 두견성은 임 계신 곳 비치련만 심중에 품은 수심 나 혼자뿐이로다. 밤빛이 창망한데 까물까물 비치는 게 창 밖에 개똥불빛, 밤은 깊어 삼경인데 앉았던들 임이 올까, 누웠던들 잠이 올까. 임도 잠도 아니 온다. 이 일을 어이하리. 아마도 원수로다."

하늘을 우러러 탄식하며 세월을 보내는데 이때 도련님은 올라갈 때 숙소마다 잠 못 이뤄,

"보고지고 나의 사랑 보고지고. 낮이나 밤이나 잊지 못하는 우리 사랑, 날 보내고 그린 마음 속히 풀리라."

날이 가고 달이 감에 따라 마음을 굳게 먹고 과거에 급제하여 미구에 도임할 것만 기다리더라.

이때 수삭 만에 신관 사또 났으되 자하골 변학도라 하는 양반이 오

66) 여자의 얼굴과 귀밑 탐스러운 머리

는데 문필도 유려하고 인물과 풍채도 활발하고 풍류 속에 달통하여 외입(外入)속이 넉넉하되 흠이 있으니, 성정이 괴팍하고 사증(邪症)[67]을 겸하여 혹시 실덕도 하고 오결(誤決)하는 일이 간간이 있는 고로 아는 이들은 다 고집불통이라 하였다.

행군 취타 풍악소리, 성동에 진동하고 삼현육각 권마성은 원근에 낭자하더라. 광한루에 보진하여 옷을 갈아입고 객사에 연명차로 남여(藍輿)[68]타고 들어갈 새 백성의 눈에 엄숙하게 보이려고 눈을 별로 궁글궁글 하며 객사에 들어가 동헌에 좌기하고 도임상을 잡순 후에,

"행수(行首)[69] 문안이오!"

행수 군관의 집례(執禮)를 받고 육방관속의 현신을 받은 뒤 사또 분부하되,

"수노(首奴)[70] 불러서 기생 점고하라."

호장(戶長)이 분부 듣고, 기생 안책 들여 놓고, 호명을 차례로 부르는데 낱낱이 글귀를 붙여 부르는 것이더라.

"우후(雨後)동산 명월이!"

"어주축수애산춘(漁舟逐水愛山春)에 양편 춘색이 아니냐, 도홍(桃紅)이!"

"단산(丹山)의 저 봉이 짝을 잃고 벽오동에 깃들이니 산수의 신령이

---

67) 멀쩡하다가 때때로 미친 듯이 행동한 것
68) 의자 비슷하고 뚜껑이 없는, 작은 가마의 하나
69) 우두머리
70) 관노(官奴)의 우두머리

요 나르는 벌레의 정기라. 주려 죽을망정 좁쌀이야 먹을 것이냐 굳은 절개 만수문전(萬壽門前), 채봉이!"

"맑고 고운 연꽃은 절개가 곧으며 꽃 중의 군자와 같으니라. 묻노라 저 연화(蓮花) 어여쁘고 고운 태도, 화중군자 연심이!"

"화씨같이 밝은 달 푸른 바다에 들었는데 형산백옥 명옥이!"

"구름은 엷고 바람은 가벼워 이제 한낮이 가까워오는데, 꽃을 찾아 버드나무 서 있는 곳을 따라, 앞내를 지나가도다. 양류편금(揚柳片金)의 앵앵이!"

사또 분부하되,

"자주 불러라!"

"예."

"…계향이!"

"운심이!"

"애절이!"

"강선이!"

"탄금이!"

"홍련이!"

"금낭이!"

사또 분부하되,

"한꺼번에 열 두 서넛씩 부르라!"

호장이 분부 듣고 자주 부르는데,

"양대선, 월중선, 화중선, 농옥이, 난옥이, 홍옥이, 바람맞은 낙춘이!"

연연히[71] 고운 기생도 그중에는 많건마는 사또께옵서는 근본 춘향의 말을 높이 들었던지라 아무리 들으시되 춘향의 이름 없는지라 사또 수노(首奴) 불러 묻는 말이,

"기생 점고 다 되어도 춘향은 안 부르니 그 년은 퇴기란 말이냐?"

수노 여쭈되,

"춘향 모는 기생이로되 춘향은 기생이 아니옵니다."

사또가 물었다.

"춘향이가 기생이 아니면 어찌 규중에 있는 아이의 이름이 높이 났느냐?"

수노 여쭈되,

"근본이 기생의 딸이옵고 덕색(德色)이 장한 고로 권문세족 양반네와 일등재사 한량들과 내려오신 사또마다 구경코자 간청하되 춘향모녀 듣지 않기로, 양반상하를 막론하고 액내(額內)[72]의 소인들도 십년, 일득 대면하되 언어와 수작이 없었더니, 하늘이 정하신 연분인지 구관사또 자제인 이도령과 백년기약 맺사옵고 도련님 가실 때에 과거에 급제하면 데려 간다 당부하고 춘향이도 그리 알고 수절하여 있습니다."

사또 골을 내어,

"이놈, 무시한 상놈인들 그게 어떠한 양반이라고 엄부시하요, 미장

71) 아름답고 어여쁘게

72) 같은 부류에 속하는 사람

가전 도련님이 화방(花房)에 작첩[73]하여 살자 할까. 이놈 다시는 그런 말 입 밖에 냈다가는 죄를 면치 못하리라. 이미 내가 저 하나를 보려고 하다가 못보고 그저 가랴. 잔말 말고 불러오라."

춘향을 부르라는 명령이 내리자 이방, 호방이 여쭈되,

"춘향이가 기생이 아닐 뿐 아니오라, 전 사또 자제 도련님과 맹약이 중하옵고, 나이는 같지 아니하오나 동반(同班)의 분의(分義)[74]로 부르라 하시니, 사또님 체모가 손상할까 걱정되나이다."

사또 크게 노하여,

"만일 춘향을 시각 지체하다가는 이방 형방들 이하 각 청 두목을 하나같이 파면시켜 버릴 것이니 어서 빨리 대령시키지 못할까?"

육방이 소동을 치고 각 청 두목이 넋을 잃어, 춘향 집 문전에 당도하여,

"이리 오너라!"

외치는 소리에 춘향이 깜짝 놀라 문틈으로 내다보니 사령, 군노들이 나왔구나.

"아차차 잊었네. 오늘이 그의 삼일 점고라 하더니 무슨 야단이 났나 보다."

밀창문이 여닫기며, 김번수며 이번수며 여러 번수 손을 잡고 제 방에 앉힌 후에 향단을 불러,

73) 첩을 두는 것. 또는, 첩을 삼는 것

74) 자기 분수에 알맞게 지켜 나가는 도리

"주반상 들여라."

취하도록 먹인 후에 궤 문을 열고 돈 닷 냥을 내어 놓으며,

"여러 번수님네. 가시다가 술이나 잡숫고 가옵소서. 뒷일이 없게 하여 주오."

돈 받아 차고 흐늘흐늘 들어갈 때 행수 기생이 나온다. 행수 기생이 나오며 두 손뼉 딱딱 마주 치면서,

"여봐라 춘향아, 말 듣거라. 너만한 정절은 나도 있고 너만한 수절은 나도 있다. 너만한 정절이 왜 없으며 너만한 수절이 왜 없느냐? 정절부인 애기씨, 수절부인 애기씨, 조그마한 너 하나로 말미암아 육방이 소동하고, 각 청 두목이 다 죽어난다. 어서 가자 바삐 가자."

춘향이 할 수 없이 수절하던 그 태도로 대문 밖에 썩 나서며,

"형님 형님 행수 형님, 사람의 괄시를 그리 마오. 그대라고 대대 행수이며, 나라고 대대로 춘향인가. 인생 한 번 죽게 되면 아무 일도 없는 것이니, 한 번 죽지 두 번 죽나."

이리 비틀 저리 비틀 동헌에 들어가,

"춘향이 대령하였소."

사또 보시고 크게 기뻐하며,

"춘향이가 틀림없구나. 대상(臺上)으로 오르거라."

춘향이 상방(上房)에 올라가 무릎을 여미고 단정히 앉을 뿐이다. 사또가 크게 혹하여, 춘향더러 분부하되,

"오늘부터 몸단장 정히 하고 수청을 거행하라."

"사또님 분부 황송하나 일부종사 바라오니 분부 시행 못하겠소."

사또가 칭찬하여 말하기를,

"아름답고 아름다운 계집이로다. 네가 진정 열녀로다. 네 정절 굳은 마음 어찌 그리 어여쁘냐. 당연한 말이로다. 그러나 이수재는 경성 사대부의 자제로서 명문귀족의 사위가 되었으니, 한 때 사랑으로 잠깐 희롱하던 너를 조금이나마 생각하겠느냐? 너는 본시 절행(節行)이 있어 평생을 수절하다가 고운 얼굴이 늙어지고 백발이 드리우면 무정세월이 흐르는 물 같음을 탄식할 때 불쌍하고 가련한 게 너 아니냐. 네 아무리 수절한들 너를 열녀로 표창하여 줄 사람이 어데 있느냐? 네가 말을 좀 하여라."

춘향이 여쭈되,

"충신은 두 임금을 섬기지 않으며 열녀는 두 남편을 섬기지 않고 절개를 지킨다 함을 본받고자 하옵는데, 수차로 분부가 이러하오니 사는 것이 죽느니만 못하옵고, 정절이 있는 여자는 두 남편을 섬기지 못하오니 처분대로 하옵소서."

사또 크게 노하여

"이년 들어라. 모반 대역하는 죄는 능지처참하게 되고 관장을 조롱하는 죄는 기시율(棄市律)[75]에 처한다고 씌어 있으며, 관장을 거역한 죄는 엄형에 처하고 정배(定配)[76] 보내느니라. 죽는다고 설워 마라."

75) 죄인의 목을 베고 그 시체를 저잣거리에 버리던 중국의 형벌

76) 귀양 보내는 것

춘향이 악 쓰며,

"유부녀를 겁탈하는 것이 죄가 아니고 무엇이오?"

사또는 기가 막혀 어찌나 분하던지 연상(硯床)[77]을 두드릴 때 탕건이 벗어지고 상투고가 탁 풀리고 첫마디에 목이 쉬어,

"이년을 잡아 내려라!"

호령하니, 골방의 수청 통인이 달려들어, 춘향의 머리채를 끌어내며, 좌우에 나졸들이 서서 능장, 곤장, 형장이며 주장을 집고,

"아뢰라! 형리(刑吏)를 대령하라!"

"예. 머리 숙여라! 형리요."

사또는 어찌나 분이 났던지 벌벌 떨며 기가 막혀 '허푸허푸' 하며,

"여봐라! 그년에게 무슨 다짐이 필요하리. 묻지도 말고 형틀에 올려 매고 골통을 부수고 물고장(物故狀)[78]을 올려라!"

"사또님의 분부가 지엄한데 저런 년을 무슨 사정 두오리까? 이년, 다리를 까딱 마라! 만일 요동하였다가는 뼈 부러지리라."

호통하고 들어서서 검장(檢杖)[79]소리 발맞추어 서면서 가만히 하는 말이,

"한두 개만 견디소. 어쩔 수가 없네. 요 다리는 요리 틀고 저 다리는 저리 트소."

77) 문방제구를 늘어놓아 두는 작은 책상
78) 죄인 죽인 것을 보고하는 글
79) 죄인을 때리는 창 같은 형구

"매우 치라!"

"예잇, 때리오."

딱 붙어서 부러진 형장개비는 푸르륵 날아 공중에 잉잉 솟아 상방(上房)대뜰 아래 떨어지고 춘향이는 아무쪼록 아픈 데를 참으려고 이를 북북 갈며 고개만 빙빙 두르면서,

"애고 이게 웬 일이여!"

곤장 태장을 치는 데는 사령이 서서 하나 둘 세건마는 형장부터는 법장(法杖)이라 형리와 통인이 닭싸움하는 모양으로 마주 엎디어서 하나 치면 하나 긋고, 둘 치면 둘 긋고, 무식하고 돈 없는 놈이 술집 바람벽에 술 값 긋듯 그어 놓으니 한 일자(一字)가 되었구나. 춘향이는 저절로 설움에 겨워 맞으면서 우는데,

"일편단심 굳은 마음은 일부종사의 뜻이오니, 한낱 매를 친다고 일년이 다 못 가서 조금이라도 내 마음 변하오리까?"

열 치고 그만 둘 줄 알았더니 열 다섯째 번 매를 치니,

"십오야 밝은 달은 떼구름에 묻혀 있고 서울 계신 우리 낭군 삼청동에 묻혔으니 달아 달아 임 보느냐? 임 계신 곳 나는 어이 못 보는고."

스물 치고 끝날까 하였더니 스물다섯 매를 치니,

"이십 오현 야탄월에 불승청원(不勝淸怨) 저 기러기, 너 가는 데 어디메냐. 가는 길에 한양성 찾아들어 삼청동 우리 님께 내 말 부디 전해다오. 나의 모습을 자세히 보고 부디부디 잊지 마라."

삼십삼천 어린 마음을 옥황전에 아뢰려고 옥 같은 춘향 몸에 솟느니

유혈이오, 흐르느니 눈물이라. 피눈물 한데 흘러 무릉도원의 홍류수(紅流水)라.

춘향이 점점 악쓰며 하는 말이 ,

"소녀를 이리 말고, 능지처참하여 박살하여 죽여주면 뒤에 원조(怨鳥)라는 새가 되어 초혼조(招魂鳥)[80] 함께 울어 적막공산 달 밝은 밤에 우리 도련님 잠든 후 파몽(破夢)이나 하여 지이다."

말 못하고 기절하니 엎뎌 있던 형방 통인 고개 들어 눈물 씻고, 매질하던 저 사령도 눈물 씻고 돌아서며,

"사람의 자식은 이 짓 못하겠네."

좌우의 구경하는 사람과 거행하는 관속들이 눈물 씻고 돌아서며,

"춘향이 매 맞는 거동, 사람 자식 못 보겠다. 모지도다, 모지도다. 춘향 정절이 모지도다. 하늘이 낸 열녀로다."

남녀노소 없이 서로 눈물 흘리며 돌아설 때 사또인들 좋을 리가 있으랴.

"네 이년! 관청 뜰에서 발악하면 맞으니 좋은 게 무엇이냐? 일후에도 또 그런 거역을 할까?"

반은 죽고 반은 살은 저 춘향이 점점 악쓰며 하는 말이,

"여보 사또 들으시오. 죽기로 결심하고 먹은 마음을 어이 그리 모르시오. 계집의 품은 원한은 오뉴월에 서리 내립니다. 원통한 혼이 하늘

80) 죽은 사람의 혼령을 부르는 새라는 뜻이다. 일명 '두견새' 라고도 한다.

로 다니다가 우리 나랏님 앉는 곳에 이 원정을 아뢰면 사또인들 무사하랴. 덕분에 죽여주오."

사또 기가 막혀,

"허허 그년 말 못할 년이로고, 큰 칼 씌워 옥에 가두어라."

이때 한양의 이도령은 주야를 가리지 않고 시서(詩書) 백가어(百家語)를 숙독하였으니 글로는 이백(李白)이요, 글씨는 왕희지(王羲之)라. 나라에 경사가 있어 태평과(太平科)를 보일 때에 서책을 품에 품고 과거장으로 들어가서 좌우를 둘러보니 수많은 백성과 허다한 선비들이 일시에 임금님께 절을 한다. 맑고 고운 궁중의 풍악 소리에 앵무새가 춤을 춘다. 대제학을 택출(擇出)하여 임금께서 정한 글 제목을 내리시니 도승지가 모셔내어 홍장(紅帳) 위에 걸어 놓으니, 제(題)에 하였으되, '춘당춘색고금동(春塘春色古今同)'[81]이라 뚜렷이 걸었거늘 이도령이 글제를 살펴보니 익히 보아온 바이라. 시제를 펼쳐 놓고 해제(解題)를 생각하여 용지연에 먹을 갈아 당황모(唐黃毛) 무심필(無心筆)[82]을 덤뻑 풀어 왕희지의 필법으로 조맹부[83]의 체를 받아 단 붓으로 일필휘지 선장(先場)[84]하니, 상시관(上試官)이 글을 보고, 글자마다 비

81) 춘당대(臺)의 봄빛은 예나 지금이나 같다. 춘당대는 창경궁에 있는 누대로서 옛날에 과거를 보이던 곳
82) 중국에서 나는 족제비의 꼬리털로 만든, 속을 박지 않은 붓
83) 원나라의 문인. 서, 화, 시문에 크게 뛰어나 후세에 미친 영향이 크다.
84) 과거에서 가장 먼저 답안을 바치던 일

점(批點)[85]이요, 구절마다 관주(寬珠)[86]였다. 글씨가 마치 용이 하늘로 치솟는 듯하고 비둘기가 모래밭에 내려앉은 듯하니 금세(今世)의 대재(大才)로구나.

금방(金榜)[87]에 이름을 걸고 임금님이 석 잔 술을 권하신 후, 장원 급제로 답안지를 시험장에 내걸었다. 신래(新來)[88]에 진퇴 나올 적에 머리에는 임금님이 내려 주신 종이꽃이요 몸에는 앵삼(鶯衫)[89]이며 허리에는 학대(鶴帶)로다. 사흘 동안 서울 장안을 돌며 논 후에 산소에 소분(掃墳)[90]하고 임금님께 절하니, 전하께옵서 친히 불러 보신 후에,

"경의 재주 조정에 으뜸이로다."

하시고 도승지 입시하사, 전라도 암행어사로 명을 내리시니 평생의 소원이다. 수의(繡衣)[91], 마패(馬牌), 유척(鍮尺)[92]을 내 주시니 전하께 하직하고 본댁으로 나갈 적에 철관(鐵冠)[93] 풍채는 산 속의 맹호와 같은지라.

부모 앞에 하직하고 전라도로 향할 때 남대문 밖에 나서서 서리, 중방, 역졸 등을 거느리고 여러 곳을 거쳐 여산읍에 숙소하고, 이튿날에

85) 시문의 잘된 곳에 찍는 것
86) 글이나 글자가 잘 되었을 때 글자 옆에 치는 동그라미
87) 과거에 급제한 사람의 이름을 써서 건 방
88) 새로 문과에 급제한 사람
89) 생원, 진사에 급제하였을 때 입던 연두 빛깔의 예복
90) 경사가 있을 때 조상의 산소에 가서 제사지내는 일
91) 수놓은 옷, 어사가 입던 옷
92) 놋쇠로 만든 자
93) 어사가 쓰던 갓

서리 중방을 불러 분부하되,

"전라도 초읍 여산이라. 무거운 나라 일을 거행하여 분명히 하지 못하면 죽기를 면하지 못하리라."

추상같이 호령하고 아무날 남원읍으로 대령하라 분부하여 각기 분발하신 후에 어사또 행장을 차리는데 그 거동을 좀 보소.

숫제 사람을 속이려고 모자 없는 헌 파립에 줄을 총총이 매어 초사(草紗)[94]로 만든 갓끈을 달아 쓰고, 당줄만 남은 헌 망건에 갑풀관자[95] 노끈 당줄 달아 쓰고, 의뭉하게 헌 도복의 무명실 띠를 가슴에 둘러매고 살만 남은 헌 부채의 솔방울 선초(扇貂)[96] 달아 햇볕을 가리고 내려올 때, 마침 농사철이라 농부들이 농부가를 부르는 것이 들렸다.

"저 농부 말 좀 물어 보면 좋겠구먼."

"무슨 말?"

"이 골 춘향이가 본관에 수청 들어 뇌물을 많이 받아먹고 민정에 작폐한다는 말이 옳은지?"

저 농부 열을 내어

"그대는 어디 사는가?"

---

94) 질이 나쁜 비단
95) 아교풀로 만든 관자
96) 부채 끝에 늘어뜨리는 장식품

"아무데 살든지."

"아무데 사는 데라니 그대는 눈콩알 귀콩알이 없나? 지금 춘향이가 수청 아니 든다고 형장 맞고 갇혔으니 창가(娼家)에 그런 열녀 세상에 드믄지라. 구슬 같은 춘향 몸에 자네 같은 동냥아치가 함부로 말을 하다가는 빌어먹지도 못하고 굶어 뒤지리. 올라간 이도령인지 그놈의 자식은 한 번 간 후 소식이 없으니, 사람의 일이 그렇고는 벼슬은커녕 사람구실도 못하리."

"어 그게 무슨 말인고?"

"왜? 어찌되는 사이인가?"

"되기야 어찌 되랴마는 남의 말을 너무 고약하게 하는구나."

"자네가 철모르고 말을 하니까 그렇지."

수작을 끝내고 돌아서며,

"허허 망신이로구나. 자, 농부네들 일하오."

"예."

작별하고 한 모퉁이를 돌아드니, 아이 하나가 오는데 대막대를 끌면서 시조(時調) 절반 섞어하되,

"오늘이 며칠인고, 천리 길 한양 서울 며칠 걸어 올라가랴. 조자룡이 강 건너던 청총마[97]가 있었더라면 금일로 가련마는 불쌍하다 춘향이는 이서방을 생각하여 옥중에 갇히어서 목숨이 오락가락하니 불쌍

97) 푸른빛을 띤 말

하다. 몹쓸 양반 이서방은 한 번 가고 소식 끊어지니 양반의 도리는 그러한가."

어사또가 그 말 듣고,

"애야, 너는 어디 사느냐?"

"남원에 사오."

"어디를 가니?"

"서울 가오."

"무슨 일로 가니?"

"춘향이 편지 갖고 구관댁에 가오."

"이 애 그 편지 좀 보자."

"그 양반 철모르는 양반이네."

"웬 소린고?"

"글쎄 들어 보오. 남의 편지 보기도 어렵거든 하물며 남의 내간(內簡)을 보잔단 말이오?"

"이 애 듣거라. '행인이 떠남에 앞서 또 한 번 개봉한다' 는 말이 있느니라. 좀 본다고 상관있느냐?"

"그 양반 몰골은 흉악하구만 문자 속은 기특하오. 얼핏 보고 주시오."

"후레자식이로구나."

편지를 받아 떼어 보니 혈서로 써 놓았는데 모래밭 위에 내려앉은 기러기 격으로 그 저 툭툭 찍은 것이 모두 '애고' 였다. 어사 보더니 두 눈에 눈물이 맺거니 방울방울 떨어지니 아이 하는 말이,

"남의 편지 보고 왜 우시오?"

"남의 편지라도 서러운 사연을 보니 자연히 눈물이 나는구나."

"여보 인정 있는 체하고 남의 편지에 눈물 묻으면 어쩌오! 그 편지 한 장 값이 열닷 냥이오. 편지 값 물어내오."

"여봐라 이도령이 나와 죽마고우 친구로서 하향(下鄕)에 볼 일이 있어 나와 함께 내려오다가 전주에 들렀으니 내일 남원에서 만나자고 언약하였다. 나를 따라가 있다가 그 양반을 뵙거라."

그 아이 낯빛이 변하며,

"서울을 저 건너로 아시오?"

하며 달려들어,

"편지 내오."

하고 재 고집을 세우는데 옷 앞자락을 잡고 힐난하며 살펴보니 명주 전대를 허리에 둘렀는데 제기(祭器) 접시 같은 것이 들었거늘 물러나며,

"이것 어디서 났소? 찬바람이 나오."

"이놈, 만일 기밀을 누설하였다간 목숨을 보전치 못하리라."

이렇게 당부하고 남원으로 들어올 때 박석치[98]에 올라서서 사방을

98) 남원의 전주 쪽으로 있는 고개

둘러보니 산도 옛날 보던 산이요, 물도 옛날 보던 물이었다. 남문 밖에 썩 내달아,

"광한루야 잘 있더냐? 오작교야 무사하냐? 객사(客舍) 앞의 푸르른 수양버들은 나귀 매고 놀던 터요, 청운낙수(靑雲落水) 맑은 물은 내 발을 씻던 청계수라. 녹수진경(綠水秦景) 넓은 길은 오고 가던 옛 길이라!"

중문을 바라보니 내 손으로 쓴 글자가 충성 충자(忠字) 완연하더니 가운데 중자(中字)는 어디 가고 마음 심(心)자만 남아 있고, 와룡장자(莊字) 입춘서(立春書)는 동남풍에 펄렁펄렁 이내 수심 돋워낸다. 그렁저렁 들어가니 내정은 적막한데 춘향 모 거동 보소. 미음 솥에 불 넣으며,

"애고애고 내 일이야. 모지도다. 모지도다. 이서방이 모지도다. 위경(危境)의 내 딸 아주 잊어 소식조차 끊어졌네. 애고애고 서럽구나. 향단아, 이리 와 불 넣어라."

하고 나오더니 울안의 개울물에 흰 머리 감아 빗고 정화수 한 동이를 단 아래에 바쳐 놓고 땅에 엎디어 축원하기를,

"하늘과 땅의 귀신이여, 해님, 달님, 별님은 변하여 한 가지 마음이 되옵소서. 다만 내 딸 춘향이를 금쪽같이 길러 내어 외손봉사(外孫奉祀)를 바랐더니, 무죄한 매를 맞고 옥중에 갇혔으니 살릴 길이 없사옵니다. 하늘과 땅의 신령님은 감동하사 한양성 이몽룡을 청운(靑雲)에 높이 올려 내 딸 춘향을 살려 주시이다."

빌기를 다한 후에,

"향단아, 담배 한 대 붙여다구."

춘향의 모 받아 물고 '후유' 한숨 눈물 질 때, 이때 어사는 춘향 모의 정성을 보고,

'나의 벼슬 한 것이 선영(先塋)의 은덕으로 알았더니 우리 장모의 덕이로다.'

하고,

"그 안에 누구 있느냐?"

"뉘시오?"

"내로세."

"내라니 뉘신가?"

어사 들어가며,

"이서방일세."

"이서방이라니. 옳지, 이풍헌의 아들 이서방인가?"

"허허 장모 망령이로세. 나를 몰라? 나를 몰라?"

"자네가 누구여?"

"사위는 백년지객이라 하였으니 어찌 나를 모르는가?"

춘향의 모 반겨하며,

"애고 애고 이게 웬일인고? 어디 갔다 이제 오나, 바람이 크게 일더니 바람결에 풍겨 왔나. 산마루에 구름이 일더니 구름 속에 싸여 왔나. 춘향의 소식을 듣고 살리려고 와 계신가. 어서 어서 들어가세."

손을 잡고 들어가서 촛불 앞에 앉혀 놓고 자세히 살펴보니 걸인 중에 상걸인이 되었구나.

춘향의 모 기가 막혀,

"이게 웬일이오?"

"양반이 그릇 되니 형언할 수 없네. 그때 올라가서 벼슬길은 끊어지고 가산을 탕진하여 부친께서는 서당 훈장으로 가시고, 모친은 친정으로 가시고 다 각기 갈리어서 나도 춘향에게 내려와서 돈냥이나 얻어갈까 하였더니, 와서 보니 양가(兩家) 이력이 말이 아닐세."

춘향의 모 이 말을 듣고 기가 막혀,

"무정한 이 사람아 한 번 이별한 후로 소식이 없었으니, 그런 인사가 어디 있으며, 뒷기약인가 뭔지나 바랐더니, 일이 잘되었소. 쏘아 논 화살이요 엎지른 물이 되어 누구를 원망하고, 누구를 허물하겠냐마는, 내 딸 춘향을 대체 어찌 해야 하나?"

어사가 짐짓 춘향 모가 하는 거동을 보려고,

"시장하여 나 죽겠네. 나 밥 한 술만 주소."

춘향 모는 밥 달라는 말을 듣고,

"밥 없네."

어찌 밥이 없을까마는 홧김에 하는 말이었다. 이때 향단이 옥에 갔다 나오더니, 저의 아씨 야단 소리에 가슴이 후둘후둘하고 정신이 울렁울렁하여 정처 없이 들어가서 가만히 살펴보니 전의 서방님이 와 계시구나. 어찌니 빈갑던지 우루루 달려들어,

"향단이 문안이오. 대감님 문안이 어떠하시며 대부인께서 그 후 안녕하옵시며 서방님께서도 먼 길에 평안히 행차하셨습니까?"

"오냐, 고생이 어떠하냐?"

"소녀의 몸은 무탈하옵니다. 아씨 아씨, 큰 아씨, 마오 마오 그리 하지 마오. 멀고 먼 천릿길에 누구를 보려고 오셨는데 이 괄시가 웬일이오. 아가씨가 아신다면 지레 야단을 맞을 것이니 너무 괄시를 마옵소서."

부엌으로 들어가더니 먹던 밥에 풋고추, 절인 김치, 양념을 넣고 단간장에 냉수를 가득 떠서 소반에 받쳐 드리면서,

"더운 진지 할 동안에 시장하실 터인데 우선 요기나 하옵소서."

어사또 반겨하며,

"밥아, 너 본 지 오래구나."

여러 가지를 한데다 붓더니 숟가락 댈 것 없이 손으로 휘휘 저어 한편으로 몰아치며 맞바람에 게 눈 감추듯 하는구나.

춘향 모가 하는 말이,

"얼씨구 밥 빌어먹기에 이력이 났구나."

이때 향단이는 저의 아가씨 신세를 생각하여 크게 울지는 못하고 흐느끼며 하는 말이,

"어찌 할까나, 어찌 할까나. 도덕 높으신 우리 아가씨 어찌하여 살리시려오. 어찌해야 하나? 어찌해야 하나?"

소리도 못 내고 우는 모양을 어사또가 보시더니 기가 막혀,

"여봐라 향단아, 우지 마라, 우지 마라, 너의 아가씨 설마 살지 죽을쏘냐. 행실이 지극하면 사는 날이 있느니라."

춘향 모 듣더니,

"애고 양반이라고 오기는 있어서, 대체 자네가 왜 저 모양인가?"

향단이 하는 말이,

"우리 큰 아씨 하는 말을 조금도 과념 마옵소서. 나이 많아 노망하는 중에 이 일을 당해 놓으니 홧김에 하는 말을 조금만치라도 노하리까. 더운 진지 잡수시오."

어사또 밥상 받고 생각하니 분한 마음 하늘에 뻗치어 마음이 울적하고 오장이 울렁울렁 하고 저녁밥이 맛이 없어,

"향단아, 상 물려라."

담뱃대 툭툭 털며,

"여보소 장모, 춘향이나 좀 보아야겠소."

"그렇게 하구려. 서방님이 춘향을 아니 보아서야 인정이라 하오리까?"

향단이 여쭈되,

"지금은 문을 닫았으니 바라[99] 치거든 가사이다."

이때 마침 바래를 뎅뎅 치는 것이었다. 향단이는 미음상을 이고 등롱을 들고 어사또는 뒤를 따라 옥문 앞에 당도하니 인적이 고요하고 옥사장도 간 곳이 없다. 이때 춘향이 꿈도 아니고 생시도 아닌데, 서방님이 오셨는데 머리에는 금관이요, 몸에는 홍삼(紅衫)을 입었다. 임 그리는 마음에 목을 안고 만단정회(萬端情懷)하는 차였다.

99) 나무틀에 매달아 두드리는 징 모양의 악기. 바라를 치면 통행금지가 해제되었다.

"춘향아."

부른들 대답이 있을쏘냐. 어사또 하는 말이,

"크게 한 번 불러보소."

"모르는 말이오. 예서 동헌이 마주치는데 소리가 크게 나면 사또가 염문(廉問)[100]할 것이니 잠깐 지체 하옵소서."

"무어 어때? 염문이 무엇인고. 내가 부를 테니 가만있소. 춘향아!"

부르는 소리에 깜작 놀래어 일어나며,

"허허 이 목소리 잠결인가, 꿈결인가, 그 목소리 괴이하다."

어사또 기가 막혀,

"내가 왔다고 말을 하소."

"왔다고 말을 할 것 같으면 기절낙담할 것이니 가만히 계시옵소서."

춘향이 저의 모친 음성을 듣고 깜짝 놀라,

"어머니, 어찌 오셨소? 몹쓸 딸자식을 생각하와 천방지축 다니다가 떨어져 상하기 쉽소. 이 다음에는 오실 생각 마옵소서."

"나는 염려 말고 정신을 차려라. 왔다."

"오다니 누가 와요?"

"그저 왔다."

"갑갑하여 나 죽겠소. 일러주오. 꿈에 임을 만나 만단 정회하였더니 혹시 서방님께서 기별이 왔소? 벼슬 띠고 내려온다는 노문(路文)[101] 놓

100) 사정이나 형편을 남모르게 물어보다

101) 벼슬아치가 당도할 날짜를 미리 갈 곳에 알리던 글

고 왔소? 애고 답답하여라."

"너의 서방인지 남방인지 걸인이 하나 내려왔다."

"허허 이게 웬말인가? 서방님이 오시다니. 꿈속에서 보던 임을 생시에 보단 말인가."

문틈으로 손을 잡고 말 못하고 기색하며,

"애고, 이게 누구시오. 아마도 꿈이로다. 그리워하며 보지 못하던 임을 이리 쉽게 만날 수 있을까. 이제 죽어 한이 없네. 어찌 그리 무정할까. 복도 없다. 우리 모녀 서방님을 이별한 후에 자나 누우나 임 그리워하며 날이 가고 달이 가더니 내 신세가 이리 되어 매에 감겨 죽게 되니, 나를 살리려고 오시었소."

한참 이리 반기다가 임의 형상을 자세히 보니 어찌 아니 한심하랴.

"여보 서방님. 내 몸 하나 죽는 것은 서러운 마음이 없지만은 서방님은 이 지경이 웬일이오?"

"오냐 춘향아 서러워 마라. 사람 목숨은 하늘에 매인 것이니 설마한들 죽을쏘냐?"

춘향이 저의 모친을 불러,

"한양성 서방님을, 칠 년 대한 가문 날에 목마른 백성들이 비를 기다린들 나와 같이 기다렸을까. 심은 나무가 꺾어지고 공든 탑이 무너졌네. 가련하다 이 내 신세. 할 수 없이 되었구나. 어머님은 나 죽은 후에라도 원이나 없게 하여 주옵소서. 나 입던 비단 장옷 봉장(鳳欌) 안에 들었으니 그 옷 내어 팔아다가 한산의 고운 모시와 바꾸어서 물색 곱게 도포를 짓고, 백방사주로 지은 긴 치마를 되는 대로 팔아다가 관망(冠網) 신발을 사드리고, 절병 천은(天銀) 비녀와, 밀화장도, 옥지환이 함 속에 들었으니, 그것도 팔아다가 한삼 고의 흉하지 않게 하여 주오. 오래잖아 죽을 년이 세간은 두어 무엇할까. 용장 봉장 반닫이를 있는 대로 팔아다가 좋은 찬으로 진지 대접하오. 나 죽은 후에라도 나 없다 말으시고 나 본 듯이 섬기소서.

서방님 내 말을 들으시오. 내일이 본관사또 생신이라, 취중에 주망(酒妄)나면 나를 올려 칠 것이니 형문 맞은 자리 장독이 났으니 수족인들 놀릴손가. 만수 운화 흐트러져서 긴 머리 이렁저렁 걷어 얹고 이리 비틀 저리 비틀 들어가 매 맞은 병으로 죽거들랑 삯군인 체 달려들어 둘러업고 우리 둘이 처음 만나서 놀던 부용당(芙蓉堂)의 쓸쓸하고 고요한 곳에 뉘어 놓고, 서방님께서 손수 염습하되 나의 혼백을 위로하여 입은 옷 벗기지 말고 양지 끝에 묻었다가, 서방님께서 귀하게 되어 성공하시거든, 잠시도 그대로 두지 말고 육진장포(六鎭長布)[102] 다시 염하여, 조촐한 상여 위에 덩그렇게 실은 후에 북망산천 찾아 갈 때, 앞의 남산과 뒤의 남산을 다 버리고 한양으로 올려다가 선산 발치에 묻어 주오. 비문에 새기기를 '수절원사춘향지묘(守節冤死春香之墓)' 라고 여덟 자만 새겨 주오. 망부석이 아니 될까. 서산에 지는 해는 내일 다시 오르

102) 함경도 육진에서 생산된 긴 베

련마는 불쌍한 춘향이는 한 번 가면 어느 때 다시 올까. 가슴에 맺힌 원한이나 풀어 주오. 애고 애고 내 신세야. 불쌍한 나의 모친 나를 잃고 가산을 탕진하면 별 수 없이 걸인이 되어 이집 저집 걸식하다가 언덕 밑에 조숙조숙 졸면서 기력이 다하여 죽게 되면 지리산 갈가마귀 두 날개를 쩍 벌리고 두둥실 날아들어 까욱까욱 두 눈을 다 파먹은들 어느 자식 있어 후여 하고 날려 주리, 애고 애고."

춘향이 섧게 울 때 어사또,

"우지 말라. 하늘이 무너져도 솟아날 구멍이 있느니라. 네가 나를 어찌 알고 이렇듯이 서러워하느냐?"

작별하고 춘향의 집으로 돌아왔다.

춘향이는 어둠침침한 한밤중에 서방님을 번개같이 얼른 보고 옥방에 홀로 앉아 탄식하는 말이,

"명천(明天)은 사람을 낼 때 별로 후박이 없건마는 나의 신세 무슨 죄로 이팔청춘에 임 보내고 모진 목숨을 살아 이 형문(刑問) 이 형장(刑杖)이 무슨 일인고. 옥중 고생 서너 달에 밤낮이 없게 되었구나. 죽어서 황천에 돌아간들 제왕 전에 무슨 말을 자랑하리. 애고 애고."

슬피 울 때 기진맥진하여 반은 죽고 반만 살아 있는 모습이었다.

이튿날 조수(照數)[103] 끝에 가까운 읍의 수령이 모여든다. 운봉영장, 구례, 곡성, 순창, 옥, 진안, 장수 원님들이 차례로 모여든다. 좌편의 행

---

103) 수를 맞추어 조사하다

수군관, 우편의 청령사령(廳令使令), 한가운데 본관은 주인이 되어 하인을 불러 분부하되,

"기생을 불러 다과상을 올리라. 육고자(肉庫子)[104]를 불러 큰 소를 잡고 예방(禮房)을 불러 고인(鼓人)을 대령하고 승발(承發)[105]을 불러 차일을 치게 하라. 사령을 불러 잡인(雜人)을 금하라."

이렇듯 요란할 때 기치군물(旗幟軍物)[106]이며 육각풍류(六角風流)[107]가 반공에 떠 있고 푸르고 붉은 비단 옷을 입은 기생들은 비단 소매에 싸인 흰 손을 높이 들어 춤을 추고,

"지화자 두둥실"하는 소리, 어사또 마음이 심란하구나.

"여봐라. 사령들아! 너의 원전(員專)에 여쭈어라. 먼데 있는 걸인이 좋은 잔치에 왔으니 주효[108]나 좀 얻어먹자고 여쭈어라."

저 사령 거동 보소.

"어느 양반이길래 그러시오. 우리 안전께서 걸인을 못 들어오게 하시니 그런 말은 내지도 마시오."

등을 밀쳐 내니 어찌 아니 명관인가. 운봉(雲峰)이 그 거동을 보고 본관에 청하는 말이,

"저 걸인의 의관은 남루하나 양반의 후예인 듯하니 말석에 앉히고

104) 지방관가에 쇠고기를 바치는 관노
105) 지방 관아의 구실아치 밑에서 잡무에 종사하는 사람
106) 진중에서 쓰던 깃발과 무기 등을 통틀어 일컫는다.
107) 음악을 말한다.
108) 술과 안주

술잔이나 먹여 보냄이 어떠하오?"

"운봉의 소견대로 하오마는."

하는데 '마는' 소리가 뒷입맛이 사납다. 어사또는 속으로,

'오냐, 도적질은 내가 하마. 오랏줄은 네가 져라.'

운봉이 분부하여,

"그 양반 듭시래라."

어사또 들어가 단정이 앉아 좌우를 살펴보니 당상의 모든 수령들이 다과상을 앞에 놓고 진양조(晉陽調)[109]가 높아갈 때 어사또 상을 보니 어찌 아니 분통하랴. 못 떨어진 개다리소반에 닥나무 젓가락, 콩나물, 깍두기, 막걸리 한 사발이 놓였구나. 상을 발길로 탁 차 던지매 운봉이 갈비를 직신,

"갈비 한 대 먹고지고."

"다리도 잡수시오."

하고 운봉이 하는 말이,

"이러한 잔치에 풍류로만 놀아서는 맛이 적사오니 차운(次韻)[110]이나 한 수씩 해 보면 어떠하오?"

"그 말이 옳소."

하니 운봉이 운을 내는데, 높을 고(高) 기름 고(膏) 두자를 내어 놓고 차례로 운을 달 때에 어사또가 하는 말이,

---

109) 길고 느린 곡조

110) 남의 운을 떼어 시를 짓는 놀이

"걸인도 어려서 추구권(推句卷)[111]이나 읽었는데, 좋은 잔치를 당하여서 주효를 배불리 먹고 그저 가기 염치없으니 차운(次韻) 한 수 하겠사오이다."

운봉이 반겨 듣고 붓과 벼루를 내어 주니, 좌중이 다 못하여 글 두 귀를 지었으되 민정을 생각하고 본관 정체(政體)를 생각하여 지었것다.

금동이의 아름다운 술은 일만 백성의 피요
옥소반의 맛좋은 안주는 일만 백성의 기름이라
촛불의 눈물이 떨어질 때 백성의 눈물이 떨어지고
노래 소리 높은 곳에 원망 소리 높았더라

金樽美酒千人血 玉盤佳肴萬姓膏
燭淚落時民淚落 歌聲高處怨聲高

이렇듯이 지었으되 본관은 몰라보고, 운봉이 글을 보며 속으로 생각하니 '아뿔싸! 일이 났구나.'

이때 어사또가 하직하고 간 연후에 공형(公兄)[112]을 불러 분부하되,

111) 시 가운데서 좋은 구절을 뽑아서 엮은 책
112) 삼공형의 준말, 각 고을의 호장, 이방, 수형리의 세 관속

"야야, 일이 났다."

공방(工房)을 불러 포진(鋪陳)을 단속하고, 병방(兵房)을 불러 역마(驛馬)를 단속하고, 관청색을 불러 다담(茶啖)을 단속하고, 옥형리를 불러 죄인을 단속하고, 집사(執事)를 불러 형구(形具)를 단속, 형방을 불러 문부(文簿)를 단속하고, 사령을 불러 합번(合番)[113]을 단속하며, 한참 일이 요란할 때 물색없는 저 본관이,

"여보 운봉이 어디 다니시오?"

"소변을 보고 들어옵니다."

본관이 분부하되,

"춘향을 급히 올리라!"

하고 주광(酒狂)이 난다.

이때 어사또가 군호할 때 서리에게 눈짓을 하니, 서리와 중방의 거동 좀 보소. 역졸을 불러 단속을 할 때 이리 가며 수군, 저리 가며 수군 수군. 서리와 역졸의 거동을 보소. 외올 망건, 공단 싸개, 새 패랭이를 눌러 쓰고 석 자 감발을 두르고, 새 짚신에 한삼 고의를 산뜻이 입고 육모 방망이와 녹피 끈을 손목에 걸어 쥐고 여기서 번쩍 저기서 번쩍 남원읍이 술렁술렁 한다. 청파역졸의 거동을 보소. 달 같은 마패(馬牌)를 햇빛같이 번쩍 들어,

"암행어사 출두야!"

113) 중요한 일이 있을 때에 여럿이 모여 숙직하였다.

외치는 소리, 강산이 무너지고 천지가 뒤집히는 듯, 초목금수인들 아니 떨랴.

남문에서,

"출두야!"

북문에서,

"출두야!"

동, 서문에서 '출두' 소리가 청천에 진동하고,

"공형 들라!"

외치는 소리에 육방이 넋을 잃어,

"공형이오!"

등채찍으로 후닥닥 갈기니,

"애고 죽는다!"

공방이 포진(鋪陳)들고 들어오며,

"안 하려던 공방을 하라더니 저 불 속에 어찌 들어가노?"

등채찍으로 후닥닥 갈기니,

"애고 박 터졌네."

좌수, 별감은 넋을 잃고, 이방, 호장도 넋을 잃고, 파랑, 빨강, 노랑 색의 옷을 입은 나졸들은 분주하네. 모든 수령들이 도망할 때, 거동 좀 보소. 인궤(印櫃)를 잃고, 과줄[114]을 들었으며, 병부(兵符) 대신 송편을

---

114) 과자의 일종

들고, 탕건 대신 용수를 쓰고, 갓 대신 소반을 쓰고, 칼집을 쥐고 오줌을 누려 한다. 부서지니 거문고요, 깨지느니 북과 장고로다.

본관이 똥을 싸고, 멍석 구멍의 생쥐 눈 뜨듯 하고 내아로 들어가서,

"어 추워라! 문 들어온다. 바람 닫아라. 물 마른다 목 들여라!"

관청색은 상을 잃고 문짝을 이고 내달으니 서리와 역졸이 달려들어 후닥닥,

"애고 나 죽네."

이때 어사또가 분부하되,

"이 고을은 대감이 좌정하시던 고을이라, 훤화(喧譁)[115]를 금하고 객사로 옮기어라!"

좌정한 후에,

"본관은 봉고파직(封庫罷職)[116]하라!"

분부하니,

"본관은 봉고파직이오!"

사대문에 방을 붙이고 옥형리를 불러 분부하되,

"네 고을 옥수(獄囚)[117]를 다 올리라!"

호령하니 죄인을 올리거늘, 다 각각 문죄한 후에 죄 없는 자는 놓아 줄 때,

115) 지껄여 떠드는 것. 훤조

116) 어사(御史)나 감사(監司)가 못된 원을 파면시키고, 관가의 창고를 봉하여 잠그는 일

117) 옥에 갇힌 죄인

"저 계집은 무엇이냐?"

형리가 여쭈되,

"기생 월매의 딸이온데, 관청 뜰에서 포악하게 군 죄로 옥중에 있사옵니다."

"무슨 죄냐?"

형리가 아뢰되,

"본관 사또의 수청으로 불렀더니 수절이 정절이라 수청을 아니 들랴 하고 관정(官庭)에서 포악한 춘향이로소이다."

어사또가 분부하되,

"네년이 수절한다고 관정포악하였으니 살기를 바랄쏘냐? 죽어 마땅하되 내 수청도 거역할까?"

춘향이 기가 막혀,

"내려오는 관장마다 모두가 명관이로구나. 수의사또 들으소서. 층암절벽 높은 바위가 바람이 분들 무너지며 청송(青松), 녹죽(綠竹) 푸른 나무가 눈이 온들 변하리까. 그런 분부 마옵시고 어서 바삐 죽여주오."

하며,

"향단아, 서방님 어디 계신가 보아라. 어젯밤에 옥문간에 오셨을 때 천만 당부하였더니 어디로 가셨는지 나 죽는 줄 모르는가?"

어사또가 분부하되,

"얼굴을 들어 나를 보라!"

하시니, 춘향이 고개를 들어 대 위를 살펴보니 걸인으로 왔던 낭군

이 어사또로 뚜렷이 앉았구나. 반 웃음, 반 울음으로,

“얼씨구나 좋을시고, 어사 낭군 좋을시고. 남원읍내 추절(秋節) 들어 떨어지게 되었더니, 객사에 봄이 들어 이화춘풍 날 살린다. 꿈이냐 생시냐, 꿈을 깰까 염려로다.”

한참 이리 즐길 때에 춘향 모 들어와서 한없이 기뻐하는 말을 어찌 말하랴.

춘향의 높은 절개가 광채 있게 되었으니, 어찌 아니 좋을손가. 어사또는 남원 공사(公事) 닦은 후에 춘향 모녀와 향단이를 한양으로 데려갈 때, 위세가 당당하니 세상 사람들이 누가 아니 칭찬하랴.

이때 춘향이 남원을 하직할 때 영귀(榮貴)하게 되었건만 고향을 이별하니 한편 기쁘고 또 한편 슬프지 아니 하랴.

놀고 자던 부용당아
너 부디 잘 있거라
광한루 오작교며
영주각도 잘 있거라
봄풀은 해마다 푸르러지되
왕손(王孫)은 다시 못 들이오느니라
나를 두고 이른 말이로다
다 각기 이별할 때

만세무량 하옵소서
다시 보기 망연이라.

이때 어사또는 좌우도(左右道)를 돌며 민정을 살핀 후에 한양으로 올라가 어전에 절하니, 삼당상(三堂上)에 입시(入侍)하사 문부(文簿)를 사정(査正)한 후에 임금께서 크게 칭찬하시고 즉시 이조참의(吏曹參議) 대사성 (大司成)을 봉하시고 춘향으로 정렬부인으로 봉하시니, 은혜에 감사하며 물러 나와 부모 전에 뵈오니 성은(聖恩)을 축수(祝壽)하시더라.

이때 이판(吏判), 호판(戶判), 좌우영상(左右領相)을 다 지내고 벼슬을 물러난 후에 정렬부인과 더불어 백년을 동락할 때에 정렬부인에게 삼남 이녀를 두었으니 모두가 총명하여, 그 부친을 압도하고 계계승승하여 관직이 일품(一品)으로 만세 유전(遺傳)하더라.

작품의 이해

작가소개

작자 미상

줄거리

어느 봄날, 전라도 남원 부사의 아들 이몽룡이 방자를 데리고 광한루에서 시를 읊다가, 퇴기 월매의 딸인 춘향이 향단을 데리고 광한루에서 그네를 뛰고 있는 장면을 보게 된다. 이몽룡은 첫눈에 반하여 방자를 시켜 춘향을 부른다. 아름다운 춘향의 자태에 반한 이몽룡은 그 날 밤으로 춘향을 찾아가 백년가약을 맺는다. 그들은 이내 깊은 사랑에 빠졌으나 이 몽룡의 부친이 한양으로 가게 되어 서로 헤어지지 않을 수 없게 되었다. 이에 이몽룡과 춘향은 작별의 눈물을 흘리며 후일을 기약하고 이별한다. 이때 남원 부사에 변학도라는 이가 새로 부임해 오는데 그는 천하의 호색가여서 춘향이 절세미인이란 말을 듣고 춘향을 불러다가 수청을 들라고 강요한다. 그러나 춘향이 죽기를 맹세코 이를 거절하니, 결국 춘향은 하옥되고 만다.

한편 한양으로 올라간 이몽룡은 과거에 급제하여 전라도 암행어사가 되어 내려온다. 이몽룡이 거지꼴로 변장을 하고 춘향의 집을 찾아가니 월매가 푸대접을 하고 춘향은 옥중에서 거지꼴로 찾아온 이몽룡을 보고 여한이 없다며 유언을 남긴다. 이몽룡은 춘향이 수청을 거부하다 옥중에서 온갖 고초를 당하고 있다는 말을 듣고, 부사의 생일 잔칫날에 동헌을 찾아가서 변사또의 학정을 비판하는 시 한 수를 읊고는 어사 출도를 단행하여 부사를 봉고파직하고 춘향을 구해내어 백년가약을 맺고는 행복한 여생을 보낸다.

작품해설

〈춘향전〉은 18세기에 생성된 판소리 춘향가에서 소설로 정착된 판소리 계통의 소설이다. 작자와 연대는 알 수 없지만 광대가 판소리로 창을 하는 과정에서 자연적으로 지어졌으리라는 것이 지배적이다. 이 작품은 판소리가 되기 전에 이미 여러 설화로 이루어졌는데 〈춘향전〉

의 일부와 내용을 같이하는 것으로 열녀설화, 암행어사설화(暗行御史說話), 신원설화, 염정설화(艶情說話) 등이 20여 종이나 된다.

이 작품은 순수한 연애와 평등사상을 고취한 반봉건적 문학으로서, 조선시대 소설의 최대 걸작으로 평가되고 있다. 신분의 벽을 넘어서 많은 사람에게 희망과 사랑을 심어주는 이상적인 애정소설이다. 춘향과 몽룡의 계급을 초월한 사랑, 특권계급의 전횡(專橫)을 대표하는 변학도와 이에 대한 평민들의 저항, 특히 변학도에 항거하여 이도령에 대한 절개를 지키는 춘향의 모습은 모순을 내포하면서도 상승을 희구하는 조선 후기 민중의 자화상을 나타내는 것이다. 이도령이 극적으로 내려와 변학도를 응징하는 모습은 현실적으로는 불가능한 것이지만 그것은 바로 민중의 꿈을 표현한 것이다. 이 자아의 신장과 꿈의 형상이 조선 후기 민중들에게 갈구되는 새로운 시대의 이미지를 심어 주었기 때문에 열렬히 환영받았고, 춘향의 수절이 당시의 봉건윤리에도 합치되었기 때문에 양반이나 하층민 누구에게나 영합되는 국민문학적 폭을 지니고 있어 민중 최고의 고전이 될 수 있었던 것으로 여겨진다.

그러나 춘향이 이 도령과 결연을 이루려는 것은, 기생신분을 벗어나 사대부가의 일원이 되겠다는 신분상승의 성취동기를 충족시키기 위한 것으로 볼 수 있다. 따라서 신분상승이 춘향의 목적적 가치이자 작품의 이면적 주제라면 열녀의식은 이를 달성키 위한 수단적 가치로서 작품 표면에 제시된 것이다.

〈춘향전〉은 판본의 이본이 5종, 사본이 약 20여 종, 활자본이 50여

종, 번역본이 6, 7종이 있는데 그 중 대표적인 것으로는 〈남원고사(南原古詞)〉와 〈열녀춘향수절가(烈女春香守節歌)〉가 있고 개작 신소설은 이해조의 〈옥중화〉가 있다.

구조적 분석

갈래 : 판소리계 소설, 애정소설

시점 : 전지적 작가시점

주제 : 신분을 초월한 사랑(신분적 제약 극복의 이지가 담겨 있는 사랑), 여인의 정절(탐관오리의 척결과 서민들의 신분 상승 의지)

근원설화 : 열녀설화(지리산녀, 도미 아내 설화), 암행어사설화(박문수 설화), 신원설화(남원 추녀 설화, 아랑 설화), 염정설화(성세창 설화)

흥부전
興夫傳

흥부전 興夫傳

작자미상

형제는 오륜(五倫)[1]의 하나요, 한 몸을 쪼갠 것이다. 그러므로 부귀와 화복을 같이 하는 것이다. 그런데 형제도 형제 나름이다. 충청, 전라, 경상의 삼도가 만나는 어름에 사는 연생원이라는 양반이 아들 형제를 두었는데 형의 이름 놀부요, 동생의 이름은 흥부였다.

틀림없는 한 어머니 소생이건만 흥부는 마음씨 착하고 효행이 지극하며 동기간의 우애가 극진한데, 놀부는 부모에게는 불효이고 동기간에 우애가 조금도 없으니, 그 마음 쓰는 것이 괴상하였다. 모든 사람, 오장에 육부를 가졌지만 놀부는 당초부터 오장에 칠부였다. 말하자면

1) 사람으로서 지켜야 할 다섯 가지의 도리. 곧, 군신유의(君臣有義), 부자유친(父子有親), 부부유별(夫婦有別), 장유유서(長幼有序), 붕우유신(朋友有信). 오상(五常), 오전(五典)

심술보가 하나 더 있어 심술보가 한번만 뒤집히면 심사를 야단스럽게도 피웠다.

술 잘 먹고, 욕 잘하고, 거드름 빼고, 싸움 잘하고, 초상난 데 춤추기, 불난 데 부채질하기, 해산한 데 개잡기, 장에 가면 억지 흥정, 우는 아기 똥 먹이기, 죄 없는 놈 뺨치기, 빚값으로 계집 뺏기, 늙은 영감 덜미잡기, 아이 밴 아낙네 배 차기, 우물곁에 똥 누기, 올벼 논에 물 터놓기, 잦힌 밥에 흙 퍼붓기, 패는 곡식 이삭빼기, 논두렁에 구멍 뚫기, 애호박에 말뚝 박기, 곱사등이 엎어놓고 밟아 주기, 똥 누는 놈 주저앉히기, 앉은뱅이 턱살 치기, 옹기장수 작대기 치기, 면례(緬禮)[2]하는데 뼈 감추기, 남의 양주(兩主)[3] 잠자는데 소리 지르기, 수절과부 겁탈하기, 통혼한 데 간혼 놀기, 만경창파에 배 뚫기, 닫는 말에 앞발치기, 목욕하는 데 흙 뿌리기, 담 붙은 놈 코침 주기, 얼굴에 종기 난 놈 쥐어박기, 눈 앓는 놈 눈에 고춧가루 넣기, 이 앓는 놈 뺨치기, 어린아이 꼬집기, 다 된 흥정 파의하기, 중을 보면 대테메기, 남의 제사에 닭 울리기, 큰 한길에 허망 파기, 비 오는 날에 장독 열기 등이었다.

이놈의 심사가 이렇듯 모과나무같이 뒤틀리고 동풍 안개 속에 수숫잎 같이 꼬여 그 흉악함을 헤아릴 수 없었다. 그러나 흥부는 충실, 온후, 인자하였으니, 형의 하는 짓을 탄식하고 때로는 간할 마음을 가져 보았으나 말해 보아야 쓸데없으므로 말없이 주면 먹고 시키는 일이나

2) 무덤을 옮겨 장사를 다시 지내는 것
3) 바깥주인과 안주인이라는 뜻. 부부

공손히 하였다.

놀부의 악한 마음은 부모가 물려준 많은 재산을 독차지하고 아우 흥부를 구박하나 흥부의 어진 마음은 조금도 변함이 없었다. 놀부는 부모 제삿날이 와도 제물은 장만하지 않고 돈으로 대신 놓고 지내면서, "이번 제사에도 황초 값 닷 푼은 온데간데없구나." 하는 식이었다.

그런 천하에 몹쓸 놈이라 아우를 내쫓을 궁리를 하게 된 것이다.

"형제란 것은 어려서는 같이 살아도 처자를 갖춘 다음엔 각각 따로 사는 것이 떳떳한 법이다. 너는 처자를 데리고 나가 살아라."

처음엔 사정도 해보았으나 놀부는 듣지 않았다. 흥부는 하는 수 없이 아내와 어린것들을 이끌고 대문을 나섰다.

건너산 언덕 밑에 가서 움을 파고 온 식솔이 모여앉아 밤을 새웠다. 이튿날 그 자리에 수숫대를 모아다가 한나절에 얼기설기 집을 지어놓으니, 방에 누워 다리를 뻗어 보면 발목이 벽 밖으로 나가고 팔을 뻗어 보면 또한 손목이 벽 밖으로 나갔다. 기막힌 노릇이었다.

게다가 가지고 나간 양식이 한 톨도 없이 사흘에 한 끼니도 메울 수가 없게 되니 살아갈 계책이 없었다. 이 판국에 굴비 두름 같은 연년생 자식들이 밥 달라고 젖 달라고 보챈다. 하는 수 없이 흥부는 놀부를 찾아갔다.

"형님 전에 뵙니다. 세 끼를 굶어 누운 자식 살려 낼 길 없어 염치코치 불구하고 찾아왔으니 동기간 정을 생각하여 무엇이든지 좀 주시면 품을 판들 못 갚으며 일을 한들 공으로 가져가겠습니까? 모쪼록 죽는 목숨 살려주십시오."

이렇듯 애걸하였으나 놀부는 차디차기만 하였다.

오히려 맹호같이 날뛰며 모진 눈을 부릅뜨고 핏대를 올리는 것이었다.

"너도 염치없는 놈이다. 내 말을 들어 보아라. 하늘이 내지 않은 자는 벼슬에 못 오르고 땅이 내지 않은 자는 이름 없는 인간이다. 너는 어찌하여 복이 없어 날 보고 이렇게 보채느냐? 잔말은 듣기 싫다."

흥부는 울며 사정하였다.

"양식이 못 되거든 돈 서 돈 주시면 하루라도 살겠습니다."

"이놈아 들어 보아라. 쌀이 많다 한들 너 주자고 섬을 헐며, 벼가 많다 한들 너 주자고 노적 헐며, 돈이 많다 한들 너 주자고 궤돈 헐며, 가루 되나 주자한들 너 주자고 큰 독에 가득한 것을 떠내며, 의복 가지나 주자 한들 너 주자고 행랑것들 벗기며, 찬밥술이나 주자한들 너 주자고 마루 아래 청삽사리 굶기며, 지게미나 주자한들 너 주자고 새끼 낳은 돼지를 굶기며, 콩 섬이나 주자한들 큰 농우[4]가 네 필이니 너를 주고 소 굶기랴? 정말 염치없고 속이 없는 놈이로구나."

"아무리 그러시더라도 죽는 동생 살려주오."

놀부는 화를 더럭 내어 벼락같은 소리로 하인 마당쇠를 부르는 것이었다.

---

4) 농사일에 부리는 소

"이놈아, 뒷 광문 열고 들어가면 저편에 보리 쌓은 담불이 있지?"

거기 있는 도끼 자루 묶음을 내오게 하고는 손에 닿는 대로 골라잡더니 그만 달려들어 흥부의 뒷꼭지를 잔뜩 움켜쥐고 사정없이 친다. 마치 손 잰 중이 비질하듯, 상좌중이 법고 치듯이다.

"이놈 내 눈앞에 뵈지 마라."

흥부는 어찌나 맞았던지 온몸이 나른하여 그만 돌아가고 싶었다. 그러나 형수나 보고 가려고 엉금엉금 부엌으로 기어갔다. 놀부 아내가 마침 밥을 푸고 있었다. 흥부는 굶은 창자에 밥 냄새를 맡으니 오장이 뒤집혔다.

"애고 형수님, 밥 한 술만 떠주오. 이 동생을 살려주오."

그러나 이년 또한 몹쓸 년이었다.

"남녀가 유별한데 어디를 들어오노?"

밥 푸던 주걱으로 흥부의 마른 빰을 우지끈 때리니 흥부는 두 눈에 불이 화끈 일고 정신이 아찔한 중에도 얼떨결에 손을 슬쩍 빰 위로 밀어보니 밥이 볼때기에 붙어 있는 것이었다. 얼른 입으로 쓸어 넣는다.

"아주머님은 빰을 쳐도 먹여가며 치시니 감사한 말을 어찌 다 하겠습니까? 수고스럽지만 이쪽 빰마저 쳐주십시오. 밥 좀 많이 붙은 주걱으로요. 그 밥 갖다가 아이들 구경이나 시키겠소."

이 몹쓸 년이 주걱은 내려놓고 부지깽이로 흥부를 실컷 때리니, 흥부는 아프단 말도 못하고 할 수 없이 통곡하며 돌아오는 것이었다. 이때 우는 애 젖 물리고 큰 아이 달래면서 칠 년 가뭄에 큰비 기다리듯,

구 년 홍수에 볕발을 기다리듯, 어린아이가 굿에 간 어미 기다리듯, 굶은 자식들과 흥부 오기만 기다리고 있는데, 흥부가 매에 취하여 비틀비틀 걸어오니 흥부 아내는 남의 속도 모르고 반겨 마중을 나갔다.

"큰댁에 가더니 술에 잔뜩 취해 오시는 구료. 어서 들어갑시다. 쌀이거든 밥 짓고 돈이거든 저 건너 김동지 집에 가서 한 끼라도 늘려먹을 것을 팔아 옵시다."

그러나 흥부는 형의 행패를 바로 말하지 못하고서 꾸며 말하는 것이었다.

"형님 집에 갔더니 주안상이 나오고 더운 점심밥이 나오데. 상을 물리고 나니 형님과 형수께서 돈과 쌀을 주시더군. 큰 고개를 넘어오다가 도둑놈을 만나 다 빼앗기고 빈손으로 왔네."

말은 그런데 얼른 보니 유혈이 낭자하며 얼굴이 부었고 온몸을 만져보니 성한 곳이 없다. 흥부 아내가 기가 막혀 방에 주저앉아 버린다.

"여보 마누라, 슬퍼 마오. 가난 구제는 나라에서도 못한다 하니 형님인들 어찌하시겠소? 우리 양주가 품이나 팔아 살아갑시다."

흥부 아내는 이 말에 순종하여 서로 나가서 품을 팔았다.

흥부 아내는 방아 찧기, 술집의 술 거르기, 시궁발치의 오줌 치기, 얼음이 풀릴 때면 나물캐기, 봄보리를 갈아 보리 놓기. 흥부는 이월 동풍에 가래질하기, 삼사월에 부침질하기, 일등 전답의 무논 갈기, 이집 저집 돌아가며 이엉 엮기, 궂은 날에는 멍석 맺기 등 이렇게 내외가 온갖 품을 다 팔았다.

그러나 역시 살기는 막연하였다. 하루는 생각다 못해 나랏곡식이나 한 섬 얻어먹으리라 마음먹고서 흥부는 어슷비슷 갈짓자로 걸어 읍내로 들어가 관청을 찾았다.

"이방, 나랏곡식이나 좀 얻어먹고자 하는데 처분이 어떨는지?"

"가난한 사람이 막중한 나랏곡식을 어찌 달라할까? 그러나 연생원은 매를 더러 맞아 보았소?"

"매는 왜? 나랏곡식이나 얻어주면 배고파 죽겠다는 어린 자식들을 살리겠구먼."

"나랏곡식 얻을 생각 말고 매를 맞으시오. 고을 김부자를 어느 놈이 영문(營門)[5]에 없는 일을 꾸며 고소했소. 김부자를 압송하라는 공문이 왔는데 김부자는 마침 병이 나고 친척도 병이 있어 누구를 대신 보내고자 찾고 있소. 연생원이 김부자 대신 영문에 가서 매를 맞으면 그 값으로 돈 삼십 냥을 줄 겁니다. 그 돈 삼십 냥은 예서 증서를 줄 테니 영문

5) 군문 또는 감영

에 가서 대신 매를 맞고 오는 것이 어떻소?"

이방은 돈 닷 냥을 먼저 주고, 영문으로 보내는 보고장을 흥부에게 주었다.

"어서 다녀오시오. 내 편지 한 장 갖다 영문 사령에게 주면 혹시 매를 쳐도 가볍게 칠지 모르며, 또한 김부자가 뒤로 감영 관리에게 돈 백이나 보낼 테니 염려 말고 어서 가오."

흥부는 어찌나 좋던지 여태까지 반말하던 사이 갑자기 변하여 존댓말을 쓰는 것이었다.

"여보 이방님, 다녀오리다."

집으로 돌아온 흥부로부터 이 말을 들은 흥부 아내의 놀라움은 컸다.

"여보 아이 아버지, 매 품팔이가 웬말이오! 남의 죄를 어찌 알고 대신이라니 웬말이오? 살인죄를 범했는지 강도죄를 범했는지 사기죄를 범했는지 남의 죄를 어찌 알고 그런 말을 하시오? 만일 영문에 올라갔다가 여러 날을 굶은 몸에 영문 곤장 맞게 되면 몇 대를 맞지 않아 쓰러져 죽을 것이니, 어서 가서 그 일일랑 거절하오. 마오 마오 가지 마오. 만일에 갈 생각이면 나를 죽여 묻고 가오. 나 죽여 세상모르면 가려니와 나를 살려두고는 못 가리다. 가지 마오, 가지 마오, 제발 내 말 듣고 가지 마오. 만일 매 맞다가 아이 아버지 죽게 되면 뭇초상이 날 테니 부디 내 말 괄시 마오."

아내가 두 손으로 구들장을 쾅쾅 치고 눈물을 흘리며 이렇듯 강권하자, 흥부는 슬며시 마누라를 얼러 보는 것이었다.

"여보 마누라, 한 번 높은 곳에 앉아 보지도 못할 쓸데없는 이 볼기짝, 감영으로 올라가서 삼십 대만 매를 맞고 나면 돈 삼십 냥이 생길 테니 열 냥으로 고기 사서 매 맞은 상처 고치고, 열 냥으로는 쌀을 팔아 온 식구가 포식하고 열 냥으로는 소를 사서 스물넉 달 배내기 주었다가 그 소를 팔아 맏아들 장가들이고, 그놈이 아들 낳으면 우리에게 손자 되니 그 아니 경사인가?"

말을 듣고 생각하니 사리는 맞는 것 같았으나 그러나 역시 사람 갈 길이 아니므로 흥부 아내는 한사코 말리는 것이었다. 이렇게 되고 보니 흥부는 영문에 갈 마음은 속으로만 혼자 먹고 겉으로는 얼렁뚱땅 얼버무릴 수밖에 없었다.

"그리하오. 아니 가리다. 짚신이나 삼아 신게 저 건너 김동지네 가서 짚 한 단 얻어 가지고 오리다."

그러고 나와서 영문으로 올라가는데 삯말이나 타고 가는 것이 아니라 돈 삼십 냥을 한 몫으로 받아 쓸 작정으로 하루에 일백칠십 리씩을 걸어서 갔다. 며칠 만에 영문에 다다르니 도사령이 흥부를 보더니 아래 사령들에게 이르는 것이었다.

"저 양반이 김부자 대신으로 왔으니 아랫방에 들여앉히고 만일 문초를 당하여 매를 치게 되더라도 아무쪼록 가볍게 칠 것을 잊지 마소. 우리 청에 편지와 돈 백 냥이 왔다네.

여러 사람이 흥부를 위로하고 있을 때, 마

침 청령 소리가 나더니 이윽고 영이 내렸다.

“죄인 중에 살인죄를 범한 자 외에는 모두 석방하라.”

흥부는 낙심천만이었다.

“여보시오 도사령, 나는 매를 맞아야만 수가 생기오. 그저 가면 나는 낭패요.”

“여보 연생원, 이번에 김부자 일로 여기 왔는데 매 안 맞았다고 만약 돈을 안 주거든 두말 말고 곧장 영문으로만 오면 우리가 무슨 수를 쓰든지 돈 백은 받아줄 테니 염려 말고 어서 가시오.”

도사령의 말을 듣고 흥부는 할 수 없이 노자에서 남은 돈 한 냥으로 떡을 사서 짊어지고 집으로 왔다.

이 무렵 흥부 아내는 남편이 감영에 갔음을 알고는 뒤뜰에다 단을 모으고 정화수를 길어다가 단 위에 올려놓고 두 손 모아 빌며 눈물로 나날을 보내고 있었다. 이런 참에 흥부가 거적문을 열어젖히고 들어섰다. 뛸 듯이 반갑지 않을 수 없었다.

“아이 아버지 다녀오시오? 죄가 없어 놓여오나? 태장 맞고 돌아오나? 형장 맞고 돌아오나? 상처는 어떠하오?”

흥부는 매도 못 맞고 돌아오는 참에 이 말을 들으니 화가 치밀어 올랐다.

“나더러 상처를 묻지 말고 네 친정 할아비한테 물어 보아라. 매 한대 맞지 못하고 건성으로 돌아오는 사람더러 이년아, 장처는 뭐고 상처는 다 뭐냐?”

"좋다 좋다, 얼씨구 좋다! 지화자 좋을씨고! 매 맞으러 갔던 낭군 안 맞고 돌아오니 이런 경사가 또 어디 있는가!"

흥부는 마누라의 좋아하는 거동을 기가 막혀 어이없이 바라보고 있다가 어린 자식들 살릴 생각을 하니, 슬픈 감회가 치밀어서 눈물이 비 오듯 하며 통곡이 터져 나와 두 손으로 가슴을 쾅쾅 두드렸다. 이때 마침 김부자의 조카가 지나다가 흥부가 돌아왔다는 말을 듣고 찾아 들어와서 묻는 것이었다.

"연서방, 주린 사람이 영문에 가서 그 매를 맞고 어떻게 돌아왔나?"

흥부는 마음이 곧은 사람이라 바른 대로 털어놓았다.

"맞았으면 해롭지 않을 것을 그것도 복이라고 못 맞았다네."

"자네가 마음씨만은 착한 사람일세. 나도 어디서 들었네만, 무사히 오고서야 돈 달랄 수 있나? 내가 마침 지닌 돈이 칠팔 냥 있으니 쌀말이나 팔아먹소."

흥부는 그 돈으로 쌀 팔고 반찬 사서 며칠은 살았으나 굶기는 역시 마찬가지라 어찌하면 좋을 것인가? 그래 짚신 장사나 해보리라 하고 김동지 집으로 짚을 얻으러 갔다.

"자네 불쌍도 하이! 형은 부자건만 자네는 그렇듯 가난하니 어찌 아니 측은한가?"

이러면서 김동지가 내주는 짚단을 얻어다가 짚신을 삼아 장에 내다 팔고 그것으로 끼니를 이었으나 그도 한두 번이지 짚인들 매양 얻을 염치가 있으랴?

흥부는 탄식하며 또한 어린 자식들을 어루만지며 통곡하니 흥부 아내도 기가 막혀 땅을 치고 우는 모양이란 차마 눈 뜨고 볼 수 없는 정경이었다. 이렇게 세월을 보내고 춘삼월 좋은 계절을 맞이하니, 흥부는 이왕에 배운 바 있어 약간의 식자는 있는 터라 수숫대로 지은 집에 입춘(立春)을 써 붙였다.

삼월 삼일이 되니 소상강의 떼기러기는 가노라 하직하고 강남의 제비 왔노라 하고 나타날 때였다. 고대광실 다 버리고 오락가락 넘돌다가 흥부를 보고 반기면서 좋다고 지저귀니, 흥부가 제비보고 경계하는 말이었다.

"고당화각(高堂畵閣)[6] 많건만 수숫대로 지은 집에 와서 네 집을 지었다가 오뉴월 장마철에 집이 만일 무너진다면 그 아니 낭패이랴? 아무리 짐승일망정 내 말을 듣고 좋은 집 찾아가서 실팍하게 집을 짓고 새끼를 치려무나."

이같이 충고해도 제비가 듣지 않고 흙을 물어다 집을 짓고 첫배 새끼를 길러 내어 날기 공부에 힘을 쏟을 때 날아올랐다 날아내렸다 하면서 이를 사랑하는 것이었다. 그런데 하루는 큰 구렁이 한 놈이 별안간 달려들어 제비 새끼를 모조리 잡아먹으니 흥부는 보고 깜짝 놀랐다.

"흉악한 저 짐승아, 고량진미(膏粱珍味)[7]가 많겠건만 하필이면 죄 없는 제비 새끼를 모조리 잡아먹으니 악착같구나. 제비가 불쌍하구나. 저

6) 단청을 한 누각이 있는 높게 지은 좋은 집
7) 기름진 고기와 좋은 곡식으로 만든 맛있는 음식

제비 곡식을 먹지 않고 자라나서 인간에게 해를 끼치지 않고 옛 주인을 찾아오니 그 뜻이 정다운데 제 새끼를 보전치 못하고 일시에 다 죽이니 어찌 가련치 않은가?"

그리고는 칼을 들어 그 짐승을 잡으려 할 때 제비 새끼 한 마리가 허공으로 뚝 떨어져서 피를 흘리며 발발 떠는 것이었다. 흥부는 이를 보자 펄쩍 뛰어 달려들어 제비 새끼를 두 손으로 고이 잡고 애처롭게 여겨 부러진 다리를 조기 껍질로 찬찬 감고 아내를 불렀다.

"당사실 한 바람만 주소, 제비 다리 동여매게."

흥부 아내가 시집 올 때 가지고 온 당사실을 급히 찾아내어 주니 흥부는 얼른 받아 제비 새끼의 상한 다리를 곱게 감아 매어 찬 이슬에 얹어 두었다.

그랬더니 하루 지나고 이틀 지나고 이리하여 십여 일이 지나자 상한 다리가 제대로 소생되어 날아다니게 되니, 줄에 앉아 재잘거리며 울고 둥덩실 떠서 날아갈 때 소상강 기러기는 왔노라 하고 강남 가는 제비는 가노라 하직하는 것이었다. 이리하여 제비가 강남 수천 리를 훨훨 날아가서 제비왕께 입시하니 제비왕이 물었다.

"경은 어찌하여 다리를 절며 들어오느냐?"

"신의 부모가 조선국에 나가 흥부의 집에 깃들었는데 뜻밖에 큰 구렁이의 화를 입어 다리가 부러져 죽을 것을 흥부의 구조를 받아 살아서 돌아왔습니다. 흥부의 가난을 면케 해주신다면 그로써 소신은 그 은공의 만분의 일이라도 갚을까 합니다."

"흥부는 과연 어진 사람이다. 공 있는 자에게 보은함은 군자의 도리이니, 그 은혜를 어찌 아니 갚으랴? 내가 박씨 하나를 줄 테니 경은 가지고 나가 은혜를 갚도록 하라."

제비가 왕께 감사드리고 물러 나와서 그럭저럭 그 해를 넘기고 이듬해 춘삼월을 맞으니 모든 제비가 타국으로 건너갈 때였다.

그 제비 허공 중천에 높이 떠서 박씨를 입에 물고 너울너울 자주자주 바삐 날아 흥부네 집 동네를 찾아들어 너울너울 넘노는 거동은 마치 북해 흑룡이 여의주를 물고 오동나무에서 노니는 듯, 황금 같은 꾀꼬리가 봄빛을 띠고 수양버들 사이를 오가는 듯하였다.

이리 기웃 저리 기웃 넘노는 거동을 흥부 아내가 먼저 보고 반긴다.

"여보 아이 아버지, 작년에 왔던 제비가 입에 무엇을 물고 와서 저토록 넘놀고 있으니 어서 나와 구경하오."

흥부가 나와 보고 이상히 여기고 있으려니 그제 비가 머리 위를 날아들며 입에 물었던 것을 앞에다 떨어뜨린다. 집어 보니 한가운데 '보은박' 이란 글 석 자가 쓰인 박씨였다.

그것을 동편 울타리 밑에 터를 닦고 심었더니 이삼 일에 싹이 나고, 사오 일에 순이 뻗어 마디마디 잎이 나고, 줄기마다 꽃이 피어 박 네 통이 열린 것이다. 추석날 아침이었다. 배가 고파 죽겠으니 영근 박 한 통을 따서 박 속이나 지져 먹자하고 박을 따서 먹줄을 반듯하게 긋고서 흥부 내외는 톱을 마주잡고 켰다.

이렇게 밀거니 당기거니 켜서 툭 타 놓으니 오색채운이 서리며 청의 동자 한 쌍이 나오는 것이었다. 왼손에 병을 들고 오른손에 쟁반을 눈 위로 높이 받쳐 들고 나온 그 동자들은,

"이것을 값으로 따지면 억 만 냥이 넘으니 팔아서 쓰십시오."

하고 홀연히 사라져 버렸다.

박 한 통을 또 따놓고 슬근슬근 톱질이다. 쓱삭 쿡칵 툭 타놓으니 속에서 온갖 세간붙이가 나왔다. 또 한 통을 따서 먹줄 쳐서 톱을 걸고 툭 타놓으니 순금 궤가 하나 나왔다. 금거북 자물쇠를 채웠는데 열어 보니 황금, 백금, 밀화, 호박, 산호, 진주, 주사, 사향 등이 가득 차 있었다. 그런데 쏟으면 또 가득 차고 또 가득 차고 해서 밤낮 엿새를 쏟고 나니 큰 부자가 된 것이다.

다시 한 통을 툭 타놓으니 일등 목수들과 각종 곡식이 나왔다. 그 목수들은 우선 명당을 가려 터를 잡고 집을 지었다. 그 다음 또 사내종, 계집종, 아이종이 나며 들며 온갖 것을 여기저기 쌓고 법석이니 흥부내외는 좋아하고 춤을 추며 돌아다녔다.

그러다가 덤불 밑에 있는 마지막 박 한통을 따서 슬근슬근 툭 타놓으니 박 속에서 꽃 같은 한 미인이 나와 흥부에게 나부시 큰 절을 하는 것이었다.

"나는 월궁의 선녀입니다. 강남국 제비왕이 나더러 그대 부실이 되라 하시기에 왔습니다."

이리하여 흥부는 좋은 집에서 처첩을 거느리고 향락으로 세월을 보내게 되었다. 이런 소문이 놀부 귀에 들어가니,

"이놈이 도둑질을 했나? 내가 가서 욱대기면 반 재산을 뺏어낼 것이다."

하고 벼락같이 건너가 닥치는 대로 살림살이를 쳐부수는 것이었다. 한참 이렇게 소란을 피우고 있을 때 마침 출타 중이던 흥부가 들어왔다.

"네 이놈, 도둑질을 얼마나 했느냐?"

"형님 그 말씀이 웬 말씀이오?"

흥부가 앞뒷일을 자세히 말하자, 그럼 네 집 구경을 자세히 하자고 놀부는 나섰다. 흥부가 형을 데리고 돌아다니며 집 구경을 시키는데 월궁 선녀가 다시 나타나니 놀부는 그 계집을 자기에게 달라고 하였다. 흥부가 거절하자 이번은 화초장이나 달라고 한다.

그러고는 흥부가 화초장을 하인을 시켜 보내주겠다는 것도 마다하고 스스로 짊어지고 가서 집에 이르니 놀부 아내는 눈이 휘둥그레진다. 그리고 그 출처와 흥부가 부자가 된 연유를 알게 되자,

“우리도 다리 부러진 제비 하나 만났으면 그 아니 좋겠소?”

하고는 그해 동지섣달부터 제비를 기다렸다.

그렁저렁 선달 정월 다 넘기고 봄철이 돌아오니 제비 한 쌍이 놀부 집에 와 흙과 검불을 물어다 집을 지었다. 어미 제비가 알을 낳아 품을 무렵에는 놀부놈은 주야로 제비집 앞에 대령하여 가끔가끔 집어내어 만지작거리니 알이 모두 곯았다. 그러나 천행으로 한 개가 남아서 새끼를 까게 되었다.

차차 자라나 바야흐로 날기를 배울 때 주야로 기다리는 구렁이는 그림자도 보이지 않자 놀부는 답답함을 참지 못하여 하루는 뱀을 찾아 나갔다. 아무리 찾아도 뱀 한 마리 못 보고 돌아오는 길에 홍두깨만한 까치 독사를 만났다.

“얼씨구 이 짐승아, 내 집으로 가서 제비집으로 올라가면 제비 새끼 떨어지고 나는 부자가 될 것이니, 네 은혜는 병아리 한 뭇에 계란 한 줄 더 얹어 갚을 것이다. 그러니 사양 말고 어서 가자.”

이러고 막대기로 툭툭 건드리다 놀부는 발가락을 물리고 나자빠졌다.

그러나 빨리 집으로 돌아와 침을 맞고 약을 바른 끝에 살아나자, 제가 이무기인 양 제비 새끼 잡아 두 발목을 지끈둥 분지르고는 흥부가 했던 것같이 조기 껍질로 발목을 싸고 청올치로 찬찬 동여매어 제비집에 얹어 두었다.

그 제비가 겨우 살아남아 남으로 돌아갈 때 하는 말이,

“원수 같은 놀부놈아, 명년 춘삼월에 다시 와서 원수를 갚을 것이니

잘 있거라. 지지위 지지."

이듬해 춘삼월에 그 제비는 '보수박'이라 쓰인 박씨를 물고 돌아왔다.

놀부가 보고 풀밭에 떨어지면 잃어버릴까 겁이 나서 삿갓을 뒤집어 들고 따라다녔다. 제비는 그 삿갓 속에 떨어뜨렸다. 한 치나 되는 박씨에 보수박이라 쓰였으나 무식한 놀부는 그것을 모르고 처마 밑에 심었다.

며칠이 안 가서 순이 나고 덩굴이 뻗고 이윽고 박이 주렁주렁 열리게 되었다. 놀부는 큰 박 하나를 우선 따다 놓고 제 계집과 켜려 하다가 그 박이 쇠같이 딱딱하므로 저희끼리는 할 수 없게 되자 목수와 힘깨나 쓰는 장정들을 불러 잘 먹인 후에, 이십 냥씩 선금 후히 주고 박을 켜게 하였다.

그리하여 슬근슬근 툭 타놓으니 박 속에서 글 읽는 소리가 나면서 이윽고 관을 쓴 늙은 양반, 갓을 쓴 젊은 양반, 초립 쓴 새 서방님, 도포 입은 도련님이 꾸역꾸역 나왔다. 그러더니 놀부를 결박하여 노송에 달아매고 참나무 절굿공이로 짓찧었다.

"이놈 놀부야! 네 아비 개불이와 네 어미 똥녀가 댁종으로 드난살이 하다가 오밤중에 도망한 지 수십 년이 되는데 이제야 찾았구나. 네 어미와 아비 몸값이 삼천 냥이다. 당장에 바쳐라."

놀부놈이 돈 삼천 냥을 들여 바치며 사죄하니 그 생원님 못 이기는 체하고 놀부에게,

"이 돈 삼천 냥 용전으로 쓰겠거니와 떨어질만 하면 내 다시 오리라."

하고 사라졌다.

다시 두 번째 박을 타보았다. 이번엔 가야금 든 놈, 소고든 놈, 징, 꽹과리 든 놈들이 우루루 몰려나오더니,

"우리가 놀부 인심 좋다는 말 듣고 일부러 찾아왔으니 한바탕 놀고 가세."

하고 쌀 섬 내놔라, 돈 백 내놔라며 정신없이 날뛰니, 놀부는 돈 백 냥에 쌀 한 섬을 주어 보낸 후 또 한 통을 탔다.

이번엔 노승이 나오고 뒤따라 상좌승이 나왔다.

"놀부야, 우리 스승님이 네 집을 위하여 사십구 일 정성을 드렸으니 돈 오천 냥만 바쳐라."

이 이상 패가망신하지 말고 그만 켜자는 놀부 계집의 말을 어기고 또 켜니 이번엔 상여 한 채가 나오고 뒤따라 각양각색의 병신 상제들이 나왔다.

"야 이놈 놀부야, 소 잡고 잘 차려라. 돈 만 냥만 내놓아라."

놀부가 전답을 선 자리에서 헐값으로 팔아 돈 삼천 냥을 주고 빌며 사정하니 상두꾼들이 상여를 메고 갔다. 놀부는 따라가며 물어 보았다.

"여보, 다른 통에 보물 아니 들었소?"

상두꾼이 대답하였다.

"어느 통에 들었는지 모르나 생금 한 통이 들기는 들었소."

놀부놈이 옳다 하고 슬근슬근 박 한 통을 다시 툭 타놓으니 박 속에

서 팔도 무당들이 뭉게뭉게 나오는데, 징과 북을 두드리며 각색 소리 다하더니 장고통을 들어 놀부 놈의 가슴팍과 배때기를 벼락 치듯 후려쳤다. 놀부놈은 눈에서 번갯불이 나는지라 분한 가운데서도 슬피 울며 비는 것이었다.

"이 어찌된 곡절이오? 매 맞아 죽을지라도 죄명이나 알고 죽으면 한이 없겠으니 제발 덕분에 말해주오."

"이놈 놀부야, 다름 아니라 우리가 네 집을 위하여 굿을 많이 했으니 오천 냥을 바쳐라. 만일 거역하는 날엔 네 머리가 온전치 못하리라."

놀부놈은 기겁을 하여 돈 오천 냥을 내주고 겨우 그들을 보내고 나니 열이 치받쳤다.

"될 테면 되고 망할 테면 망해라. 남은 박을 또 계속 타보리라."

슬근슬근 툭 타놓으니 이게 웬일인가? 박속에서 수천 명 등짐장수들이 누런 농을 지고 꾸역꾸역 나오더니 정신없이 떠들어댔다. 놀부놈이 기가 막혀 다른 박이나 타보려고 돈 삼천 냥을 내놓으니 그들은,

"뒷박통에는 금과 은이 많이 들었을 것이니 정성 들여 켜보아라."

하고 일시에 물러나 사라졌다.

그 다음 또 한 통을 따다놓고 슬근슬근 툭 타놓으니 이번엔 박 속에서 수천 명 초라니탈[8]이 나오면서 오두방정을 다 떨었다. 그러고는 일시에 달려들어 놀부놈의 덜미를 잡고 메다꽂으니, 놀부는 거꾸로 서서,

---

8) 하회 별신굿 탈놀이 따위에 나오는, 언행이 가볍고 방정맞은 인물

"애고 애고 초라니 형님, 이게 웬일이오? 뭐든지 말씀만 하시면 분부대로 하겠습니다."

하고 손이 발이 되도록 애걸하였다. 그러자 초라니가 호령하였다.

"이놈 놀부야, 돈이 중하냐 목숨이 중하냐?"

"사람 생기고 돈이 났으니 돈이 어찌 중하겠습니까?"

초라니가 다시 꾸짖었다.

"이놈, 그러면 돈 오천 냥만 시각 내로 바쳐라."

놀부는 할 수 없이 돈 오천 냥을 내주었다. 그리고 물어 보았다.

"다음 박통 속 일이나 자세히 일러 주소."

"어느 통인지 분명히 생금이 들었으니 다 타보아라."

슬근슬근 툭 다음 박을 타놓으니 박 속에서 수백 명 사당걸사들이 나오면서 작은 북을 두드리며 저희끼리 야단스럽게 놀아나며 소리를 하더니 놀부를 보고 달려들었다.

"옳지! 이놈 이제야 만났구나!"

여러 놈이 놀부의 사지를 갈라 잡고 헹가래를 치니 놀부놈 눈이 뒤집히고 오장이 나오는 듯하였다.

"네 놈이 목숨을 조전하려면 전답 문서 다 바쳐라."

문서 뭉치를 다 내주고 또 다음 박이다. 슬근슬근 툭 타놓으니 박 속에서 수백 명의 왈패들이 밀거니 뛰거니 뛰쳐나왔다.

누구누구냐? 이죽이, 떠죽이, 난죽이, 바금이, 딱정이, 군평이, 태평이, 여숙이, 무숙이, 하거니, 보거니, 난쟁이, 몽둥이, 아귀소, 악착이,

조각쇠, 섭섭이, 든든이 등이다. 그들은 차례로 앉더니 놀부를 잡아 빨랫줄로 찬찬 동여 나무에 동그마니 달아매고 매질 잘하는 왈패 한 놈을 가려 뽑아 분부하는 것이었다.

"저놈을 사정 두지 말고 세게 쳐라!"

여러 놈이 한쪽으로 놀부를 잡아내어 이 빰치며 발로 차고, 뒹굴리며 주무르고 잡아 뜯고, 한편으로 주리를 틀며, 매질을 하며, 두 발목을 도지개[9]에 넣고 트니 복숭아뼈가 우직우직하는 것을 용심지에 불을 당겨 발샅에 끼어 당근질을 하며, 온갖 형벌을 쉴 새 없이 갈아들며 하니 쇠공이의 아들인들 어찌 견뎌내리오?

"살려 주오! 살려 주오! 제발 덕분에 살려 주오. 돈 바치라면 돈 바치고 쌀 바치라면 쌀 바치고 계집 바치라면 바칠 것이니 남은 목숨 살려 주오!"

여러 왈패들이 돌아가며 한 번씩 생주리를 틀더니, 그제야 한 놈이 분부하였다.

"이놈 놀부야, 들어라! 우리가 금강산 구경을 가는데 노잣돈이 떨어졌으니, 돈 오천 냥을 바치되 만약에 지체하면 된급살을 내리리라!"

놀부놈은 어찌나 혼이 났던지 감히 한 말도 대꾸하지 못한 채 돈 오천 냥을 주어 보낸 후에 사지를 제대로 쓰지 못하는 중에도 끝내 허욕을 버리지 못해 당장에 수가 터질 줄로 알고, 엉금엉금 동산으로 기어

9) 틈이 나거나 뒤틀린 활을 바로잡는 틀

올라가서 다시 박 한 통을 따가지고 내려오는 것이었다. 그리고 주춤거리는 인부를 달래어,

"슬근슬근 톱질이야. 당기어라 톱질이야."

슬근 쓱싹 박을 쪼개어 놓고 보니 팔도 소경이란 소경은 다 뭉치어 막대기를 닥닥거리며 눈을 희번덕거리고 내달아 꾸짖었다.

"이놈 놀부야! 날려느냐? 기려느냐? 네놈이 어디로 갈 거냐? 너를 잡으려고 안남산, 밖남산, 구계동, 쌍계동, 면면촌촌을 얼레빗으로 샅샅이, 이 참빗으로 틈틈이, 굴뚝 차례로 두루 널리 찾아 다녔는데 오늘에야 이곳에서 만났구나! 네 우리들의 수단을 한 번 보렷다!"

그러고는 지팡막대를 들어 휘두르니 놀부놈 어찌할 바를 몰라 이리저리 피하나 여러 수경들은 점을 치며 눈 뜬 사람보다 더 잘 찾아 붙잡는다. 그러니 놀부놈은 달아나지도 못하고 애걸하는 것이었다.

"여보 장님네들, 이게 웬일이오? 사람을 살려 주오. 무슨 일이든 분부대로 하리다."

소경들이 그제야 놀부를 놓아 주고 북을 두드리며 경을 읽더니, 놀부놈을 지팡이 두드리듯 함부로 치니 놀부놈을 견디다 못해 돈 오천 냥을 내어주고 생각하는 것이었다.

"집안에 돈이라곤 한 푼도 남은 게 없이 가산을 탕진했으니 이젠 살아갈 길이 막연하구나! 이왕 시작한 일이니 끝까지 해보면 설마하니 끝에 가서야 길한 일이 없으랴?"

그러고는 다시 동산으로 올라가서 박 한 통 따다놓고,

"이번 박은 겉을 보건대 빛이 희고 좋으니 이 속엔 응당 보화가 들었을 것이니 정성 들여 타보자!"

하고 한동안 켜보다가 궁금증이 나서 귀를 기울여 가만히 들어보니 박속에서 우레 같은 소리가 진동하며, "비로라! 비로라!" 하므로 무더기로 큰 탈이 또 나는 줄 알고서 톱을 내던지고 달아나려하자 다시 박 속에서 우레 같은 호령이 터져 나왔다.

"너희가 왜 박을 아니 타느냐. 내가 답답하여 한때를 못 견디겠으니 어서 켜라!"

놀부가 겁을 먹고 물었다.

"'비' 라 하시니 무슨 비인지 자세히 말씀하시오."

"이놈, 비로라!"

놀부가 다시 물었다.

"비라 하시니 양귀비입니까? 누구신 줄이나 먼저 알고 박을 마저 켜겠습니다."

"나는 그런 '비' 가 아니라 연나라 사람 장비거니와 네가 만일 박을 아니 켜면 무사하지 못하리라."

놀부가 장비라는 말을 듣더니 매우 놀란 듯 목 안의 소리로 말하는 것이었다.

"이를 장차 어찌하면 좋은가? 이번엔 바칠 돈도 없으니 죽는 도리밖에 없나 보다."

박을 타던 인부가 비웃으며 말을 받는다.

"너는 네 죄로 죽거니와 내야 무슨 죄로 죽는단 말이냐? 그런 말 다시 하다가는 내 손에 먼저 죽을 줄 알아라!"

"허튼 소리 말고 어서 타던 박이나 마저 타서 하회(下回)[10]나 보세."

놀부가 할 수 없이 마저 타고 보니 별안간 대장군 한 사람이 와락 뛰어 나오는데 얼굴은 숯먹을 갈아 끼얹은 듯이 꺼먼 것이 제비턱에 고리눈을 부릅뜨고서 장팔 사모 큰 창을 눈 위로 번쩍 들고 인경 같은 소리를 우레같이 질렀다.

"이놈 놀부야, 네가 세상에 태어나 부모께 불효요, 형제에게 불목하고 친척과 불화하니 죄악이 네 털을 빼어 세어도 당치 못할 것이다. 천도가 어찌 무심할까 보냐. 옥황상제께서 나를 시켜 너를 '모든 방법으로 한없는 죄를 씻게 하라' 하시기에 내가 특별히 왔으니 견뎌보아라."

그러고는 움파[11] 같은 손으로 놀부의 덜미를 달려들어 잡고서 공기놀리 듯하니, 놀부놈은 정신을 잃었다가 다시 깨어나 울며 애걸복걸 하였다. 장군은 그 정상을 불쌍히 여겨 꾸짖고 떠나갔다.

"응당 너를 여러 토막 낼 것이지만 십분 생각하고 용서하는 것이니 이후는 어진 동생을 구박 말고 형제 화목하게 살도록 하라."

놀부는 생짜로 경을 치르고 겨우 정신을 수습하자, 다시 동산으로 올라가 보니 박 두 통이 남아 있으므로 한 통을 또 따가지고 내려왔다.

"슬근슬근 톱질이야, 당겨 주소 톱질이야. 이 박 켜거들랑 금은보화

---

10) 다음 차례. 차회(次回). 어떤 일의 결과로서 빚어진 상황이나 결정

11) 겨울에 움 속에서 기른 누런 파

사태같이 나오너라. 흥부같이 살아 보리라."

놀부 계집이 곁에 서 있다가 한 마디 던지는 것이었다.

"다른 보화는 많이 나오되 흥부 아주버니같이 첩만은 나오지 마소서."

놀부는 당장에 꾸짖었다.

"가산을 탕진하고 살림이 결딴나서 상거지가 된 것이 샘이 어디서 나오는고. 소란스럽게 굴지 말고 한편 구석에 가 있거라!"

밀거니 당기거니 슬근슬근 타며 귀를 기울여도 이번에는 아무 소리도 들리지 않으므로 놀부놈 매우 기꺼워하며 인부에게 말하는 것이었다.

"이번엔 다 켜도 아무 소리가 없으니 아마 수가 터질 박이렷다!"

그러고는 급히 타며 안을 들여다보니 아무것도 없고 다만 평평할 뿐이므로 놀부가 기꺼워할 즈음이다. 인부는 속으로, '여러 박통마다 탈이 났으니 이 박이라고 어찌 무사하랴?' 하고는 소피하러 가는 체하며 도망쳤다.

놀부는 인부를 기다리다 못해 박통을 도끼로 쪼개고 보니 아무것도 없고 다만 허연 박속이 먹음직하므로 제 계집 시켜 끓이게 하였다. 그리하여 온 집안 식구가 한 사발씩 달게 먹고 나니 놀부는 배가 붕긋하여 게트림을 하며 계집에게 말하였다.

"그 국맛이 매우 좋아, 당동!"

"글쎄요, 그 국맛이 매우 유명하오. 당동!"

놀부의 자식들이 제 어미를 부르면서 말하였다.

"이 국맛이 좋소, 당동!"

놀부가 다시 말하였다.

"글쎄요? 나도 그 국을 먹고 나니 당동 소리가 절로 나오. 당동!"

놀부의 자식이 말하였다.

"어머니 우리들도 그 국을 먹고 나니 당동 소리가 절로 나오. 당동!"

"오냐 글쎄 그렇구나. 당동!"

놀부놈은 은근히 화가 치받쳐서 꾸짖었다.

"너무 요망스럽게 굴지 마라! 당동. 무슨 국을 먹었다고 당동하노? 당동."

놀부 계집이 맞장구를 쳤다.

"그 말이 옳소! 당동."

놀부의 딸도 당동, 아들도 당동, 머슴놈도 당도, 놀부 마누라도 당동, 온 집안 식구가 저마다 당동거리니 무슨 가야금이라도 뜯으며 풍류하는 것 같았다.

'부자가 되려고 박을 심었다가 허다한 재산을 다 없애고 전후에 없는 고생을 하고 매를 맞고, 끝판에 와서는 온 집안사람이 당동 소리로 병신이 되었으니 이런 분하고 원통한 일이 어디 있으리오? 당동.'

놀부는 홀로 신세를 생각하니 분한 김에 낫을 들고 단숨에 동산으로 치달아 올라갔다. 그리고 박덩굴을 노려보며 헤치니 덩굴 밑에 박 한통이 남아 있었다. 자세히 보니 크기는 인경[12]만하고 무게가 천근이나 될 것 같았다. 그것을 본 놀부놈은 치받치던 분한 생각은 깨끗이 잊어버리고 허욕이 번쩍 나서 혼자 지껄이는 것이었다.

"그러면 그렇지. 이제야 보물이 든 박을 얻었구나! 무게로 쳐도 금이 많이 든 모양이요, 재물도 많이 들어 있으므로 남의 눈에 띄지 않으려고 덩굴 속에 숨어 있는 것을 모르고 공연히 한탄만 했구나! 먼저 박통에서 나온 초라니 말이 '금이 들기는 어느 박통에 들었다' 하더니, 그 양반 말이 과연 옳다. 황금이 든 박이 예 있을 줄 알았더라면 다른 박은 타지 말고 이 박 먼저 켰을 것을…."

그러고는 기꺼움을 스스로 이기지 못해 그 박을 따 가지고 내려오며 흥얼거렸다.

"좋을 좋을 좋을씨고? 지화자 좋을씨고!"

슬근슬근 타다가 반쯤 켜고 우선 궁금증이 나서 박 속을 기웃이 들여다보니 그 속이 아주 싯누런 것이 온통 황금 같으므로 놀부놈 좋아라

12) 조선 시대에 통행금지를 알리기 위해 치던 종. 서울의 보신각 종, 경주의 봉덕사 종 등

한다.

"수 났구나! 그럼 그렇지! 마누라, 자네도 이 박 속을 들여다보게. 저 누런 것이 온통 황금일세."

놀부 아내가 한동안 코를 훌쩍거리더니 되물었다.

"누런 것을 보니 금인가 싶소만 그 속에서 구린내가 물큰물큰 나니 그게 웬일이오?"

놀부가 말하였다.

"자네도 어리석은 소리 작작하게. 박이 더 익고 덜 익은 것이 있을 게 아닌가. 이 박은 아주 무르익었으므로 구린내가 나는 것을 모른단 말인가? 어서 타고 보세."

슬근슬근 거의 타다가 놀부 양주 궁금증이 또 나므로 톱을 멈추고 양편에 마주앉아 들여다보는데 별안간 박 속으로부터 모진 바람이 쏟아져 나오며 벼락같은 소리가 나더니 똥줄기가 무자위[13]에서 나오는 물줄기처럼 쏟아져 나오는 것이었다.

놀부 양주는 피할 사이도 없이 똥벼락을 맞으며 나동그라졌다. 똥줄기는 천군만마가 달려오듯 태산을 밀치고 바다를 메울 듯 터져 나와 삽시간에 놀부 집 안팎채가 똥으로 그득하게 되자 놀부 양주는 온몸이 황금덩이가 되어 달아났다. 멀찍이 물러나서 뒤돌아보니 온 집안이 똥에 묻혀있는 것이었다.

13) 물을 높은 데로 자아올리는데 쓰는 농기구. 양수기

놀부가 기가 막혀 발을 동동 구르며 탄식하였다.

"여보 마누라, 이 노릇을 어찌하면 좋단 말이오? 재물을 얻으려다 재물을 탕진하고 끝장은 똥더미로 의복 한 가지 없게 되었으니 앞으로 어떻게 살아간단 말이오? 애고 답답 서러워라."

이때 앞뒷집에 사는 양반네들 제 집까지 똥이 밀려와서 그득하게 쌓이게 되자 그 양반들이 고두쇠를 벼락같이 부르더니 분부하는 것이었다.

"빨리 가서 놀부놈을 잡아오너라!"

고두쇠가 새총알같이 달려가서 놀부놈의 덜미를 퍽퍽 눌러 짚고 풍우같이 몰아다가 생원님들 앞에 꿇어 앉혔다.

"이놈 놀부야, 들어라! 양반댁에 쌓인 똥을 해지기 전에 다 쳐내지 못하면 죽을 줄을 알아라!"

놀부놈은 기왓장 위에 꿇어앉은 채 계집을 시켜 돈 오백 냥을 갖다 놓고 거름 장사들을 닥치는 대로 불러다가 삯전을 후히 주고 똥을 쳐낸 다음에야 겨우 풀려났다.

놀부 내외 서로 붙들고 갈 곳이 없어 통곡하는데, 이때 건너 마을 흥부가 형이 패가망신했다는 말을 듣고 급히 노복을 거느리고 와서 놀부 양주와 조카들을 데리고 제 집으로 돌아왔다.

그리고 흥부는 안방을 치우고 형님 내외를 거처케 한 다음 의식을 후히 내어 대접하며 위로하고, 한편으로 좋은 터를 잡아 수만금을 아낌없이 들여 집을 짓되 제 집과 같게 하고 세간이며 의복 음식을 똑같게 하여 그 형을 살게 하여 주었다.

그러자 비록 놀부 같은 몹쓸 놈일망정 흥부의 어진 덕에 감동하여 전날의 잘못을 뉘우치고 형제가 서로 화목하게 지내게 되었다. 흥부 내외는 부귀다남(富貴多男) 하여 나이 팔순에 이르도록 장수하며 자손이 번성했는데 모두가 사람됨이 빼어나서 대대로 풍족하니, 그 후로 사람들이 흥부의 덕을 칭송하여 그 이름이 백 년이 지나도록 사라지지 않았다.

작품의 이해

작가소개

작자 미상

줄거리

충청, 전라, 경상 3도의 어름에 연생원의 두 아들이 살고 있었다. 같은 어미의 소생이었지만, 형인 놀부는 욕심이 많고 심술이 사나웠으나, 그 아우 흥부는 효성과 우애가 극진하였다. 아버지가 돌아가신 후 놀부는 부모에게서 물려받은 전답과 재산을 흥부에게는 밭 한 마지기, 돈 한 푼도 주지 않고 나가서 빌어먹으라고 하며 흥부를 쫓아낸다. 하는 수 없이 흥부 내외는 언덕에 움집을 짓고, 많은 자식들과 갖은 고생을 하며 살아간다. 가난을 견디다 못한 흥부가 형의 집에 먹을 것을 구걸하러 갔으나 놀부 내외에게 죽도록 매만 얻어맞고 온갖 욕설과 구박만 당하고 돌아온다.

어느 봄날, 큰 구렁이가 제비 새끼를 잡아먹는 것을 보고 흥부가 칼을 들어 잡으려는 순간 새끼 제비 한 마리가 땅에 떨어져 다리가 부러졌다. 흥부가 불쌍히 여겨 정성껏 다리를 치료해 주었다. 그 이듬해 강남으로 돌아간 그 제비가 흥부의 은혜에 보답하기 위하여 박씨 하나를 물어다 주었다. 흥부는 그 박씨를 심어 가을에 박을 타니 그 속에서 금은보화며 선녀들이 쏟아져 나왔다. 이리하여 흥부는 하루아침에 큰 부자가 되었다. 아우 흥부가 벼락부자가 되었다는 소문을 들은 놀부는 시기와 질투가 나서 흥부를 찾아와 부자가 된 이유를 묻는다. 아우의 내력을 들은 놀부는 이듬해 봄에 제비 새끼를 일부러 잡아서 다리를 부러뜨려서 실로 동여 주었다. 이듬해 봄에 제비가 가져다 준 박씨를 심어 많은 박을 땄는데 그 속에서 온갖 몹쓸 것이 나와 집안이 망하게 되었다. 흥부는 이 소식을 듣고 놀부 내외를 모셔다가 후히 대접하고 지성으로 섬기니, 놀부 또한 잘못을 뉘우치고 착한 사람이 되었으며 형제가 화목하게 살게 되었다.

작품해설

〈흥부전〉은 조선시대의 작자, 연대 미상의 판소리계 소설로 〈흥보전

(興甫傳)〉 또는 〈놀부전〉이라고도 한다. 〈춘향전〉, 〈심청전〉과 더불어 우리나라 판소리계 소설의 대표작으로 내용과 주제에서 그 근원설화는 '방이설화' 라는 주장도 있다.

〈흥부전〉은 광대 등 예능인들에 의해 형성된 작품인데 그 특징을 살펴보면, 표현상 3 · 4조, 4 · 4조 운문과 산문이 혼합되어 있고, 양반의 품격 있는 한문투와 서민들의 비속어 표현이 공존하며 일상적 구어와 현재형 시제를 사용하였다. 또 표현이 지극히 사실적이고 판소리 중 서민적 취향이 가장 강한 작품으로 당시 조선 후기 서민의식이 잘 투영되어 있다.

이 작품은 형제간의 우애를 강조한 도덕소설, 풍자소설이라고 할 수 있는데 작품 속에 나타난 대중적이며 통속적인 권선징악이 아주 자연스럽게 해학과 풍자를 통해 묘사되고 있으며, 참다운 윤리의 도덕적 기풍과 인간성을 바탕으로 한 유교적인 선(善)이 드러나 있다.

구조적 분석

갈래 : 판소리계 소설, 고전소설, 윤리소설

성격 : 해학적, 서민적

시점 : 전지적 작가 시점

주제 : 형제간의 우애, 인과응보 및 권선징악, 도덕성에 바탕을 둔 경제관

근원설화 : 방이설화, 박타는 처녀 설화

토끼전

兎生員傳

토끼전 兎生員傳

작자미상

천하의 모든 물중에 동해와 서해와 남해와 북해 네 바닷물이 제일 큰지라. 그 네 바다 가운데에 각각 용왕이 있으니 동은 광연왕(廣淵王)이요, 남은 광리왕(廣利王)이요, 서는 광덕왕(廣德王)이요, 북은 광택왕(廣澤王)이라. 남과 서, 북의 세 왕은 무사태평하되 오직 동해 광연왕이 우연히 병이 들어 천만가지 약으로도 도무지 효험을 보지 못한지라.

하루는 왕이 모든 신하를 모으고 의논하되,

"가련토다. 과인의 한 몸이 죽어지면 북망산(北邙山)[1]깊은 곳에 백

1) 중국 하남성 낙양 땅 북쪽의 작은 산. 무덤이 많은 곳이라 하여 죽어서 가는 곳을 말한다.

골이 진토에 묻혀 세상의 영화며 부귀가 다 허사로구나. 이전에 여섯 나라를 통일 치지하던 진시황(秦始皇)[2]도 삼신산에 불사약(不死藥)[3]을 구하려고 동남동녀(童男童女) 오백 인을 보내었고, 위엄이 사해에 떨치던 한무제도 백대(柏臺)[4]를 높이 짓고 승로반(承露盤)[5]에 신선의 손을 만들어 이슬을 받았으되 하늘 명이 떳떳치 아니하여 필경은 여산(廬山)[6]의 무덤과 무릉침을 면치 못하였거늘 하물며 나 같은 한쪽 조그마한 나라 임금이야 일러 무엇하리. 누대(累代)[7] 상전(相傳)하던[8] 왕의 기업(基業)을 영결(永訣)[9]하고 죽을 일이 망연(茫然)하도다.[10] 고명한 의원을 널리 구하여 자세히 진찰한 후에 약으로 치료함이 마땅하도다."

하고 하교(下敎)[11]하여 가로되,

"과인의 병세가 심히 위중하니 경의 무리는 아무쪼록 충성을 다하여 명의(名醫)를 광구(廣求)하여[12]과인을 살려서 군신이 더욱 서로 동낙(同樂)하여 지내게 하라."

2) 기원전 221년에 천하를 통일한, 중국 진(秦)나라의 제1대 황제
3) 먹으면 영원히 죽지 않는다는 선약(仙藥)
4) 백량대(柏梁臺). 중국의 한무제가 장안(長安)의 서북쪽에 지은 누대
5) 한무제가 불사약인 이슬을 받기 위해 구리로 만든 그릇
6) 중국의 경치가 빼어난 산
7) 여러 대
8) 대대로 이어 전하던
9) 죽은 사람과 산 사람이 영원히 이별하다
10) 아무 생각 없이 멍하도다
11) 왕의 명령. 전교(傳敎)
12) 널리 구하여

한 신하가 출반주(出班奏)[13]하여 아뢰어 가로되,

"신은 듣자오니, 오나라 범상국(范相國)이며 당나라 장정군이며 초나라 육처사(陸處士)는 오나라와 초나라 지경에 제일 되는 세 호걸이라 하오니, 세 사람을 찾아 문의하옵소서."

하거늘 모두 보니 선조 적부터 정성을 극진히 하던 공신인데 수천 년 묵은 잉어라. 왕이 들으시고 옳게 여기시어 근신(近臣)한 신하를 보내어 그 세 사람을 청하니 수일 만에 다 왔거늘 왕이 전좌(殿坐)하시고 세 사람을 인도하여 보실 새 왕이 치사(致謝)하여 가로되,

"선생네들이 과인의 청함을 인하여 천리를 멀리 여기지 아니하시고 누지(陋地)에 왕림하시니 불안하고 감사하여 하노라."

세 사람이 공경 대답하여 가로되,

"토끼의 생간을 얻어 더운 김에 진어(進御)[14]하시면 즉시 평복되시오리이다."

왕이 가로사대,

"어찌하여 그 간이 좋다 하느냐?"

대답하여 여쭈되,

13) 여러 사람이 모인 반열에서 나와 아뢰기를
14) 임금이 먹고 입는 일을 높여 이르는 말

"토기란 것은 천지개벽한 후 음양과 오행(五行)으로 된 짐승이라. 병을 음양오행의 상극(相剋)으로도 고치고 상생(相生)으로도 고치는 법이라. 토끼 간이 두루 제일 좋은 것이온데 더구나 대왕은 물 속 용신이시오 토끼는 산 속 영물이라. 산은 양이요 물은 음이올 뿐더러 그 중에 간이라 하는 것은 더욱 목기(木氣)로 된 것이온즉 만일 대왕이 토끼의 생간을 얻어 쓰시면 음양이 서로 화합함이라. 그럼으로 신효하시리라 하옵나이다."

왕이 그 세 사람을 보내고 즉시 만조백관(滿朝百官)[15]을 모아 놓고 하교하여 가로되,

"과인의 병에는 토끼 생간이 제일 신효한 약이요, 그 외에는 천만 가지 약이 다 쓸 데 없다 하니 나를 위하여 뉘 능히 토끼를 살게 잡아 올꼬?"

문득 일원대장이 출반주하여 가로되,

"신이 비록 재주 없사오나 한 번 인간에 나아가 토끼를 사로잡아 오리이다."

모두 보니 머리는 두루주머니 같고 꼬리는 여덟 갈래로 갈라진 수천 년 묵고 묵은 문어라.

왕이 대희하여 가로되,

"경의 용맹은 과인이 아는 바라. 급히 인간에 나아가 토끼를 살게 잡

15) 조정의 모든 벼슬아치

아 오면 그 공이 적지 아니하리라."

이윽고 문성장군(文盛將軍)을 봉하려 할 즈음에, 문득 한 장수가 뛰어 내달아 크게 외쳐 가로되,

"문어야. 네 아무리 기골이 장대하고 위풍이 약간 있다한들 제일 언변도 넉넉지 못하고 의사(意思)도 부족한 네가 무슨 공을 이루겠다하며, 또한 인간 사람들이 너를 보면 영락없이 잡아다가 요리조리 오려내여 국화 송이며 매화 송이처럼 형형색색으로 갖추갖추 아로새겨 혼인 잔치 환갑잔치에 크고 큰 상 어물접시 웃기[16]거리로 긴요하고, 재자가인(才子佳人)의 놀음상과, 공문거족(公門巨族)의 식물상과, 어린아이의 거둘상과, 오입장이 남 술안주에 구하느니 네 고기라. 무섭고 두렵지도 아니 하냐. 나는 세상에 나아가면 칠종칠금(七縱七擒)[17]하던 제갈량과 같이 신출귀몰한 꾀로 토끼를 살게 잡아 오기 용이하다."

모두 보니 그는 수천 년 묵은 자라니, 별호는 별주부라. 문어가 그 말을 듣고 분기가 대발하여 긴 꼬리 여덟 갈래를 샅샅이 엉벌리고 검붉은 대가리를 설설 흔들면서 소리를 질러 크게 꾸짖었다.

"요망한 별주부야, 내 말 잠깐 들어 보아라. 포대기 속에 있는 어린아이가 장부를 저희(沮戱)[18]할 줄 뉘 알았으리오. 그야말로 범 모르는 하룻강아지요, 수레 막는 쇠똥벌레로구나. 네 죄를 의논하고 보면 태

16) 음식의 모양을 돋보이게 하고자 위에 꾸미는 재료
17) 제갈량이 맹획(猛獲)을 일곱 번이나 사로잡았다가 놓아 준데서 나온 고사. 마음대로 잡았다 놓아 주었다 한다.
18) 훼방을 놓아 해롭게 하다

산도 오히려 가볍고 황하수(黃河水)가 도리어 얕다 하겠으니 그것은 다 그만 덮어 두고 첫 문제로 네 모양을 볼작시면 사면이 넓적하여 나무접시 모양이라. 작고 못 생기기로 둘째가라면 대단 싫어할 터이지. 요따위 자격에 무슨 의사가 들어 있으리오. 그뿐만 아니라 세상 사람들이 너를 보면 잡아다가 끓는 물에 솟구쳐서 자라탕을 만들어 동반(東班) 서반(西班) 세가자제(勢家子弟) 구하나니 네 고기라. 무슨 수로 살아오랴?"

자라가 가로되,

"너는 우물 안 개구리라. 한 가지만 알고 두 가지는 알지 못하는도다. 지나(支那)에서 세상을 주름잡던 초패왕[19]도 해하성(垓下城)에서 패하였나니, 요마한 네 용맹을 뉘 앞에서 번쩍이며, 또는 무슨 지식이 있노라고 내 지혜를 헤아리느냐. 참으로 내 재주를 들어보아라. 만경창파(萬頃蒼波) 깊은 물에 기엄둥실 사족을 바투 끼고 긴 목을 움치며 넓적이 엎드리면 둥글둥글 수박이오, 편편납작 솥뚜껑이라. 나무 베는 목동이며 고기 잡는 어부들이 무엇인지 모를 터이니 장구하기는 태산이오, 평안하기는 반석이라. 남모르게 다니다가 토끼를 만나 보면 어린아이 젖국 먹이듯 뚜쟁이 과부 호리듯 이 패 저 패 두루 써서 간사한 저 토끼를 두 눈이 멀겋게 잡아올 것이요, 만일 시운이 불행하여 못 잡아 오는 경우이면 수궁에 돌아와서 내 목을 대신하리라."

19) 중국 진시황의 뒤에 일어난 유명한 장수 항우(項羽)의 높인 이름

문어 할 수 없이 주먹 맞은 감투가 되어 슬쩍 웃으며 뒤통수를 툭툭 치고 흔들흔들 달아나거늘 만조백관이 주부의 의사와 언변을 한없이 칭찬하더라. 자라가 다시 엎드려 왕께 아뢰어 가로되,

"소신은 물 속에 있는 물건이옵고 토끼는 산 속에 있는 짐승이온즉 그 형용을 자세히 알 수 없사오니 화공을 패초(牌招)[20]하시와 토끼 형용을 그려 주옵소서."

용왕이 옳게 여기어 화공을 패초하시니, 유명한 여러 화공들이 등대(等待)[21]하거늘, 왕이 명하여 토끼의 화상을 그려 들이라 하시니, 화공들이 둘러앉아서 토끼 화상을 그리는데 각기 한 가지씩 맡아 그려 토끼 한 마리를 만들어 내는데, 하나는 천하명산 승지(勝地)[22]간에 경개(景概) 보던 저 눈 그리고, 또 하나는 두견 앵무 지저귈 때 소리 듣던 저 귀 그리고, 또 하나는 난초 지초 등 온갖 향초 꽃 따먹는 입 그리고, 또 하나는 방장 봉래[23] 운무 중에 냄새 맡던 코 그리고, 또 하나는 동지섣달 설한풍에 방풍하던 털 그리고, 또 하나는 만학천봉(萬壑千峰)[24] 구름 깊은 곳에 펄펄 뛰든 발 그리니, 두 눈은 도리도리, 앞다리 짤막, 뒷다리 길쭉, 두 귀는 쫑긋, 완연한 토끼라.

왕이 보시고 크게 기뻐하사, 모든 화공에게 각기 천금씩 상급하고

20) 조선 왕조 때 승지(承旨)를 시켜 왕명으로 신하를 부르는 것
21) 미리 준비하고 기다림
22) 경치 좋은 이름난 곳
23) 영주산과 함께 중국에서 가상으로 지은 삼신산(三神山)
24) 첩첩이 겹쳐진 깊고 큰 골짜기와 많은 봉우리

그 화본을 자라를 주며,

"어서 길을 떠나라."

하신대, 자라 재배하고 화본을 받아 들고 이리 접고 저리 접쳐 등에 다 지자하니 수침(水沈)[25]이 될 것이라. 이윽히 생각다가 움친 목을 길게 늘려 한 편에 집어넣고 도로 움츠리니 전후가 도무지 염려 없는지라. 만조백관을 작별한 후, 집에 돌아와 처자를 이별할 때, 그 아내가 당부하여 이르되,

"인간은 위지(危地)니 부디 조심하여 큰 공을 세워 가지고 수이 돌아오시기를 천만 축수(祝手) 하옵나이다."

"수요장단(壽夭長短)[26]이 하늘에 달렸으니 무슨 염려가 있으리오. 돌아올 동안 늙으신 부모와 어린 자식들을 잘 보호하라."

당부하고 행장을 수습하여 동정호 깊은 물에 허위 둥실 떠올라서 벽계산간(碧溪山間)[27]으로 들어가니 이 때는 방출화류(放出花柳)[28] 좋은 시절이라. 초목군생(草木群生) 온갖 물건들이 다 스스로 즐거움을 가져 있으니, 작작(灼灼)한[29] 두견화는 향기를 띠었는데 얼숭얼숭 호랑나비는 춘흥을 못 이기어서 이리저리 흩날리고, 청청한 수양 늘어진 시냇가에 날아드는 황금 같은 꾀꼬리는 벗 부르는 소리로 구십춘광(九十春

25) 물에 가라앉음
26) 오래 삶과 일찍 죽음
27) 푸른 시내가 흐르는 산골
28) 꽃과 버들이 피다
29) 꽃이 핀 모양이 화려하고 찬란한

光)[30]을 희롱하고, 꽃 사이에 잠든 학은 자취 소리에 자주 날고, 가지 위에 두견새는 불여귀로 화답하니 별유천지비인간(別有天地非人間)[31]이라. 소상강 기러기는 가노라고 하직하고, 강남서 나오는 제비는 왔노라고 현신(現身)하고, 조팝나무 피죽새 울고, 함박꽃에 뒤웅벌이오, 방울새 떨렁, 물떼새 찍걱, 접동새 접둥, 뻐국새 뻐국, 까마귀 꼴각, 비둘기 꾹꾹 슬피 우니 근들 아니 경(景)일쏘냐. 천산과 만산에 홍장(紅粧)이 찬란하고 앞 시내와 뒤 시내에 흰 깁[32]을 펴인 듯, 푸른 대나무와 소나무는 천고의 절개요, 복숭아꽃과 살구꽃은 순식간 봄이라. 기괴한 바윗돌은 좌우에 층층한데 절벽 사이 폭포수는 이 골 물 저 골 물 합수(合水)하여 와당탕퉁텅 흘러가는 저 경개 무진(無盡) 좋을시고.

그 구경 다하고 나무수풀 사이로 들어가면 사면으로 토끼 자취를 살피더니 한 곳을 바라보니 각색 짐승 내려온다. 발발 떠는 다람쥐며, 노루, 사슴, 이리, 승냥이, 곰, 도야지, 너구리, 고슴도치, 사자, 원숭이, 범, 코끼리, 여우 등이 좌우로 오는 중에 토끼 자취 알 수 없어 움친 목을 길게 늘여 이리저리 휘둘러 살피더니 후면으로 한 짐승 들어오는데

30) 봄의 석 달 90일 동안, 석 달 동안의 화창한 봄 날씨

31) 인간세계가 아닌 별세계. 이백(李白)의 〈산중문답(山中問答)〉에 "問如何事棲碧山 笑而不答自閑, 桃花流水杳然去 別有天地非人間"에서 나온 말

32) 명주 실로 바탕을 좀 거칠게 짠 비단

화본과 비슷한지라, 토끼 보고 그림 보니 영락없는 네로구나. 자라, 혼자 마음에 매우 기뻐하여 진가(眞假)를 알려할 때 저 짐승 거동 보소. 혹 풀도 뜯적이며 싸리순도 뜯적이며 층암절벽 사이에 이리저리 뛰어 빵빵 돌며 할금할금[33] 강동강동[34] 뛰놀거늘 자라 음성을 높여서 점잖게 불러 가로되,

"고봉준령(高峰峻嶺)에 신수도 좋다. 저 친구, 그대 토선생이 아니신가? 나는 본시 수중호걸이러니 양계에 좋은 벗을 언고자 광구터니 오늘이야 산중호걸 만났도다. 기쁜 마음 없지 못하여 청하노니, 선생은 아무렇게나 허락하심을 아끼지 아니하실까 하나이다."

토끼 저를 대접하여 청함을 듣고 가장 점잖은 체하며 대답하되,

"거 뉘라서 날 찾는고. 산이 높고 골이 깊은 이 강산 경개 좋은데, 날 찾는 이 거 뉘신고?"

두 귀를 쫑그리고 사족을 자주 놀려 가만히 와서 보니, 둥글넓적 거뭇편편하거늘 괴이 여겨 주저할 즈음에 자라가 연하여 가까이 오라 부르거늘, 아무렇거나 그리하라 하고 곁에 가서 서로 절하고 앉은 후에, 대객(待客)의 초인사로 당수복(唐壽福)[35] 백통(白筒)대와 양초(兩草) 일초(日草)[36] 금강초(金剛草)며 지권연(紙卷煙)[37] 여송연(呂宋

33) 남의 눈치를 살피려고 연해 곁눈질을 하는 모양
34) 채신없이 경솔하게 뛰는 모양
35) 담뱃대의 한 가지
36) 담배의 종류. 양초는 한 냥씩 묶은 질이 좋은 담배이고, 일초는 일본에서 수입한 아주 가는 살담배
37) 지궐련. 잘게 썬 담배를 얇은 종이로 길게 만 것

煙)[38]과 금패 밀화 금강석 물부리[39]는 다 던져두고 도토리통에 싸리순이 제격이라. 자라가 먼저 말을 내되,

"토공의 성화(聲華)[40]는 들은 지 오랜 지라 평생에 한 번 보기를 원하였더니 오늘이 무슨 날인지 호걸을 상봉하니 어찌하여 서로 보기가 이다지 늦느뇨?"

한즉, 토선생이 대답하되,

"세상에 나서 사해를 편답하며 인물 구경도 많이 하였으되 그대 같은 박색은 보던 바 처음이로다. 담구멍을 뚫다가 학치뼈[41]가 빠졌는가 발은 어이 뭉뚝하며, 양반 보고 욕하다가 상투를 잡혔는가 목은 어이 기다라며, 색주가에 다니다가 한량패에 밟혔던지 등이 어이 넓적하고, 사면으로 돌아보니 나무접시 모양이로다. 그러나 성함은 뉘댁이라 하시오? 아까 한 말은 다 농담이니 거기 대하여 너무 노여워하지 마시기 바랍니다."

자라가 그 말을 듣고 마음에 불쾌는 하지만 마음을 흠뻑 돌려 눅진히 참고 대답하되,

"내 성은 별이요, 호는 주부로다. 등이 넓기는 물에 다녀도 가라앉지 아니함이요, 발이 짧은 것은 육지에 다녀도 넘어지지 아니함이요, 목이 긴 것은 먼 데를 살펴봄이요, 몸이 둥근 것은 행세를 둥글게 함이라. 그

38) 엽궐련. 담뱃잎을 통째로 돌돌 말아 만든 담배
39) 담뱃대나 궐련을 끼어 입에 무는 부분
40) 세상에 드러난 명성
41) 정강이뼈

러하므로 수중에 영웅이요, 수족(水族)에 어른이라. 세상에 문무겸전(文武兼全)하기는 나뿐인가 하노라."

토끼 가로되,

"내가 세상에 나서 만고풍상(萬古風霜)을 다 겪다시피 하였으되 그대 같은 호걸은 이제 처음 보는도다."

자라 가로되,

"그대 연세가 얼마나 되기에 그다지 경력이 많다 하느뇨?"

토끼 가로되,

"내 연기(年紀)[42]를 알 양이면 육갑(六甲)을 몇 번이나 지내였는지 모를 터이니, 이러한즉 내가 그대에게 몇 십 갑절 할아비 치는 존장(尊長)이 아니신가."

자라가 가로되,

"그대의 말이 참 자칭 천자라 하는 것과 다름이 없도다. 알고 보면 나는 그대에게 몇 백 갑절 왕존장(王尊長)일 것이니, 그러나 저러나 재담은 그만두고 세상 재미나 서로 이야기하여 보세."

토끼 가로되,

"인간 재미를 말하고 보면, 형이 재미가 나서 오줌을 졸졸 쌀 것이니 더 둥글넓적한 몸이 오줌에 빠져서 선유하느라고 헤어나지 못할 것이니 그 아니 불쌍한가?"

42) 대강의 나이

"어찌하였던지 대강 말하라."

"심산 풍경 좋은 곳에 산봉우리는 칼날같이 하늘에 꽂혔는데 배산임류(背山臨流)[43]하여 앞에는 춘수만사택(春水滿四澤)이요, 뒤에는 하운(夏雲)이 다기봉(多奇峰)이라.[44] 명당에 터를 닦고 초당 한 칸 지어내니, 반 칸은 청풍이오, 반 칸은 명월이라. 이러하니 아마도 세상 재미는 나뿐인가 하노라."

자라가 이르되,

"허허 우습도다. 우리 수궁 이야기 좀 들어보소. 오색구름 같은 곳에 진주궁과 자개 대궐 반공에 솟았는데 일월이 명랑하다. 이 가운데 날마다 잔치요, 잔치마다 풍류로다. 연꽃 같은 용녀들은 쌍쌍이 춤을 추며 천일주와 포도주며 금강초 불사약을 유리병과 호박잔에 신선하게 담고 담아, 대모소반(玳瑁小盤)[45] 받쳐다가 앞앞이 늘어놓고 잡수시오 권할 제 정신이 상활(爽豁)[46]하고 심정이 황홀하니 헛장단이 절로 난다. 아미산에 반 바퀴 달과 적벽강의 무한한 경개며, 방장 봉래 영주산을 역력히 구경하고 선유하며 돌아올 제, 채석강, 양자강, 소상강, 동정호, 팽려택, 대동강, 압록강을 임의로 왕래하니, 흰 이슬은 강 위에 비껴 있고 물빛은 하늘을 접하였도다. 한들한들한 돛대는 만경창파를 업수이

---

43) 산을 등지고 강을 바라보는 지세

44) '봄물이 온갖 연못에 가득 차고, 여름 구름이 기이한 봉우리에 많구나.' 도잠(陶潛)의 〈사시시(四時詩)〉 "春水滿四澤 夏雲多奇峰 秋月揚明輝 冬嶺秀孤松"에서 인용한 것

45) 거북의 등껍데기로 만든 작은 밥상

46) 상쾌하고

여기는 듯, 떨어진 노을은 외따오기와 같이 날고 가을 물은 긴 하늘과 한 빛일세. 삼강(三江)으로 옷깃 삼고 오호(五湖)로 띠를 하니 오나라 초나라도 동남으로 터져 있고, 만형을 당기우고 구월을 이끄니 하늘과 땅은 밤낮으로 떠 있구나. 평평한 모래에 기러기는 떨어지고 흰 갈매기 잠들 때라. 지극히 슬픈 퉁소로 어부사(漁父詞)[47]를 화답하니 깊은 구렁에 숨은 교룡을 춤추게 하고 외로운 배에 있는 과부를 울리는도다. 달이 밝고 별은 드문드문한데 까막까치 남쪽으로 날아간다. 이를 낱낱이 이르자면 한이 없거늘, 그대의 말은 다 자칭 왈 영웅이라 함이니 그 아니 가소로운가. 아마도 실없는 중 땅강아지 아들 자네로세. 그러나 이것은 실없는 농담이니 과히 노여워하지는 마시오."

토끼가 다 들은 후에 할 말이 없어 하는 말이,

"소진장의(蘇秦張儀)[48] 구변(口辯)인지 말씀도 잘도 하고, 소강절(邵康節)[49]의 추수(推數)[50]인지 알기도 영험하다. 남의 부족한 점 너무 발각 마시오. 듣는 이도 소견 있소. 만고대성(萬古大聖) 공부자(孔夫子)도 진채액(陳蔡厄)[51]에 욕보시고, 천하장사 초패왕도 대택(大澤) 중에 빠졌으니, 화와 복이 하늘에 있고 궁하고 달함이 명수(命數)에 달렸거늘, 그대는 수부에서 여간 호강깨나 한다고 산간처사로 붙여 있는 나를 그다

---

47) 중국 초(楚)나라 굴원이 지은 글로, 굴원과 어부와의 문답 형식으로 이루어진다.
48) 소진은 전국시대 낙양의 모사(謀士)요, 장의는 위나라 정치가로, 말 잘 하는 사람을 이르는 말
49) 중국 송나라 때의 학자 소옹(邵雍)을 말한다. 강절은 시호
50) 앞으로 닥쳐올 운수를 미리 헤아려 안다.
51) 공자가 진채 땅에서 당한 봉변과 액운

지 괄시하니 무슨 까닭인지 도무지 알 수 없노라.”

자라가 가로되,

“그런 것이 아니라 친구끼리 좋은 도리로 서로 권하려 함이노라. 옛글에 일렀으되 위태한 방위에는 들어가지 말고 어지러운 나라에는 있지 말라 하였거늘, 그대는 어찌하여 이같이 어수선하고 소란한 세상에서 사느뇨. 이제 나를 만나 계제(階梯)[52] 좋은 김에 이 요란한 풍진을 하직하고 나를 따라 수부에 들어가면 선경도 구경하고, 구중궁궐 같은 높은 집에 무산선녀 벗이 되어 태평건곤 마음대로 노닐 적에 세상 고락 꿈속에 붙여두고 조금이나 생각할까?”

토끼 그 말 듣고 수상이 여겨,

“어허 싫다.”

하고 고개를 흔들면서 가로되,

“그대 말은 비록 좋으나 아마도 위태하지. 속담에 이르기를 노루 피하면 범 만난다 하고, 불가대명(佛家大命)은 독안에 들어가도 못 면한다 하였으니, 육지에서 살다가 무슨 외입으로 공연스레 수궁에 들어가리오. 수궁 고생이 육지 고생보다 더하지 말라는데 어디 있으며, 또는 제일 당장 첫째 고생이 두 콧구멍 멀쩡게 뚫렸지만 호흡을 통치 못할 터이니 세상 만물이 숨 못 쉬고 어이 살며, 사지가 멀쩡하여도 헤엄칠 줄 모르거니 만경창파 깊은 물을 무슨 수로 건너갈꼬. 팔자에 없는 남

52) 어떤 일을 할 수 있게 된 일의 형편이나 기회

의 호강을 부질없이 심욕(心慾)내어 이 세상을 하직하고 그대를 따라 수궁에 들어가다가는 필연코 칠성(七星)구멍[53]에 물이 들어 할 수 없이 죽을 것이니, 이 내 목숨 속절없이 고기 배때기 속에 장사지내면 임자 없는 내 혼백이 창파 중에 고혼이 되어, 어하(魚蝦)로 벗을 삼고 굴삼려(屈三閭)로 짝을 지어 속절없이 되게 되면, 일가친척 자손 중에 그 뉘라서 나를 찾을까. 아무리 천만 가지로 생각하여도 십분의 팔구분은 위태한 걸. 콩으로 메주를 쑤고 소금으로 장을 담는다 하여도 도무지 곧이 들리지 아니하니 다시는 그따위 말로 권치 말라."

자라가 웃으며 가로되,

"그대가 고루하기 심하도다. 한 가지만 알고 두 가지는 알지 못하는구려. 그대가 마치 팔팔 뛰는 버릇이 있음으로 본토에만 묻혀 있어서는 이 위에 여러 가지 복락을 결단코 한 가지도 누리지 못하고, 도리어 전일과 같이 곤란한 재앙만 돌아올 것이오. 본토를 떠나 외지로 뛰어 가야만 분명코 만사여의할 것이니, 내 말을 일호라도 의심치 말고 이번 이 계제 좋은 김에 나와 한 가지 수부로 들어가기를 한 말로 결단하라. 정말이지 나와 같이 친구 잘 인도하는 사람을 만나 보기도 그대 평생 처음일 걸. 토선생 댁에 참 복성(福星)이 비취었나니."

토끼 가로되,

"나의 기상도 이와 같이 출중하거니와 형의 관상하는 법 신통하도다

53) 눈, 귀, 코, 입에 해당하는 7개의 구멍

마는 누구든지 제 상만 믿고 행신(行身)하다가는 패가망신이 십상팔구 되느니라."

자라가 가로되,

"그대는 저물도록 무식한 말만 하는도다. 이제 내 말을 듣지 아니하고 후일에 나를 보고자 하려다가는 그대의 고(故) 고조(高祖)가 다시 살아 와도 정말 할 수 없으리니, 때가 한 번 가면 다시 오지 않느니라. 후회하면 무엇하리오. 세상인심은 처음 좋아하다가 나중 되면 헌 신 같이 버리거니와, 우리 수부는 동무를 한 번 천거하면 시종이 여일하니 발천(發闡)하기[54] 이렇게 좋은 곳은 구하여도 얻지 못하리라."

토끼 이 말을 들으니 든든하기가 태산쯤 되는지라. 마음에 한 반턱이나 속아 곧이듣고 밑구멍이 옴질옴질하여 쌩긋쌩긋 웃으며 가로되,

"내 형을 보매 시체(時體)[55] 사람은 아니로다. 의량(意量)이 넓고 선심이 거룩하여 위인이 관후하니 평생에 남을 속일손가? 나 같은 부생(浮生)을 좋은 곳에 천거하니 감격하기 측량없으나 수부에 들어가서 벼슬이야 쉬울 것인가?"

자라가 이 말을 듣고 웃으며 내념(內念)에 생각하되, '요놈 인제야 속았구나.' 하고 흔연히 대답하여 가로되,

"그대가 오히려 경력이 적은 말이로다. 우리 대왕께서는 성신(誠信)하시고 문무하사 한 가지 능과 한 가지 지조가 있는 선비라도 벼슬 직

54) 앞길을 열어서 세상에 나서기
55) 그 시대의 풍습이나 유행

책을 맡기시고, 닭처럼 울고 개처럼 도적질 하는 유라도 버리지 아니하시는지라. 이러하기로 나같이 재주 없는 인물로도 벼슬이 주부 일품 자리에 외람히 거하였거든, 하물며 그대같이 고명한 자격이야 들어가면 수군절도사는 따 놓은 당상이지 어디 가겠나?"

토끼 웃으며 가로되,

"형의 말은 흡사하나 어젯밤에 나의 꿈이 불길하여 마음에 종시 꺼림하도다."

자라가 가로되,

"내가 젊어서 약간 해몽하는 법을 배웠으니 아무렇거나 그대의 몽사를 듣고자 하노라."

토끼 가로되,

"칼을 빼서 배에 대이고 몸에 피칠을 하여 보이니, 아마도 좋지 못한 정상을 당할까 염려하노라."

자라가 책망하여 가로되,

"너무 좋은 몽사를 가지고 공연히 사념(思念)하는구려. 배에 칼을 대였으니 칼은 금이라 금띠를 띨 것이요, 몸에 피칠을 하였으니 홍포(紅袍)[56]를 입을 징조라. 물망(物望)이 일국에 무거우며 명성이 팔방에 떨칠지니, 이 어찌 공명할 길한 꿈이 아니며 부귀할 좋은 꿈이 아니리오. 그대의 꿈은 몽사 중에 제일 갈 꿈이니 수궁에 들어가면 만인 위에 거

56) 조선시대 3품 이상의 관원이 공복(公服)으로 입는 옷

할지라. 그 아니 좋겠는가."

토끼가 점점 곧이듣고 조금조금 달려들며 당상의 인(印) 꿈을 지금 당장 차는 듯이 희색이 만면하여 가로되,

"노형의 해몽하는 법은 참 귀신 아니면 도깨비오. 소강절 이순풍이 다시 살아온들 이에서 더할 것인가. 아름다운 몽조가 이미 나타났으니 내 부귀는 어디 가랴. 따 놓은 당상은 좀이나 먹지. 그러나 만경청파를 어찌 득달할고?"

자라가 대희하여 가로되,

"그대는 조금도 염려 말라. 내 등에만 오르면 아무리 걸주 같은 풍파라도 파선할 염려 전혀 없이 순식간에 득달할 터이니 그런 걱정은 행여 두 번도 마시오."

토끼 웃으며 가로되,

"체면 도리 상에 형을 타는 것이 대단 미안치 않소. 어찌하여야 좋을는지요?"

자라가 크게 웃어 가로되,

"형이 오히려 졸직(卒直)[57]하도다. 우리 이제 한 가지로 들어가면 일생 영욕과 백년고락을 한 가지로 지낼 것이니 무엇이 미안함이 있겠소?"

토끼 대희하여 가로되,

57) 고지식하여 융통성이 없다.

"형의 말대로 될 양이면 높은 은덕이 백골난망이겠노라. 이 세상 천하에 못 당할 노릇이 있으니 저 몹쓸 사람들이 일자총을 둘러메고 암상스러이 보채일 제, 송편으로 목을 따고 접시 물에 빠져 죽고 싶은 적이 한 두 번이 아니온 중, 나의 큰 아들놈은 나무 베는 아희에게 죄 없이 잡혀가서 구메밥[58]을 얻어먹고 감옥에서 간혀 있은 지 지금까지 칠팔 년이나 되어도 놓일 가망이 없고, 둘째 아들놈은 사냥개한테 물려가서 까막까치 밥이 된 지 지금 수년이라. 그 일을 생각하면 갈수록 더욱 절치부심(切齒腐心)[59]하여 어찌하면, 이 원수의 세상을 떠나갈고 하며 주사야탁(晝思夜度)[60]하옵더니 천만뜻밖에 그대 같은 군자를 만나 어두운 데를 버리고 밝은 곳으로 갈 터이니, 이는 참 하늘이 지시하시고 귀신이 도우심이라. 성인이라야 능히 성인을 안다 하였으니, 나 같은 영웅을 형 같은 영웅 곧 아니면 그 뉘라서 능히 알리오? 하늘에서 내리신 영웅이 형 곧 아니었다면 헛되이 산중에서 늙을 뻔하였고, 나 곧 아니었다면 수중 백성들이 어진 관원을 만나지 못할 뻔하였도다. 이번 내 길이 내게도 영광이거니와 수중에서 어찌 경사가 아니리오? 옛사람이 이르기를 하늘에서 내 재주를 내매 반드시 싸움이 있다 하더니 내게 당하여 참 빈말이 아니로다."

이렇듯 토끼가 의기양양하여 자라 등에 오르려 할 즈음에, 저 바위

58) 죄수에게 벽 구멍으로 몰래 들여보내는 밥
59) 몹시 분하여 이를 갈고 속을 썩임
60) 밤낮으로 깊이 생각하고 헤아림

밑에서 너구리 달첨지가 썩 나서서 하는 말이,

"토끼야, 너 어디 가느냐? 내 아까 수풀 곁에 누워서 너희 둘이 하는 수작을 처음으로부터 끝까지 대강 들었지만은 아마도 위태하지. 옛말에 위태한 지방에 들어가지 말라 하였고, 분수를 지키면 몸에 욕이 없다 하였으니, 저같이 졸지에 남의 부귀를 탐내고야 나중 재앙이 제 어찌 없을쏘냐? 고기 배때기에 장사지내기가 아마 십중팔구이지."

하거늘 토끼 말을 듣더니 두 귀를 쫑긋하며 시름없이 물러날 제, 자라가 가만히 생각하되,

'원수의 몹쓸 놈이 남의 큰일을 방해하니 참 이른바 좋은 일에 마(魔)가 드는 것이로군.'

하며 하는 말이,

"허허 우습도다. 그대가 잘 되고 보면 오히려 내가 술잔이나 얻어먹는다 하려니와 죽을 곳에 들어가는 데야 더구나 내게 무슨 좋을 일이 있을 것인가? 달첨지가 토선생 일에 대하여 꽃밭에 불 지르려고 왜 저리 배를 앓노. 제 어디 실없는 똥 떼어 먹을 놈이 다시 그 일에 대하여 말할쏘냐. 유유상종이라더니, 모인다니 졸장부뿐이라. 부귀가 저희에게 아랑곳 있나?"

하며 대단히 비방하고 작별하려 하니, 토선생이 생각하되,

'천우신조하여 천재일시(千載一時)[61]로 좋은 기회를 만났으니 때를

61) 좀처럼 만나기 어려운 좋은 기회

잃지 아니 하리라.'

하고 자라에게 달려들어 두 손을 덥석 쥐며 하는 말이,

"여보시오, 별주부. 천하 사람들이 별 말을 다한다 하여도 일단 내 말이 제일이온데, 형이 어찌하여 이다지 그리 경솔하시오? 죽어도 내가 죽고 살아도 내가 살 것이니 아무 염려 말고 가시옵시다."

하거늘 주부가 가로되,

"형의 마음이 굳건하여 변개 아니 할 양이면 내 어찌 태를 조금이나 부리리오."

하고, 토끼를 얼른 등에 얹고 물로 살짝 들어가 만경창파를 희롱하며 소상강을 바라보고 동정호로 들어갈 제, 토끼가 흥에 겨워 혼자 하는 말이,

"홍진자맥(紅塵紫陌)[62] 장안 만호에 있는 벗님네야. 사람마다 가령 백년을 산다 하여도 걱정 근심과 질병 사고를 빼고 보면 태평 안락한 날이 몇 해가 못 되는 것이라. 천백 년을 못살 인생 아니 놀고 무엇하리. 소상 동정의 무한한 경개를 나와 함께 노자세라."

이렇게 세상을 배반하며 흥을 겨워 가는 형상 칼 첨자(籤子)[63]에 개구리요, 대부등(大不等)[64]에 뱀이라. 의뭉할손[65] 별주부요, 미욱할손 토끼로다. 자라의 허한 말을 꿀같이 달게 듣고, 서왕세계 얻자 하고 지옥

62) 속세의 번화한 거리
63) 장도(粧刀)가 칼집에서 헐겁게 빠지지 않도록 하는 장식품
64) 아름드리의 아주 굵은 나무
65) 겉으로는 어리석은 것처럼 보이면서 속으로는 엉큼한 것

으로 들어가며, 첩첩청산 버려두고 수중고혼(水中孤魂) 되러 가니 불쌍하고 가련하다. 붉은 고기 한 덩이로 용왕에게 진상간다. 일개 자라의 거침없고 빠른 말솜씨에 그 약은 체하던 경박한 토끼가 속았구나.

자라가 의기양양하여 범이 날개 돋친 듯, 용이 여의주 얻은 듯이 기운이 절로 나서 만경창파를 순식간에 들어가니 내리라 하거늘, 토끼 내려 사면을 살펴보니, 천지가 명랑하고 일월이 조요한데, 진주로 꾸민 집과 자개로 지은 대궐은 반공에 솟았으며, 수놓은 문지게[66]와 깁으로 바른 창이 영롱 찬란한지라. 마음에 홀로 기뻐 제가 젠 체하더니 이윽고 한 편에서 쑥덕쑥덕하며 수상한 기색이 있는지라.

토끼 혼자 하는 말이,

'무너져도 솟을 구멍 있다 하나, 참 나야말로 속수무책이로구나. 그러하나 병법에 이르기를 죽을 땅에 빠진 후에 살고 망할 때에 든 후에 흥한다하였으니 이런고로 천하에 큰 성인 주문왕은 유리옥을 면하시고, 도덕이 높은 탕임금은 한대옥을 면하시고, 만고성인 공부자도 진채의 액을 면하신지라. 천고영웅 한태조도 영양에 에움을 벗어났으니, 설마하니 이 내 몸을 원통으로 삼킬쏘냐.'

그렇거나 차차 하는 거동 보아 가며 감언이구(甘言利口)와 신출귀몰한 꾀로 임시변통 목숨을 보전하되, 수족을 바짝 웅크리고 죽은 듯이 엎드렸다. 홀연 '토끼를 잡아들이라.' 하거늘, 수족 물고기 일시에

66) 지게문. 마루에서 방으로 드나드는 곳에 안팎을 두꺼운 종이로 바른 외짝 문

달려들어 토끼를 잡아다가 정전(正殿)[67]
에 꿇리고, 용왕이 하교하여 가로되,

"과인이 병이 중한데 백약이 무효하더니, 천우신조하여 도사를 만나매 이르되, 네 간을 얻어먹으면 살아나리라 하기로 너를 잡아왔으니, 너는 죽기를 슬퍼 말라."

하고, 군졸을 명하여 간을 내이라 하니, 군졸이 명을 받들고 일시에 칼을 들고 날쌔게 달려들어 배를 단번에 째려 하거늘, 토끼가 기가 막혀 달첨지 말을 돌이켜 생각하나 후회막급이라.

'대저 약명을 일러 주던 도사놈이 나와 무슨 원수런가? 소진의 구변인들 욕심 많은 저 용왕을 무슨 수로 꾀어내며, 관운장(關雲長)의 용맹인들 서리 같은 저 칼날을 무슨 수로 벗어나며, 요행 혹 벗어난다 한들 만경창파 넓은 물에 무슨 수로 도망할가? 가련토다 이 내 목숨 속절없이 죽었구나. 백계무책(百計無策)[68] 어이하리.'

하며 이리저리 생각하다가, 문득 한 꾀를 얻어가지고 마음을 담대히 하여 고개를 번듯 들어 전상을 바라보며 가로되,

"이왕 죽을 목숨이오니 한 말씀이나 아뢰옵고 죽겠삽나이다."

하고 아뢰되,

---

67) 왕이 나와서 조회(朝會)를 하던 궁전
68) 있는 꾀를 다 써 봐도 별 수 없음

"토끼 족속이란 것은 본시 곤륜산 정기로 태어나서, 일신을 달빛으로 환생하와 아침 이슬과 저녁 안개를 받아먹고, 기화요초(琪花瑤草)[69]와 좋은 물을 명산으로 다니면서 매양 장복하였음으로 오장육부와 심지어 똥집 오줌통까지라도 다 약이 된다 하여, 막걸리 오입쟁이들을 만나면 간 달라고 보채이는 그 소리에 대답하기 괴롭사와, 간 붙은 염통 줄기 채 모두 다 떼어내어 청산유수 맑은 물에 설설히 흔들어서, 고봉준령 깊은 곳에 깊이깊이 감추어 두고 무심 중 왔사오니, 배 말고 온 몸을 모두 다 발기발기 찢는다 할지라도, 간이라 하는 것은 한 점도 얻어볼 수 없을 터이오니 어찌하면 좋을는지? 저 미련하온 별주부가 거기 대하여 일언 사색(辭色)이 반점도 없었으니 아무리 내가 영웅인들 수부의 일이야 어찌 아오리까? 미리 알게 하였더라면 염통 줄기까지 가져다가 대왕께 바쳐 병환을 회춘하시게 하고, 일등공신 너도 되도 나도 되어 부귀공명 하였으면 그 아니 좋았겠는가? 만경창파 멀고 먼 길 두 번 걸음 별주부 너 탓이라. 그러나 병환은 시급하신데 언제 다시 다녀 올는지, 그 아니 딱하오니까?"

용왕이 듣고 어이없어 꾸짖어 가로되,

"발칙 당돌하고 간사한 요놈. 네 내 말을 들어라 하니, 천지 사이 만물 가운데에 사람으로 금수까지 제 뱃속에 붙은 간을 무슨 수로 꺼내었다 집어넣었다 하겠는고? 요놈 인감생심 어느 존전(尊前)이라고 당돌

69) 옥같이 고운 꽃과 풀

히 거짓을 아뢰느냐. 그 죄가 만 번 죽어도 남지 못하리라."

하고, 바삐 배를 째고 간을 올리라 하거늘, 토끼 또한 어이없어 간장이 절로 녹으며 정신이 아득하여, 가슴이 막히고 진땀이 바짝바짝 나며 아무리 생각하여도 죽을 밖에 다시 수가 없도다.

'이것이 참 독에 든 쥐요 함정에 든 범이라. 그러하나 말이나 단단히 한 번 더 하여 보리라.' 하고 우환 중이라도 흔연한 모양을 가지고 여쭈되,

"옛말에 일렀으되, 지혜로운 자 천 번 생각하는데 한 번 실수할 때가 있고, 우매한 자가 천 번 생각하는데 한 번 잘할 때가 있다 하였는지라. 이러므로 미친 사람의 말도 성인이 가리어 들으시고 어린아이 말도 귀담아 들으라 하오니, 대왕의 지극히 밝으신 지감(知鑑)[70]으로 세세히 통촉하여 보시옵소서. 만일 소신의 배를 갈랐다가 간이 있으면 다행이거니와 정말 간이 없고 보면 물을 데 없이 누구를 대하여 간을 달라 하오리까? 후회막급 되실 터이오니, 지부왕(地府王)의 아들이요 황건역사(黃巾力士)의 동생인들 한 번 가면 다시 돌아오지 못할 황천길을 무슨 수로 면하오며, 또한 소신의 몸에 분명하온 표가 하나 있사오니 바라건대 밝히 살피사 의심을 풀으시옵소서."

용왕이 듣고 가로되,

"이 요망한 놈, 네 무슨 표가 있단 말이냐?"

70) 사람을 잘 알아보는 식견

토끼 아뢰되,

"세상 만물의 생긴 것이 거의 다 같사오나 오직 소신은 밑구멍 셋이오니 어찌 유(類)와 다른 표가 아니오리까?"

왕이 가로되,

"네 말이 더욱 간사하도다. 어찌 밑구멍 셋이 될 리가 있느냐?"

토끼 가로되,

"그러하시면 소신의 밑구멍의 내력을 들어 보시옵소서. 하늘이 자시(子時)에 열려서 하늘 되고, 땅이 축시(丑時)에 열려 땅이 되고, 사람이 인시(寅時)에 나서 사람 되고, 토끼가 묘시에 나서 토끼 되었으니, 그 근본을 미루어 보면 생풀을 밟지 않는 저 기린도 소자출(所自出)[71]이 내 몸이오, 주려도 곡식을 찍어 먹지 아니하는 봉황도 소종래(所從來)[72]가 내 몸이라. 천지간 만물 중에 오직 토처사가 본방(本邦)입니다. 이러므로 옥황상제께옵서 순순히 명하옵시되 토처사는 나는 새 중에 조종(祖宗)이요, 기는 짐승 중에 본방이라. 만물 중에 제일 자별(自別)하니 신체 만들기를 별도로 하여 표를 주자하시고, 일월성신 세 가지 빛을 응하며 정직강유(正直剛柔)[73] 세 가지 덕을 겸하여 세 구멍을 점지하셨사오니, 보시면 자연 통촉하시리이다."

용왕이 나졸을 명하여 살피라 하니 과연 세 구멍 분명한지라. 왕이

---

71) 시물이 어디로부터 나온 근본
72) 지내온 내력
73) 정직하고 굳세고 부드러움

의혹하여 주저하거늘, 토끼 여쭈되,

"대왕이 어찌 이다지 의심하시나이까? 소신 같은 목숨은 하루 천만 명이 죽사와도 관계가 없삽거니와, 대왕은 만승(萬乘)의 귀하신 옥체로 동방의 성군이시라 경중(輕重)이 판이하오니, 만일 불행하시면 천리강토와 구중궁궐을 뉘에게 전하시며, 종묘사직과 억조창생을 뉘에게 미루시렵나이까? 소신의 간을 아무쪼록 갖다가 쓰시면 환후(患候)가 즉시 평복(平復)[74]되실 것이오, 평복되시면 대왕은 아무 염려 없이 만세나 향수하실 것이니, 어언간 소신은 일등공신이 아니 되옵나이까? 이러한 좋은 일에 어찌 일호나 기망하여 아뢰겠습니까?"

하며 용왕을 살살 다래어 푹신 삶아내는데, 언사가 또한 절절이 온당한지라. 이 고지식한 용왕은 폭 곧이듣고 자기 생각에 헤아리되,

'만일 제 말과 같을진대 저 죽은 후에 누구에게 물을손가? 차라리 잘 달래어 간을 얻음만 같지 못하다.'

하고, 토끼를 궁중으로 불러 올려 상좌에 앉히고 공경하여 가로되,

"과인의 망녕됨을 허물치 말라."

하니, 토끼가 무릎을 싹 쓰러뜨리고 단정히 앉아 공손히 대답하여 가로되,

"그는 다 예사올시다. 불우의 환과 액을 성현도 면치 못하거든 하물며 소신 같은 것이야 일러 무엇하오리까? 그러하오나, 별주부의 자세

74) 병이 나아 건강이 회복

치 못하고 충성치 못함이 가엾나이다."

문득 한 신하가 출반주하여 가로되,

"신은 듣사오니 옛글에 일렀으되, 하늘이 주시는 것을 받지 아니하면 도리어 그 앙화(殃禍)를 받는다 하오니, 토끼 본시 간사한 짐승이라. 흐지부지 하다가는 잃어버릴 염려가 있을 듯하오니, 원컨대 대왕은 잃어버리지 마옵시고 어서 급히 잡아 간을 내어 지극히 귀중하신 옥체를 보중케 하옵소서."

하거늘, 모두 보니 이는 수천 년 묵은 거북이니 별호는 귀위선생(龜位先生)이러니, 왕이 크게 노하여 꾸짖어 가로되,

"토처사는 충효가 겸전한 자이라. 어찌 허언이 있으리오. 너는 다시 잔말 말고 물러 있거라."

귀위선생이 무료히 물러나와 탄식을 마지아니하더라. 왕이 크게 잔치를 베풀어 토처사를 대접하니, 무궁무진 권할 적에 한 잔 또 한 잔이라. 병 속 건곤(乾坤)[75]에 취하여 세상의 갑자를 잃어버리는 도다. 토끼 제 마음에 생각하되,

'만일 내 간을 내어 주고도 죽지만 아니할 양이면 내어 주고 수부에 있어 이런 호강 아니 할고.'

납작이 엎드리니, 날이 저물어 잔치를 파하매 용왕이 토처사를 향하여 가로되,

75) 늘 술에 취하여 있음을 이르는 말

"토공이 과인의 병만 낫게 하시면 천금상에 만호후를 봉하고 부귀를 한가지로 누릴 것이니, 수고를 생각지 말고 속히 나아가 간을 갔다가 과인을 먹이라."

하니, 토끼가 못 먹는 술을 취한 중에 혼자말로, '한 번 속기도 원통하거든 두 번조차 속을까?' 하며 대답하여 가로되,

"대왕은 염려 마옵소서. 대왕의 거룩하신 은혜를 만분의 일이라도 갚고자 하오니, 급히 별주부를 같이 보내어 소신의 간을 가져오게 하옵소서."

이 때에 날이 서산에 떨어지고 달이 동정에 나오는지라. 밤에 즐겁게 놀고, 이튿날 왕께 하직하고 별주부의 등에 올라 만경창파 큰 바다를 순식간에 건너 와서, 육지에 내려 자라에게 하는 말이,

"내 한 번 속은 것도 생각하면 진저리가 나거든 하물며 두 번까지 속을쏘냐. 내 너를 다리뼈를 추려 보낼 것이로되 십분 용서하노니 너의 용왕에게 내 말로 이리 전하여라. 세상 만물이 어찌 간을 임의로 꺼내었다 넣었다 하리오. 신출귀몰한 꾀에 너의 미련한 용왕이 잘 속았다 하여라."

하니, 자라가 하릴없어 뒤통수 툭툭 치고 무료히 돌아가니, 용왕의 병세와 별주부의 소식을 다시 전하여 알 일이 없더라.

토끼 별주부를 보내고 희희낙락하며 평원 광야 너른 들에 이리 뛰며 흥에 겨워 하는 말이,

"어화 인제 살았구나. 수궁에 들어가서 배 째일 뻔하였더니, 요 내 한

꾀로 살아와서 예전 보던 만산풍경 다시 볼 줄 그 뉘 알며, 옛적 먹던 산실과며 나무 열매 다시 먹을 줄 뉘 알았으랴. 좋은 마음 그지없네."

작은 우자를 크게 부려 한참 이리 노닐 적에, 난데없는 독수리가 살 쏘듯이 달려들어 사족을 훔쳐들고 반공에 높이 나니, 토끼 정신이 또한 위급하도다.

토끼 스스로 생각하되, '간을 달라 하던 용왕은 좋은 말로 달랬거니와, 미련하고 배고픈 이 독수리야 무슨 수로 달래리오.' 하며 다급하여 어찌할 바를 모르는 중 문득 한 꾀를 얻고 이르되,

"여보 수리 아주머니! 내 말을 잠깐 들어 보오. 아주머니 올 줄 알고 몇몇 달 경영하여 모은 양식 쓸 데 없어 한이러니, 오늘로서 만남이 늦었으니 어서 바삐 가사이다."

수리 하는 말이,

"무슨 음식 있노라 감언이설로 날 속이려 하느냐? 내가 수궁 용왕 아니어든 내 어찌 너한테 속겠느냐?"

토끼 하는 말이,

"여보 아주머니, 토진(吐盡)[76]하는 정담을 들어보시오. 사돈도 이리할 사돈이 있고 저리할 사돈이 있다 함과 같이 수부의 왕은 아무리 속여도 다시 못 볼 터이거니와, 우리 터에는 종종 서로 만날 터이거늘 어찌 감히 일호라도 속이리오. 건너 말 이동지가 사냥하느라고 나를 심히

76) 다 털어놓고 말하는

놀래기로 그 원수 갚기를 생각더니, 금년 정이월에 그 집 만배[77] 병아리 사십 여수를 둘만 남기고 다 잡아 오고, 제일 긴한 것은 용궁에 있던 의사 주머니가 내게 있으니, 아주머니는 생후에 듣도 보도 못한 물건이오니 가지기만 하면 전후 조화가 다 있지만은, 내게는 다 부당한 물건이요 아주머니한테는 모두 긴요할 것이라. 나와 같이 어서 갑시다. 음식 도적은 매일 잔치를 한대도 다 못 먹을 것이오, 의사 주머니는 가만히 앉았어도 평생을 잘 견디는 것이니, 이 좋은 보배를 가지고 자손에게까지 전하여 누리면 그 아니 좋겠소?"

한즉, 이 미련한 수리가 마음에 솔깃하여,

"아무려나 가 보자."

하고 토끼 처소로 찾아 가니, 토끼가 바위 아래로 들어가며 조금만 놓아 달라 하니 수리가 가로되,

"조금 놓아 주다가 아주 들어가면 어찌하게?"

토끼 말이,

"그리하면 조금만 늦춰 주오."

수리 생각에 '조금 늦춰 주는 데야 어떠하랴?' 하고 한 발로 반만 쥐고 있더니, 토끼가 점점 들어가며 조금 하다가 톡 채치며 하는 말이,

"요것이 의사 주머니지."

77) 짐승의 새끼를 낳는 처음 번. 또는, 그 새끼

작품의 이해

작가소개

작자 미상

줄거리

동해 용왕이 갑자기 병이 들어 다 죽게 되었으나 어떤 약도 효험이 없었다. 하는 수 없이 육지에 사는 도사 세 사람에게 물으니, 토끼의 생간을 먹어야 병이 나을 것이라고 했다. 이에 용왕은 수궁 대신들을 불러 이 문제를 의논하는데 문어와 자라가 서로 토끼를 잡아 오겠다고 다툰 끝에 결국 자라가 이겨 토끼를 잡아오기로 한다.

토끼의 그림을 가지고 육지로 나온 자라는 드디어 토끼를 만나는데,

육지 생활이 위험할 뿐 아니라 용궁에 가면 행복하게 살 수 있다며 감언이설로 유혹한다. 자라의 유혹에 넘어간 토끼는 자라 등에 업혀서 용궁으로 들어간다. 용왕이 토끼를 보자 기뻐하며 어서 토끼의 간을 내놓으라고 하니 깜짝 놀란 토끼는 그제야 자기가 속은 줄 알고 간을 육지에 두고 왔다고 거짓말을 한다. 용왕은 토끼의 말을 믿고는 자라에게 토끼를 육지에 데려다 주고 간을 찾아오라고 한다. 육지에 도달하자 토끼는 간을 빼어놓고 다니는 짐승이 어디 있느냐며 자라를 놀리고는 달아나버렸다. 자라는 토끼에게 속을 것을 알고 허탈한 마음으로 용궁으로 다시 돌아갔다.

작품해설

〈토끼전〉은 조선시대 작자, 연대 미상의 판소리 계열의 소설이다. 〈춘향전〉, 〈심청전〉 등과 같이 영, 정조 시대에 형성된 작품으로, 판소리 〈수궁가(水宮歌)〉를 소설화한 것이다. 〈토생원전(兎生員傳)〉, 〈토(兎)의 간(肝)〉이라고도 하고 한문본인 〈토별산수록(兎鼈山水錄)〉, 〈별토전(鼈兎傳)〉 등 여러 이본(異本)이 있다.

이 작품은 고구려의 설화인 〈구토지설(龜兎之說)〉에 그 근원을 두는데 자라와 토끼를 의인화하여 인간사회를 풍자한 의인소설(擬人小說)

이다. 〈구토지설〉이 우리나라 문헌에 처음 등장하는 것은 《삼국사기(三國史記)》 〈김유신전(金庾信傳)〉에 김춘추(金春秋)가 고구려에 잡혔을 때에 토끼의 간계로 그곳을 무사히 벗어났다는 설화에 나타난다.

〈토끼전〉은 당시 서민계층의 의식과 지배계층 및 정치사회 현상 등을 동물 세계에 비유하고 있는데 주색에 빠져 병이 난 용왕과 다툼을 일삼는 신하들을 통하여 당시 집권세력의 무능하고 어리석음을 비판하고 풍자한 것이다. 이처럼 〈토끼전〉은 우화소설이기에 날카로운 풍자가 가능하였던 것인데, 인간의 지나친 허욕과 명예와 부귀를 따르는 점을 비판하고 당시 사회의 척도가 되는 유교사상과 지혜로써 위기를 극복해야 한다는 교훈을 추구하는 작가의 의식이 잘 나타나 있다.

구조적 분석

갈래 : 판소리계 소설, 풍자소설, 우화소설

성격 : 해학적, 풍자적, 우화적, 교훈적

시점 : 전지적 작가 시점

주제 : 조선 후기 무능한 집권층에 대한 비판과 풍자, 위기극복의 지혜, 속고 속이는 인정세태 풍자

근원설화 : 〈구토지설〉

옹고집전

雍固執傳

옹고집전 雍固執傳

작자미상

옹달의 우물과 옹당의 연못이 있는 옹진골 옹당촌에 한 사람이 살았으니, 성은 옹(雍)가요, 이름은 고집(固執)이었다. 성미가 매우 괴팍하여 풍년이 드는 것을 싫어하고, 심술 또한 맹랑하여 매사를 고집으로 버티었다. 살림 형편을 살펴보건대, 석숭(石崇)[1]의 재물이나 도주공(陶朱公)[2]의 드날린 이름이나 위세를 부러워하지 않을 만하였다.

앞뜰에는 노적(露積)[3]이 쌓여 있고 뒤뜰에는 담장이 높직한데, 울 밑

1) 중국 진나라의 부호 겸 문장가

2) 범여. 자는 소백(少伯)으로 초(楚)나라 사람이다. 후에 제(齊)나라로 가 이름을 치이자피(隋夷子皮)라 고치고, 당시 교통·상업의 중심지 도(陶 : 山東省定陶縣)로 가서 도주공(陶朱公)이라 칭하고 상업에 종사, 거만(巨萬)의 재산을 모았다.

3) 한데 쌓아 둔 곡식더미

으로는 석가산(石假山)[4]을 무어 놓으니 우뚝하다. 석가산 위에 아담한 초당을 지었는데, 네 귀에 풍경(風磬)[5]이 달렸어라.

바람 따라 경경(耿耿)히[6] 쟁그랑 맑은 소리 들려오며, 연못 속의 금붕어는 물결 따라 뛰놀았다. 동편 뜰 모란꽃은 봉오리가 반만 벌어지고, 왜철쭉과 진달래는 활짝 피었더니 춘삼월 모진 바람에 모두 떨어졌으되, 서편 뜰 앵두꽃은 담장 안에 곱게 피고, 영산홍 자산홍은 바야흐로 한창이요, 매화꽃도 복사꽃도 철을 따라 만발하니 사랑치레가 찬란하였다.

팔작(八作)집[7]기와지붕에 마루는 어간대청[8] 삼층 난간이 둘려 있고, 세살창[9]의 들장지[10]와 영창[11]에는 안팎걸쇠, 구리사복[12]이 달려 있고, 쌍룡을 새긴 손잡이는 채색도 곱게 반공중에 들떠 있다. 방안을 들여다보니 별앞닫이[13]에 팔첩 병풍이요, 한 녘으로 놋요강, 놋대야를 밀쳐놓았다. 며늘아기는 명주 짜고 딸아기는 수놓으며, 곰배팔이[14]머슴놈은 삿자리 엮고 앉은뱅이 머슴놈은 방아 찧기 바쁘거니와, 팔십 당년 늙은 모친은 병들어

---

4) 돌로 만든 가짜 산
5) 처마 끝에 다는 작은 종. 속에는 붕어 모양의 쇳조각을 달아 바람이 부는 대로 흔들리면서 소리가 난다.
6) 끊어졌다 이어졌다 하는 모양
7) 네 귀에 모두 추녀를 달아 지은 한식집
8) 방과 방 사이에 있는 큰 마루
9) 가느다란 살로 만든 창
10) 들어 올려 매달아 놓게 된 문
11) 방과 마루 사이에 낸 미닫이
12) 가위다리의 교차된 곳과 같은 자리에 박는 못
13) 빼닫이. '서랍'의 사투리
14) 한쪽 팔이 없거나 쓰지 못하는 사람

누워 있거늘 불효막심 옹고집은 닭 한 마리, 약 한 첩도 봉양을 아니하고, 조반석죽(朝飯夕粥)[15] 겨우 바쳐 남의 구설만 틀어막고 있었다.

불기 없는 냉돌방에 홀로 누운 늙은 어미 섧게 울며 탄식하기를,

"너를 낳아 길러 낼 제 애지중지(愛之重之)보살피며, 보옥(寶玉)같이 귀히 여겨 어르면서 하는 말이 '은자동아, 금자동아,[16] 고이 자란 백옥동아, 천지 만물 일월동아, 아국사랑 간간동아,[17] 하늘같이 어질거라, 땅같이 넓거라! 금을 준들 너를 사며 은을 준들 너를 사랴? 천생 인간 무가보(無價寶)[18]는 너 하나뿐이로다.' 이같이 사랑하며 너 하나를 키웠거늘, 천지간에 이러한 어미 공을 네 어찌 모르느냐? 옛날에 효자 왕상(王祥)이는 얼음 속의 잉어를 낚아다가 병든 모친 봉양하였거늘, 그렇지는 못할망정 불효는 면하렷다!"

불측한[19] 고집이놈이 어미 말에 대꾸하되,

"진시황 같은 이도 만리장성 쌓아놓고, 아방궁을 이룩하여 삼천 궁녀 두루 돌아 찾아들며 천년만년 살고지고 하였으되, 그도 또한 이산(離山)[20]에 한 분총(墳塚)을 못 면하여 무덤 속에 죽어 있고, 백전백승 초패왕도 오강에서 자결하였고, 안연 같은 현학사[21]도 불과 삼십에 요

15) 아침에는 밥, 저녁에는 죽을 먹는다는 뜻으로, 몹시 가난한 살림을 이르는 말
16) 어린아이를 귀한 금은처럼 귀히 여기는 말
17) '간간'은 화평하고 즐겁다는 의미
18) 값으로 따질 수 없는 보배
19) 마음보가 음흉한
20) 외딴 산
21) 어진 선비

절하였거늘 오래 살아 무엇하리? 옛글에 이렀으되 '인간 칠십 고래희라' 하였으니, 팔십이 된 우리 모친 오래 산들 쓸데없네. '오래 살면 욕심이 많아진다.' 하니, 우리 모친 그 뉘라서 단명하랴? 도척같이 몹쓸 놈도 천추에 유명하거늘, 어찌 나를 시비하리요?"

이 놈의 심사 이러한 가운데에, 또한 불교를 업신여겨 허물없는 중을 보면, 결박하고 귀 뚫기와 어깨 타고 뜸질하기가 일쑤였다. 이 놈의 심보가 이러하니, 옹가집 근처에는 동냥중이 얼씬도 못하였다.

이 무렵, 월출봉 취암사에 도사 한 분이 있었으니, 그의 높은 술법은 귀신도 감탄할 경지에 이르러 있었다. 하루는 도사가 학대사를 불러 이르기를,

"내 듣건대, 옹당촌에 옹좌수라 하는 놈이 불도를 업신여겨 중을 보면 원수같이 군다 하니, 네 그 놈을 찾아가서 책망하고 돌아오라."

분부 받고 학대사는 나섰것다. 헌 굴갓 눌러쓰고 마의장삼 걸쳐 입고, 백팔염주 목에 걸고 육환장을 거머쥐고 허위적허위적 내려오니, 계화는 활짝 피고 산새는 슬피 울며 가는 길을 재촉한다.

노을 진 석양녘에 옹가집에 다다르니, 어간대청 너른 집에 네 귀에 풍경 달고, 안팎 중문 솟을대문이 좌우로 활짝 열어젖혔기에, 목탁을 딱딱 치며 권선문을 펼쳐 놓고 염불로 배례할 새,

"천수천안관자재보살, 주상 전하 만만세, 왕비전하 수만세, 시주 많이 하옵시면 극락세계로 가오리다. 아미타불 관세음보살…."

중문에 기대어서 이 광경을 보던 할미종이 넌지시 이르는 말이,

"노장(老長) 노장, 여보 노장, 소문도 못 들었소? 우리 댁 좌수님이 춘곤(春困)을 못 이기사 초당에서 낮잠이 드셨으매, 만일 잠을 깰라치면 동냥은 고사하고 귀 뚫리고 갈 것이니 어서 바삐 돌아가소."

학대사가 대답하되,

"고루거각 큰 집에서 중의 대접이 어찌하여 이러할까? '적악지가(積惡之家)에 필유여악(必有餘惡)이요, 적선지가(積善之家)에 필유여경(必有餘慶)이라' 이르나이다. 소승은 영암 월출봉 취암사에 사옵는데, 법당이 퇴락하여 천릿길 멀다 않고 귀댁에 왔사오니 황금으로 일천 냥만 시주를 하옵소서."

합장배례하고 다시 목탁을 두드리니, 옹좌수 벌떡 일어나 밀창문을 드르르 밀치면서,

"어찌 그리 요란하냐?"

종놈이 조심조심 여쭈기를,

"문밖에 중이 와서 동냥 달라 하나이다."

옹좌수 발칵 화를 내어 성난 눈알 부라리며, 소리 질러 꾸짖기를,

"괘씸하다 이 중놈아! 시주하면 어쩐다냐?"

학대사는 이 말 듣고 육환장을 눈 위로 높이 들어 합장 배례로 대답하기를,

"황금으로 일천 냥만 시주하옵시면, 소승이 절에 가서 수륙재(水陸

齋)[22]를 올릴 적에, 아무 촌 아무개라 외우면서 축원을 드리오면 소원대로 되나이다."

옹좌수가 쏘아붙이되,

"허허, 네놈 말이 가소롭다! 하늘이 만백성을 마련할 제, 부귀빈천, 자손유무, 복불복을 분별하여 내셨거늘, 네 말대로 한다면 가난할 이 뉘 있으며, 무자(無子)할 이 뉘 있으리? 속세에서 일러오는 '인중말(人中末)은 중이라.' [23] 네놈 마음 고약하여 부모 은혜 배반하고, 머리 깎고 중이 되어 부처님의 제자인 양, 아미타불 거짓 공부하는 듯이 어른 보면 동냥 달라, 아이 보면 가자 하니, 불충불효 태심하며, 불측한 네 행실을 내 이미 알았으니 동냥 주어 무엇하리?"

학대사는 다시금 합장배례하며 공손히 하는 말이,

"청룡사에 축원 올려 만고영웅 소대성(蘇大成)[24]을 낳아 갈충보국(竭忠報國)[25]하였으며 천수경(千手經)공부 고집하여 주상 전하 만수무강하옵기를 조석으로 발원하니, 이 어찌 갈충보국 아니오며, 부모 보은 아니리까? 그런 말씀 아예 마옵소서."

옹좌수 하는 말이,

"네 무엇을 배웠기로 그렇듯 말하느냐? 지식이 있을진대 나의 관상 보아다고."

22) 불교의 한 의식으로, 물이나 땅에 있는 귀신을 위하여 재(齋)를 올리고 경(經)을 읽는 행사
23) 사람 중에서 가장 못난 것은 중이라는 뜻
24) 우리나라의 구소설 <소대성전(蘇大成傳)>의 주인공
25) 충성을 다하여 나라의 은혜에 보답하다. 진충보국(盡忠報國)

학대사가 일러 주되,

"좌수님의 상을 살피건대, 눈썹이 길고 미간이 넓으시니 성세(聲勢)는 드날리되, 누당이 곤하시니 자손이 부족하고, 면상이 좁으시니 남의 말을 아니 듣고, 수족이 작으시니 횡사도 할 듯하고, 말년에 상한병[26]을 얻어 고생하다 죽사오리다."

이 말을 듣고 성난 옹좌수가 종놈들을 소리쳐 불렀다.

"돌쇠, 뭉치, 깡쇠야! 저 중놈을 잡아내라!"

종놈들이 일시에 달려들어 굴갓을 벗겨 던지고 학대사를 휘휘 휘둘러 돌 위에 내동댕이치니 옹좌수가 호령하되,

"미련한 중놈아! 들어 보라. 진도남(陣圖南)같은 이도 중을 불가하다 하고서 운림처사(雲林處士)되었거늘, 너 같은 완증(頑憎)한[27] 놈이 거짓 불도 핑계하여 남의 전곡(錢穀) 턱없이 달라 하니, 너 같은 놈 그저 두지 못하렷다!"

종놈 시켜 중을 눌러 잡고, 꼬챙이로 귀를 뚫고 태장 삼십 도를 호되게 내리쳐서 내쫓았다. 그러나 학대사는 술법이 높은지라, 까딱없이 돌아서서 사문에 들어서니 여러 중이 내달아 영접하여 연고를 캐물으니, 학대사는 태연자약 대답하기를,

"여차여차하였노라."

중 하나가 썩 나서며,

26) 추위로 인해 생기는 병. 감기, 폐렴 같은 것
27) 완악하고 미움

"스승의 높은 술법으로 염라대왕께 전갈하여 강림도령(降臨道令)[28] 차사 놓아 옹고집을 잡아다가 지옥 속에 엄히 넣고, 세상에 영영 나지 못하게 하옵소서."

학대사는 대답하되,

"그는 불가하다."

다른 중이 나서면서,

"그러하오면 해동청 보라매 되어 청천운간 높이 떠서 서산에 머물다가 날쌔게 달려들어, 옹가놈 대갈통을 두 발로 덥석 쥐고 두 눈알을 꼭지 떨어진 수박 파듯 하사이다."

학대사는 움칠하며 대답하되,

"아서라, 아서라! 그도 못하겠다."

또 한 중이 썩 나서며,

"그러하오면 만첩청산(萬疊靑山)[29] 맹호 되어 야삼경 깊은 밤에 담장을 넘어들어 옹가놈을 물어다가, 사람 없는 험한 산 외진 골에서 뼈까지 먹사이다."

학대사는 여전하게,

"그도 또한 못하겠다."

다시 한 중이 여쭈기를,

"그러하오면 신미산 여우 되어 분단장 곱게 하고 비단옷 곱게 입고,

28) 무당이 위하는 신(神)의 하나

29) 사방이 겹겹이 에워싸인 푸른 산

호색하는 옹고집 품에 누워 단순호치(丹脣皓齒)[30] 빵긋 벌려 좋은 말로 옹고집을 속일 적에 '첩은 본디 월궁 선녀이옵는데, 옥황상제께 죄를 얻어 인간계로 내치시매 갈 바를 몰랐더니, 산신님이 불러들여 좌수님과 연분이 있다 하여 지시하옵기로 이에 찾아왔나이다.' 하며 온갖 교태 내보이면, 옹가 분명 호색(好色)하는 놈이라 필경에는 대혹(大惑)하여, 등치며 배 만지며 온갖 희롱 진탕하다 촉풍상한(觸風傷寒)나서 말라죽게 하옵소서."

학대사 벌떡 일어나며 하는 말이,

"아서라, 그도 못하겠다."

술법 높은 학대사는 괴이한 꾀 나는지라, 동자 시켜 짚 한 단을 끌어내어 허수아비 만들어 놓고 보니 영락없는 옹고집의 불측한 상이렷다. 부적을 써 붙이니 이 놈의 화상, 말대가리 주걱턱에 어디로 보나 영락없는 옹가였다.

허수아비 거드럭거드럭 옹가집을 찾아가서 사랑문 드르륵 열며 분부할 제,

"늙은 종 돌쇠야, 젊은 종 몽치, 깡쇠야, 어찌 그리 게으르고 방자하냐? 말 콩 주고 여물 썰어라! 춘단이는 바삐 나와 방 쓸어라."

하며 태연히 앉았으니, 이리 보나 저리 보나 분명한 옹좌수였다.

이 때 실옹가(實雍哥)가 들어서며 하는 말이,

30) 붉은 입술과 흰 이라는 뜻으로 '여자의 썩 아름다운 얼굴'을 이르는 말

"어떠한 손이 왔기로 이렇듯 사랑채가 소란하냐?"

허옹가(虛雍哥)가 이 말 듣고 나앉으며,

"그대 어쩐 사람이기로 예없이 남의 집에 들어와 주인인 체하느뇨?"

실옹가 버럭 성을 내며 호령하되,

"네가 나의 형세 유족함을 듣고 재물을 탈취코자 집안으로 당돌히 들었으니 내 어찌 그저 두랴! 깡쇠야, 이 놈을 잡아내라."

노복들이 얼이 빠져 이도 보고 저도 보고, 이리 보고 저리 보나 이 옹 저 옹이 같은지라, 두 옹이 아옹다옹 서로 다투니 그 옹이 그 옹이요, 백운심처(白雲深處) 깊은 곳에 처사 찾기는 쉬울망정, 백주당상(白晝堂上)이 방 안에 우리 댁 좌수님 찾을 가망 전혀 없어, 입 다물고 말 없더니, 안채로 들어가서 마님께 아뢰기를,

"일이 났소, 일이 났소! 아씨님 일이 났소! 우리 댁 좌수님이 둘이 되었으니 보던 중 처음입니다. 집안에 이런 변이 세상에 또 있겠습니까?"

마님이 이 말 듣고 대경실색하는 말이,

"애고 애고, 이게 웬말이냐? 좌수님이 중만 보면 당장에 묶어 놓고 악한 형벌 마구 하여 불도를 업신여기며, 팔십 당년 늙은 모친 박대한 죄 어찌 없을까보냐? 땅 신령이 발동하고 부처님이 도술 부려 하늘이 내리신 죄, 인력으로 어찌하리?"

마나님은 춘단 어미를 불러들여 분부하되,

"바삐 나가 네가 진위(眞僞)를 가려 보라."

춘단 어미가 사랑채로 바삐 나가, 문틈을 열고 기웃기웃 엿보는데, '네가 옹가냐? 내가 옹가다!' 하고 서로 고집하여 호령호령하니 말투와 몸놀림이 똑같은데, 이목구비(耳目口鼻)도 두 좌수가 흡사하니, 춘단 어미 기가 막혀 하는 말이,

"수지오지자웅(誰知烏之雌雄)이라 '뉘라서 까마귀 암수를 알아보리요?' 하더니, 뉘라서 어찌 두 좌수의 진위를 가리리요?"

춘단 어미 허겁지겁 안으로 들어서며,

"마님 마님! 두 좌수님 모두가 흡사하와, 소비는 전혀 알아볼 수 없사옵니다."

마나님이 생각난 듯 하는 말이,

"우리 집 좌수님은 새로이 좌수 되어 도포를 성급히 다루다가 불똥이 떨어져서 안자락이 탔으므로, 구멍이 나 있으니, 그것을 찾아보면 진위를 가릴 것이니 다시 나가 알아 오라."

춘단 어미 다시 나와 사랑문을 열어 제치면서,

"알아볼 일 있사오니 도포를 보사이다. 안자락에 불똥 구멍 있나이다."

실옹가가 나앉으며 도포 자락 펼쳐 뵈니, 구멍이 또렷하니 우리 댁 좌수님이 분명하것다. 허옹가도 뒤따라 나앉으며,

"예라 이 년! 요망하다, 가소롭다! 남산 위에 봉화 들 때 종각 인경 뗑뗑 치고, 사대문을 활짝 열 때 순라군이 제격이라, 그만 표는 나도 있다."

허옹가가 앞자락을 펼쳐 뵈니 그도 또한 뚜렷하것다. 알 길이 전혀

없는지라, 답답한 춘단 어미 안으로 들어서며 마님 불러 아뢰기를,

"애고 이게 웬 변일꼬? 불구멍이 두 좌수께 다 있으니 소비는 전혀 알 수 없소이다. 마님께서 몸소 나가 보옵소서."

마나님 이 말 듣고 낯빛이 흐려지며 탄식하되,

"우리 둘이 만났을 제 '여필종부 본을 받아 서산에 지는 해를 긴 노를 잡아매고 길이 영화 누리면서 살아서 이별 말고 죽어도 한날 죽자.' 이렇듯이 천지에 맹세하고 일월도 보았거늘, 뜻밖에 변이 나니 꿈인가 생시인가? 이 일이 웬일일꼬? 도덕 높은 공부자(孔夫子)도 양호(陽虎)[31]의 화액을 입었다가 도로 놓여 성인 되셨으매, 자고로 성인들도 한때 곤액(困厄)[32] 있거니와, 이런 괴변 또 있을꼬? 내 행실 가지기를 송백같이 굳었거늘, 두 낭군을 어찌 새삼 섬기리요?"

이렇듯 탄식할 제 며늘아기 여쭈기를,

"집안에 변을 보매 체모가 아니 서니 이 몸이 밝히오리다."

사랑방문 펴뜩 열고 들어가니, 허옹가 나앉으며 이르기를,

"아가 아가, 게 앉아 자세히 들어 보라. 창원 땅 마산포서 너의 신행하여 올 제, 십여 필마 바리로 온갖 기물 실어 두고 내가 후행(後行)으로 따라올 제, 상사마(相思馬)[33] 한 놈이 암말 보고 날뛰다가 뒤뚱거려 실은 것을 파삭파삭 결딴내어, 놋동이는 한복판이 뚫어져서 못 쓰게 되었기

31) 중국 춘추시대 노나라의 정치가. 정공을 거역하고 진으로 망명하였는데, 양호를 잡으려던 무리가 그와 똑같은 공자를 보고 잡아가려고 하였다.

32) 곤란과 재액

33) 발정(發情)하여 일시적으로 성질이 사나워진 수말

로 벽장에 넣었거늘, 이도 또한 헛말이냐? 너의 시아비는 바로 내로다!"

기가 막힌 실옹가도 앞으로 나앉더니,

"애고 저놈 보게. 내가 할 말 제가 하니, 애고 애고 이 일을 어찌하리? 새아기야, 내 얼굴을 자세히 보라! 네 시아비는 내 아니냐?"

며느리가 공손히 여쭈기를,

"우리 아버님은 머리 위로 금이 있고, 금 가운데 흰머리가 있사오니 이 표를 보사이다."

실옹가가 얼른 나앉으며 머리 풀고 표를 뵈니, 골통이 차돌 같아 송곳으로 찔러 본들 물 한점 피 한 방울 아니나겠더라. 허옹가도 나앉으며 요술부려 그 흰털 뽑아내어 제 머리에 붙인지라, 실옹가의 표적은 없어지고 허옹가의 표적이 분명하것다.

"며느리야! 내 머리를 자세히 보라." 하니, 며늘아기 살펴보고,

"틀림없는 우리 시아버님이오."

실옹가는 복통할 노릇이라, 주먹으로 가슴치고 머리를 지끈지끈 두드리며,

"애고 애고, 허옹가는 아비삼고 실옹가를 구박하니, 기막혀 나 죽겠네! 내 마음에 맺힌 설움 누구보고 하소연하랴?"

종놈들 거동 보니, 남문 밖 사정(射亭)[34]으로 걸음을 재촉하여 서방님을 찾아간다.

34) 활터

"가사이다, 가사이다. 서방님 어서 바삐 가사이다! 일이 났소, 변이 났소. 우리 댁 좌수님이 두 분이 되어 있소."

서방님이 이 말 듣고, 화살 전통 걸어 멘 채 천방지축 집에 와서 사랑으로 들어가니, 허옹가가 태연자약(泰然自若) 나앉으며 탄식하되,

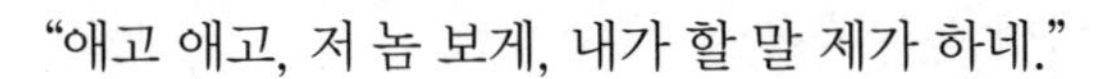

"애고 애고, 저 놈 보게, 내가 할 말 제가 하네."

아들놈의 거동 보니, 맥맥상관 살펴보니 이도 같고 저도 같아 알 길이 전혀 없어 어리둥절 서 있것다. 허옹가가 나앉으며 실옹가의 아들 불러 재촉하여 이르기를,

"너의 모친께 알아보게 좀 나오라 하여라! 이렇듯이 가변(家變)중에 내외(內外)할 것 전혀 없다!"

하니, 실옹가 아들놈이 안으로 들어가서,

"어머님 어머님, 사랑방에 괴변 나서 아버님이 둘이오니, 어서 나가 자세히 살펴보소서."

내외도 불구하고 마나님이 사랑에 썩 나서니, 허옹가가 실옹가의 아내보고 앞질러 하는 말이,

"여보 임자! 내 말을 자세히 들어 봐요. 우리 둘이 첫날밤 신방으로 들었을 때, 내가 먼저 동품[35]하자 하였더니 언짢은 기색으로 임자가 돌아앉

35) 동침

기로, 내 다시 타이르며 좋은 말로 임자를 호릴 적에 '이같이 좋은 밤은 백년에 한번 있을 뿐인지라 어찌 서로 허송하랴?' 하니 그제야 임자가 순응하여 서로 동품하였으니, 그런 일을 더듬어서 진위를 분별하소."

실옹가의 아내가 굽이굽이 생각하니, 과연 그 말이 맞은지라, 허옹가를 지아비라 일컬으니, 실옹가는 복장을 쾅쾅 치나 눈에서 불이 날 뿐 어찌할 수 없으렷다.

실옹가 아내 측은하여 하는 말이,

"두 분이 똑같으니, 소첩인들 어이 아오? 애통하오, 애통하오!"

안으로 들어가도 마음이 아니 놓여 팔자 한탄 소란하다.

"애고 애고 내 팔자야! 여필종부(女必從夫) 옛말대로 한 낭군 모셨거늘, 이제 와 이도 같고 저도 같은 두 낭군이 웬 변인고? 전생에 무슨 죄가 있어 이년의 드센 팔자 이렇듯 애통할꼬? 애고 애고 내 팔자야!"

이때 구불촌 김별감이 문 밖에 찾아와서,

"옹좌수 게 있는가?"

하니, 허옹가가 썩 나서며,

"그게 뉘신가? 허허 이거 김별감 아닌가. 달포를 못 보았는데, 그 새 댁내 무고한가? 나는 요새 집안에 변괴 있어 편치도 못하다네. 어디서 온 누구인지 말투와 몸놀림에 형용도 흡사하여, 나와 같은 자 들어와서 옹좌수라 일컬으며, 나의 재물 빼앗고자 몹쓸 비계(秘計)[36] 부리면서 난

36) 남모르게 꾸며 낸 꾀

체하고 가산을 분별하니 이런 변이 어디 또 있겠는가? '그의 아내는 알지 못하되 그의 벗은 알지로다' 하였으니, 자네 나를 모를까보냐? 나와 자네는 지기(志氣) 상통(相通)하는 터이니, 우리 뜻을 명명백백(明明白白)분별하여 저 놈을 쫓아 주게."

실옹가는 이 말 듣고 가슴을 꽝꽝 치며 호령하기를,

"애고 애고 저놈 보게! 제가 난 체 천연히 들어앉아 좋은 말로 저렇듯 늘어놓네! 이 놈 죽일 놈아, 네가 옹가냐 내가 옹가지!"

이렇듯이 두 옹가 아옹다옹 다툴 적에, 김별감은 이리 보고 저리 보고 어이없어 하는 말이,

"양 옹이 옹옹하니 이 옹이 저 옹 같고 저 옹이 이 옹 같아 양 옹이 흡사하니 분별치 못하겠네! 사실이 이럴진대 관가에 바삐 가서 송사(訟事)나 하여 보게."

양 옹이 이 말을 옳게 여겨, 서로 잡고 관정에 달려가서 송사를 아뢰었다. 사또가 나앉으며 양 옹을 살피건대, 얼굴도 흡사하고 의복도 같은 고로 형방에게 분부하되,

"저 두 놈 옷을 벗겨 가려 보라."

하니, 형방이 썩 나서며 양 옹을 발가벗기었다.

차돌 같은 대갈통이 같거니와, 가슴, 팔뚝, 다리, 발이 모두 같고 불알마저 흡사하니, 그 진위를 뉘라서 가리리요.

실옹가가 먼저 아뢰기를,

"민이 조상 대대로 옹당촌에 사옵는데, 천만의외로 생면부지 모를

자가 민과 행색 같이하고 태연히 들어와서, 민의 집을 제 집이라, 민의 가솔을 제 가솔이라 이르오니 세상에 이런 변괴 어디 또 있나이까? 명명하신 성주께서 저 놈을 엄문하와 변백(辨白)하여 주옵소서."

허옹가도 또한 아뢰기를,

"민이 사뢰고자 하던 것을 저 놈이 다 아뢰매 민은 다시 사뢸 말씀 없사오니, 명철하신 성주께서 샅샅이 살피시어 허실을 밝혀 가려 주옵소서. 이제는 죽사와도 여한이 없겠나이다."

사또가 엄히 꾸짖어 양 옹을 함구케 한 연후에 육방의 아전과 내빈 행객 불러내어 두 옹가를 살펴보게 하였으나, 실옹이 허옹 같고 허옹이 실옹 같아 전혀 알 수 없는지라, 형방이 아뢰기를,

"두 백성의 호적을 상고(相考)[37]하여 보사이다."

사또는,

"허허 그 말이 옳도다." 하고 호적색(戶籍色)[38]을 불러 놓고, 양 옹의 호적을 강(講)받을 때, 실옹가가 나앉으며 아뢰기를,

"민의 아비 이름은 옹송이옵고 조는 만송이옵나이다."

사또가 이 말 듣고 하는 말이,

"허허 그 놈의 호적은 옹송만송하여 전혀 알 수 없으니, 다음 백성 아뢰라."

이 때 허옹가 나앉으며 아뢰기를,

37) 서로 견주어 자세히 생각하여 살피는 것

38) 고을의 호적에 관한 일을 맡아 보는 사람. 분장(分掌)

"자하골 김동네 좌정하였을 적에, 민의 아비 좌수로 거행하며 백성을 애휼하온 공으로 말미암아 온갖 부역을 삭감하였기로 관내에 유명하오니, 옹돌면 제일호 유생 옹고집이요, 고집의 나이 삼십칠 세요, 부학생은 옹송이온데 절충장군(折衝將軍)[39]이옵고, 조는 상이오나 오위장(五衛將)[40] 지내옵고, 고조는 맹송이요, 본은 해주이오며, 처는 진주 최씨요, 아들놈은 골이온데 나이는 십구 세 무인생(戊寅生)이요, 하인으로 천비 소생 돌쇠가 있소이다. 또 민의 세간을 아뢰면 논밭 곡식 합하여 이천 백석이요, 마구간에 기마가 여섯 필이요, 암수돼지 합하여 스물두 마리요, 암탉 장닭 합 육십 수요, 기물 등속으로 안성 방자유기 열 벌이요, 앞닫이 반닫이에, 이층장, 화류문갑, 용장, 봉장, 가께수리,[41] 산수병풍, 연병풍 다 있사옵고, 모란 그린 병풍 한 벌은 민의 자식 신혼시에 매화 그린 폭이 없어져 고치고자 다락에 따로 얹어 두었사오니 그것으로도 아옵시고, 책자로 말하오면 천자(千字) · 당음(唐音) · 당률(唐律) · 사략(史略) · 통감(通鑑) · 소학(小學) · 대학(大學) · 논어(論語) · 맹자(孟子) · 시전(詩傳) · 서전(書傳) · 주역(周易) · 춘추(春秋) · 예기(禮記) · 주벽(周壁) · 총목(總目)까지 쌓아 두었소이다. 또 은가락지가 이십 걸이, 금반지는 한 죽 이요, 비단으로 말하오면 청 · 홍 · 자색 합쳐서 열세 필이요, 모시가 서른 통이요, 명주가 마흔 통인데, 그

39) 정3품의 무관
40) 종2품의 무관
41) 궤의 일종

중 한 필은 민의 큰 딸아이가 첫 몸을 보았기로 개짐을 명주통에 끼웠더니, 피가 조금 묻었으매, 이것을 보아도 명명백백 알 것이오. 진신 · 마른신이 석 죽이요, 쌍코줄변자[42]가 여섯 컬레 중에 한 컬레는 이달 초사흘 밤에 쥐가 코를 갉아먹어 신지 못하옵고 안 벽장에 넣었으니, 이것도 염문(廉問)하와[43] 하나라도 틀리면 곤장 맞고 죽사와도 할 말이 없사오나, 저 놈이 민의 세간 이렇듯이 넉넉함을 얻어 듣고, 욕심내어 송정 요란케 하오니, 저렇듯 무도한 놈을 처치하사 타인을 경계하옵소서."

관가에서 듣기를 다 하더니 이르기를,

"그 백성이 참 옹좌수라."

하고 당상으로 올려 앉히며 기생을 불러들이더니,

"이 양반께 술 권하라."

하였다. 일색 기생이 술을 들고 권주가를 부르는데,

"잡으시오, 잡으시오, 이 술 한잔 잡으시오. 이 술 한잔 잡으시면 천년만년 사시리라. 이는 술이 아니오라 한무제(漢武帝)가 승로반(承露盤)[44]에 이슬 받은 것이오니 쓰나 다나 잡수시오."

흥이 나는 옹좌수가 술잔을 받아 들고 화답하여 하는 말이,

"하마터면 아까운 가장집물 저 놈한테 빼앗기고, 이러한 일등 미색

42) 남자용 마른신의 노리에 상식으로 두른 가는 천이나 그렇게 꾸민 신
43) 사정, 형편 따위를 남모르게 물어 보는 것
44) 중국의 한무제가 이슬을 받으려고 동으로 만든 쟁반

의 이렇듯 맛난 술을 못 먹을 뻔하였구나! 그러나 성주께서 흑백을 가려 주시니, 그 은혜는 백골난망이옵니다. 겨를을 내시어서 한 차례 민의 집에 나오시오. 막걸리로 한 잔 술대접하오리다."

"그는 염려 말게. 처치하여 줌세."

뜰아래 꿇어앉은 실옹가를 불러 분부하되,

"네놈은 흉측한 인간으로서, 음흉한 뜻을 두고 남의 세간 탈취코자 하였으니, 죄상인즉 마땅히 의율정배(依律定配)[45]할 것이로되, 가벼이 처벌하니 바삐 끌어내어 물리쳐라."

대곤 삼십 도를 매우 치고, 죄목을 엄히 문초하되,

"네 이 놈! 차후에도 옹가라 하겠느냐?"

실옹가는 곰곰이 생각건대, 만일 다시 옹가라 우길진대 필시 곤장 밑에 죽겠기에,

"예, 옹가가 아니오니, 처분대로 하옵소서."

아전이 호령하기를,

"장채 안동하여[46] 저 놈을 월경시키라."

하니, 군노사령 벌떼같이 일시에 달려들어 옹가놈의 상투를 움켜잡고 휘휘 둘러 내쫓으니, 실옹가는 할 수 없이 걸인 신세가 되고 말았다.

---

45) 법에 의해 배소(配所)를 정하여 귀양을 보냄

46) 사람을 따르게 하거나 물건을 지니고 가는 일

고향 산천 멀리하고 남북으로 빌어먹을 새, 가슴을 탕탕 치며 대성통곡(大聲痛哭)하며 하는 말이,

"답답하다 내 신세야! 이 일이 꿈이냐 생시냐? 어찌하면 좋단 말이냐? 이른바 낙미지액(落眉之厄)[47]이로다."

무지하던 고집이놈 어느덧 허물을 뉘우치고 애통하여 하는 말이,

"나는 죽어 싼 놈이로되, 당상학발(堂上鶴髮)[48] 우리 모친 다시 봉양하고 싶고, 어여쁜 우리 아내 월하의 인연 맺어 일월로 다짐하고 천지로 맹세하여 백년종사(百年從事)하렸더니, 독수공방 적막한데, 임도 없이 홀로 누워 전전반측(輾轉反側)[49] 잠 못 들어 수심으로 지내는가? 슬하에 어린 새끼 금옥같이 사랑하여 어를 적에 '섬마둥둥 내 사랑아! 후두둑 후두둑, 엄마 아빠 눈에 암암' 나 죽겠네, 나 죽겠어! 이 일이 생시는 아니로다. 아마도 꿈이니, 꿈이거든 어서 바삐 깨어나라!"

이럴 즈음 허옹가의 거동 보세. 송사에 이기고서 돌아올 때 의기양양하는 거동, 그야말로 제법이다. 얼씨구나 좋을시고! 손춤을 휘저으며 노랫가락 좋을시고! 이리저리 다니면서 조롱하여 하는 말이,

"허허 흉악한 놈 다 보겠다! 하마터면 고운 우리 마누라를 빼앗길 뻔하였구나."

하고 집으로 들어서며 회색이 만면하니, 온 집안 식솔들이 송사에

47) 뜻밖의 액운
48) 대청 위의 머리가 하얗게 센
49) 누워서 몸을 이리저리 뒤척이며 잠을 이루지 못하다

이겼다는 말을 듣고 반가이 영접할 새, 실옹가의 마누라가 왈칵 뛰어 내달으며 허옹가의 손을 잡고 다시금 묻는 말이,

"그래 참말 송사에 이겼소이까?"

"허허 그리하였다네. 그사이 편안히 있었는가? 세간은 고사하고 자칫하면 자네마저 놓칠 뻔하였다네! 원님이 명찰하여 주시기로, 자네 얼굴 다시 보니 이런 경사 또 있는가? 불행 중 행이로세!"

그럭저럭 날 저물매, 허옹가는 실옹가의 아내와 더불어, 긴긴 밤을 수작타가 원앙금침 펼쳐놓고 한자리에 누웠으니, 양인 심사 깊은 정을 새삼 일러 무엇하랴!

이같이 즐기다가 잠시 잠이 들어 실옹가의 아내가 한 꿈을 얻으매 하늘에서 허수아비가 무수히 떨어져 보이기에 문득 깨달으니 남가일몽(南柯一夢)이라. 허옹가한테 몽사(夢事)를 말하니, 허옹가 고개를 끄덕이며,

"그 일이 분명하면 아마도 태기가 있을 듯하나, 꿈과 같을진대 허수아비를 낳을 듯하네. 그러하나 장차 내 두고 보리라."

이러구러 십 삭이 차매 실옹가의 아내 몸이 고단하여 자리에 누워 몸을 풀 새 진양 성중 가가조[50]에 개구리 해산하듯, 돼지가 새끼 낳듯 무수히 퍼 낳는데 하나 둘 셋 넷 부지기수로다. 이렇듯이 해산하니 보던 바 처음이며 듣던 바 처음이다. 실옹가의 마누라는 자식 많아 좋아

50) 진양성 안에 집이 빽빽하게 들어서 있다는 뜻

라고 괴로움도 다 잊으며 주렁주렁 길러 내었다.

이렇듯이 즐거이 지낼 무렵, 실옹가는 할 수 없이 세간 처자 모조리 빼앗기고 팔자에 없는 곤장 맞고 쫓겨나니 세상에 살아본들 무엇하랴?

'애고 애고 내 팔자야. 죽장마혜(竹杖麻鞋)[51] 단표자(單瓢子)[52]로 만첩청산(萬疊青山) 들어가니 산은 높아 천봉이요, 골은 깊어 만학이라. 인적은 고요하고 수목은 빽빽한데 때는 마침 봄철이라. 출림비조(出林飛鳥) 산새들은 쌍거쌍래 날아들 새, 슬피 우는 두견새는 이내 설움 자아내어 꽃떨기에 눈물 뿌려 점점이 맺어두고, 불여귀로 삼으니 슬프다, 이런 공산 속에서는 아무리 철석같은 간장이라도 아니 울지는 못하리라.'

자살을 결심하고 슬피 울 새 한 곳을 쳐다보니 층암절벽 벼랑 위에 백발도사 높이 앉아 청려장(青藜杖)[53]을 옆에 끼고 반송(盤松) 가지를 휘어잡고 노래 불러 하는 말이,

"뉘우쳐도 미치지 못하느니라. 하늘이 주신 벌이거늘, 누구를 원망하며 누구를 탓하고자 하는가?"

실옹가는 이 말을 다 들으매 어찌할 줄 모르는 듯, 도사 앞에 급히 나아가 합장배례하며 애원하되,

"이 몸의 죄 돌이켜 생각하면 천만 번 죽사와도 아깝지 아니하오나, 밝으신 도덕 하에 제발 덕분 살려 주사이다. 당상의 늙은 모친, 규중의

51) 대지팡이와 미투리
52) 도시락과 표주박
53) 명아줏대로 만든 지팡이

어린 처자, 다시 보게 하옵소서. 이 소원 풀고 나면 지하로 돌아가도 여한이 없을 줄로 아나이다. 제발 덕분 살려 주옵소서."

온갖 정성 다 기울여 애걸하니, 도사가 소리 높여 꾸짖기를,

"천지간에 몹쓸 놈아! 이제도 팔십 당년 병든 모친 구박하여 냉돌방에 두려는가? 불도를 업신여겨 못된 짓 하려는가? 너 같은 몹쓸 놈은 응당 죽여 마땅하되, 정상이 가긍하고 너의 처자 불쌍하기로 풀어 주겠으니 돌아가 개과천선(改過遷善)하여라."

도사는 부적 한 장을 써 주면서 일러두길,

"이 부적 간직하고 네 집에 돌아가면 괴이한 일이 있으리라."

하고 슬며시 사라지니, 도사는 간데온데없었다.

즐거운 마음으로 고향에 돌아와서 제 집 문전 다다르니, 고루거각(高樓巨閣) 높은 집에 청풍명월(淸風明月) 맑은 경개는 이미 눈에 익은 풍취로다. 담장 안의 홍련화는 주인을 반기는 듯, 영산홍아 잘 있었느냐? 자산홍아 무사하냐? 옛일을 생각하매 오늘이 옳으며 어제는 잘못임을 깨닫고 옛집을 다시 찾아오니 죽을 마음 전혀 없다.

"가소롭다, 허옹가야! 이제도 네가 옹가라고 장담을 할 것이냐?"

늙은 하인 내달으며,

"애고 애고 좌수님, 저 놈이 또 왔소이다. 천살 맞았는지 또 와서 지랄하니 이 일을 어찌하오리까?"

이럴 즈음에, 방에 있던 옹가는 간데없고, 난데없는 짚 한 뭇이 놓여 있을 따름이요, 허옹가와 수다한 자식들도 홀연히 허수아비 되므로, 온

집안이 그제야 깨달은 듯 박장대소(拍掌大笑)하였다.

좌수가 부인에게 하는 말이,

"마누라, 그 사이 허수아비 자식을 저렇듯이 무수히 낳았으니, 그 놈과 한가지로 얼마나 좋아하였을꼬? 한상에서 밥도 먹었는가?"

얼이 빠진 부인은 아무 말 못 하고서, 방안을 돌아가며 허옹가의 자식들 살펴보니, 이를 보아도 허수하비요, 저를 보아도 허수하비라, 아무리 다시 보아도 허수아비 무더기가 분명하였다. 부인은 실옹가를 맞이하여 반갑기 그지없되 일변 지난 일을 생각하고 매우 부끄러워하였다.

도승의 술법에 탄복하여, 옹좌수 그로부터 모친께 효성하며 불도를 공경하여 잘못을 뉘우치고 착한 일 많이 하니, 모두들 그 어짊을 칭송하여 마지아니하였다.

작품의 이해

작가소개

작자 미상

줄거리

황해도 옹진골 옹당촌에 옹고집이라는 사람이 살았는데 그는 욕심이 많고 고집이 무척 센데다 성질까지 고약하여 팔십 노모가 아파도 약 한 첩 쓰지 않았다. 또한 옹고집은 불교를 능멸하여 중이 와서 구걸을 하면 매를 때려 내쫓기 일쑤였다. 이에 취암사의 도사가 학 대사를 시켜 옹고집을 찾게 하지만 옹고집은 학 대사를 곤장을 쳐 내쫓는다. 이를 알게 된 취암사의 도사는 옹고집을 혼내주기 위해 볏짚으로 가짜 옹고집을 만들어 진짜 옹고집의 집으로 보내 둘이 서로 진짜라고 다투게 한다. 옹고집의 아내와 자식까지 나섰으나 누가 진짜 옹고집인지를 구별하지 못하자 마침내 관가에 고소를 하게 된다. 못되기로 소문난 진짜 옹고집은 관가의 판결에 따라 고을에서 쫓겨나 거지가 되고 갖은 고생을 하게 된다. 그제야 자신의 잘못을 뉘우친 옹고집은 산 속에 들어가 죽으려 하는데 학 대사가 나타나 말리며 부적을 주면서 집으로 돌아가게 한다. 옹고집이 집으로 돌아와 그 부적을 던지니, 그동안 집을 차지하고 있던 가짜 옹고집이 볏짚으로 변해 버렸다. 옹고집은 비로소 그동안 자신이 도술에 속은 것을 알고 자신의 잘못을 뉘우치고 완전히 새사람이 되어 노모에게 효도하고 불교 또한 열심히 믿게 되었다.

작품해설

〈옹고집전〉은 조선시대 작자, 연대 미상의 판소리계 소설로 창극 각본으로 제작된 것을 소설화한 작품이다. 권선징악을 주제로 하고 불교 설화를 소재로 하여 욕심 많고 인색한 주인공 옹고집을 해학과 풍자로 징계하는 풍자소설이다. 주인공 옹고집은 금전적 이해관계를 추구하는 과정에서 새롭게 나타난 인간형으로 볼 수 있는데 이는 조선 후기에 화폐경제가 발달하면서 오직 부를 추구하고 윤리나 인정에 메말라가는 부류들에 대한 일반 서민들의 반감이 작품을 통해 그대로 반영된 것이라 할 수 있다.

구조적 분석

갈래 : 풍자소설, 판소리계 소설

성격 : 해학적, 풍자적

주제 : 고난을 겪은 후 악한 옹고집이 참회하고 새사람이 된다는 내용 (권선징악)

근원설화 : 장자못 이야기, 쥐를 기른 이야기

양반전

兩班傳

양반전 兩班傳

박지원

강원도 정선(旌善) 고을에 한 양반이 살고 있었다. 그는 성품이 무척 어질고 글읽기를 매양 좋아했다. 이 고을에 새로 부임해오는 군수(郡守)는 으레 이 양반을 먼저 찾아보고 그에게 두터운 경의를 표하는 것이 통례로 되어 있었다. 그러나 워낙 집이 가난해서 환자(還子)[1]를 꾸어 먹은 것이 여러 해 동안에 천 석이나 되었다. 어느 때 관찰사가 그 고을을 순행하게 되었다. 관곡을 조사해보고 난 관찰사는 몹시 노했다.

"어떤 놈의 양반이 군량에 쓸 곡식을 축냈단 말이냐."

1) 각 고을의 사창에서 백성에게 곡식을 꾸어 주던 제도. 환곡(還穀).

이렇게 호통을 치고 나서 그 양반이란 자를 잡아 가두라고 했다. 명령을 받은 군수는 속으로 그 양반을 무척 불쌍히 여겼다. 하지만 갚을 방도가 없으니 어찌하랴. 차마 잡아다가 가둘 수는 없고 상사의 명령에 복종하지 않을 수도 없어, 일은 매우 딱하게 되었다.

이 지경에 이른 양반은 밤낮으로 울기만 할 뿐, 아무런 대책도 세울 수 없었다. 그 아내가 남편에게 푸념을 했다.

"당신이 평생 앉아서 글만 읽더니 이제 관곡을 갚을 방도도 없게 되었구려. 에이! 더럽소. 양반 양반 하더니 그 양반이란 것이 한푼 값어치도 못 되는 것이로구려."

그 마을에는 부자 한 사람이 살고 있었다. 양반이 봉변을 당하게 된 내력을 듣고 집안끼리 의논이 벌어졌다.

"양반이란 아무리 가난해도 항상 존귀하고 영화스러운 것. 나는 아무리 돈이 많아도 항상 비천을 면치 못한단 말이야. 말을 한 번 타보지도 못하고, 양반만 만나면 쩔쩔매고 코를 끌고 무릎으로 기어야 하니 참으로 더러운 일이란 말이야. 그런데 지금 양반이 관곡을 못 갚아서 군색을 당하게 되었다니, 이제는 그 양반을 지탱할 수가 없을 거야. 그러니 내가 그 양반을 사서 행세하는 게 어떻겠는가."

의논을 매듭지은 부자는 즉시 양반을 찾아가서, 자기가 관곡을 갚겠노라고 자청했다. 양반은 몹시 기뻐했다. 약속대로 부자가 관청에 나가 그 관곡을 모두 갚아주었다. 군수는 영문을 모르고 깜짝 놀라서 양반을 찾아 까닭을 물었다. 양반은 벙거지[2]를 쓰고 잠방이[3] 바람으로 땅에 엎드려 쩔쩔매면서 '소인', '소인' 하며 자기를 낮추고 감히 군수를 쳐다보지도 못했다. 군수는 더욱 놀라서 양반을 붙들어 일으키면서 말했다.

"이게 어찌 된 일이오. 대관절 왜 이러는 거요?"

그러나 양반은 더욱 황송해하면서 머리를 조아리고 엎드린 채 말했다.

"황송하옵니다. 소인이 양반을 팔아서 관곡을 갚은 것이옵니다. 하오니 이제부터는 저 건너 부자가 양반입니다. 소인이 어찌 다시 옛 모양으로 거만하게 굴 수가 있겠습니까?"

듣고 나서 군수는 감탄하였다.

"참 군자고 양반이오 그려, 그 부자란 사람은! 부자가 되었으면서도 인색하지 않으니 이것은 의리가 있는 것이요, 남의 어려운 일을 자기 일처럼 급하게 여겼으니 이것은 어진 것이요, 낮은 것을 미워하고 높은 것을 사모하니 이는 지혜가 있는 것입니다그려. 이 사람이야말로 참으로 양반이로군요. 그렇지만 양반을 사사로이 두 사람이서만 매매(賣買)하고 아무런 증서도 만들지 않고 보면 후일에 반드시 소송(訴訟)이 일기 쉽소. 그러니 내가 고을 사람을 모아놓고 증인을 서주고 증서(證書)도 만들어야만 모든 사람들이 신용할 게요. 그리고 군수인 내가 서명을 해주겠소."

이렇게 되어 군수는 마침내 고을 안에 사는 모든 양반들을 불렀다.

---

2) 주로 병졸이나 하인이 쓰던 모자. 털로 검고 두껍게 갓처럼 만들었다.

3) 가랑이가 무릎까지 내려오게 만든, 짧은 남자용 홑바지

그 밖의 농사꾼, 공장(工匠)[4], 장사치까지 모두 모이라 했다.

부자는 오른편 높직한 자리에 앉히고, 양반은 뜰 밑에 세워놓았다. 그러고는 증서를 만들어 읽었다.

"건륭(乾隆)[5] 십 년 구월에 이 증서를 만든다. 양반을 팔아서 관곡을 갚았으니 그 값이 곡식으로 천 석이나 된다. 원래 양반에는 여러 가지가 있다. 글만 읽는 것은 선비요, 정치에 종사하면 대부(大夫)[6]라 하고, 덕이 있는 자는 군자(君子)라고 한다. 무반(武班)은 서쪽에 서고 문반(文班)은 동쪽에 선다. 그래서 이것을 양반이라고 한다. 이 중에서 너는 맘대로 고르면 된다. 절대로 비루한[7] 일은 하지 말아야 하고, 옛사람들 본받아 그 뜻을 숭상해야 할 것이다. 새벽 오경(五更)[8]이면 일어나 촛불을 돋우고 앉아서 눈으로는 코끝을 내려다보고 무릎을 꿇어 발꿈치는 궁둥이를 받친다. 《동래박의(東萊博義)》[9]를 마치 얼음 위에 박을 굴리듯이 술술 외워야 한다. 배가 고픈 것을 참고 추운 것도 견디어 내며 입으로 가난하단 말을 하지 않는다. 이를 마주 부딪치면서 뒤통수를 주먹으로 두드리고 작은 기침에 입맛을 다신다. 소맷자락으로 관을 쓸어서 쓰는데, 먼지 터는 소맷자락이 마치 물결이 이는 듯해야 한다. 손을 씻을 때 주먹을 쥐고 문지르지 말며 양치질을 해서 냄새가 나지 않게

4) 공방에서 연장을 가지고 물품 만드는 일을 전문으로 하는 사람을 일컫는다.
5) 1745년(영조 21). 건륭은 청나라 고종의 연호
6) 벼슬의 품계에 붙이는 칭호
7) 행동이나 성질 따위가 품위가 없고 천하다
8) 새벽 4시 전후
9) 송나라 여조겸(呂祖謙)이 지은 책으로 춘추좌씨전(春秋左氏傳)에 대한 사평(史評)이다.

한다. 긴 목소리로 종을 부르고 느린 걸음걸음이로 신을 끈다. 《고문진보(古文眞寶)》[10]나 《당시품휘(唐時品彙)》를 베끼는데, 깨알처럼 글씨를 잘게 한 줄에 백 자씩 쓴다. 손으로 돈을 만지지 않고 쌀값을 묻는 법이 없다. 아무리 더워도 버선을 벗지 않고, 밥을 먹을 때 맨상투 바람으로 먹지 않는다. 밥먹을 때에는 먼저 국부터 마시지 말고 넘어가는 소리를 내지 않는다. 젓가락을 방아찧듯이 자주 놀리지 않고 날파를 먹지 않는다. 술을 마실 때 수염을 빨지 않고, 담배를 피울 때 볼이 불러지도록 연기를 들이마시지 않는다. 아무리 화가 나도 아내를 때리지 않고, 노여운 일이 있다고 해도 그릇을 던지지 않는다. 주먹으로 아이들을 때리지 않고, 종놈을 '죽일 놈'이라고 꾸짖지 않는다. 소나 말을 나무랄 때에 그 주인은 욕하지 않는다. 화로에 손을 쬐지 않고, 말할 때 침이 튀지 않게 한다. 소를 잡아먹지 않고, 돈 놓고 노름을 하지 않는다. 이러한 백 가지 행동이 만일 양반과 틀릴 때에는 이 문서를 가지고 관청에 가서 고치게 할 것이다."

이렇게 쓰고 성주(城主) 정선군수가 수결(手決)[11]을 하고, 좌수와 별감도 모두 서명을 했다. 이것이 끝나자 통인(通引)[12]이 도장을 내다가 여기저기 찍었다. 그 소리는 마치 큰북을 치는 소리와 같았고 찍어놓은 모양은 별들이 벌여 있는 것 같았다.

10) 전국시대 말기부터 송나라에 이르기까지의 시문을 모은 책. 황견(黃堅)이 엮였다.
11) 자기 이름이나 직함 아래에 도장 대신 쓰던 일정한 자형(字形)
12) 조선시대, 지방의 관장 밑에서 잔심부름을 하던 사람

이것을 호장(戶長)[13]이 다 읽고 나자 부자는 좋지 않은 안색으로 한참 생각하다가 말했다.

"양반이란 겨우 이것뿐입니까? 내가 듣기에 양반은 신선과 같다던데 겨우 이것뿐이라면 별로 신통한 맛이 없군요. 더 좀 좋은 일이 있도록 고쳐주십시오."

이에 군수는 문서를 고쳐 다시 썼다.

"하늘이 이 백성을 낼 때, 네 종류의 백성을 만들었다. 이 네 가지 백성 중에 가장 귀한 것이 선비요, 이것을 양반이라 하는데 이보다 더 좋은 것은 없다. 농사도 짓지 않고 장사도 하지 않아도 된다. 글만 조금 하면 크게는 문과로 나가게 되고 작아도 진사(進士)는 된다. 문과의 홍패(紅牌)[14]라는 것은 크기가 두 자도 못 되지만, 여기에는 백 가지 물건이 갖추어져 있다. 이것을 돈자루라고 부른다. 진사는 나이 삼십에 초사(初仕)[15]를 해도 이름이 나고 딴 모든 벼슬도 할 수가 있다. 귓머리는 일산(日傘)[16] 바람에 희어지고, 배는 종놈들의 '예!' 하는 소리에 불러진다. 방에는 기생이나 앉혀두고, 뜰에 서 있는 나무에는 학을 친다. 궁한 선비가 되어 시골에 살아도 자기 맘대로 할 수가 있으니, 이웃집 소를 가져다가 자기 밭 먼저 갈고, 마을 사람을 불러다가 내 밭 먼저 김매게 한다. 이렇게 해도 어느 누구도 욕하지 못한다. 잡아다가 잿물을 코에

13) 고을 아전의 맨 윗자리, 또는 그 사람
14) 문과에 급제한 사람에게 성적과 등급 따위를 붉은 종이에 적어 주던 증서
15) 첫 벼슬
16) 햇볕을 가리기 위한 양산

들이붓고 상투를 잡아매어 벌을 준대도 아무도 원망하지 못한다."

부자는 그 증서를 받자 혀를 내밀어 보이면서 말한다.

"제발 그만두시오, 맹랑합니다그려. 나를 도둑놈으로 만들 작정이시오?"

이렇게 말하고 부자는 머리를 손으로 싸고서 달아나 버렸다. 그리고는 죽을 때까지 다시는 양반이란 말을 입 밖에 내지 않았다.

작품의 이해

작가소개

박지원(朴趾源, 1737~1805) : 조선 후기의 실학자이며 소설가. 자는 중미(仲美), 호는 연암(燕巖)이다. 어려서 아버지를 여의고 조부 슬하에서 자라다가 16세에 조부가 죽자 결혼, 처숙(妻叔)인 이군문(李君文)에게 수학, 학문 전반을 연구하다가 30세부터 실학자 홍대용(洪大容)과 함께 서양의 신학문에 접하였다.

정조 1년인 1777년에 권신 홍국영(洪國榮)에 의해 벽파(僻派)로 몰려 신변의 위협을 느끼자, 황해도 금천(金川)의 연암협(燕巖峽)으로 거처를 옮긴다. 80년 박명원(朴明源)이 청의 사절단으로 북경에 갈 때 같이 갔다가 이용후생(利用厚生)에 도움이 되는 청나라의 실제적인 생활과 기술을 눈여겨 보고 귀국, 기행문 《열하일기(熱河日記)》를 통하여 청나라의 문화를 소개하고 당시 한국의 정치 · 경제 · 사회 · 문화 등 각 방면에 걸쳐 비판과 개혁을 논하였다.

홍대용·박제가 등과 함께 청나라의 문물을 배워야 한다는 이른바 북학파(北學派)의 영수로 이용후생의 실학을 강조하였으며, 특히 자유기발한 문체를 구사하여 여러 편의 한문소설을 발표, 당시의 양반계층의 타락상을 고발하고 근대사회를 예견하는 새로운 인간상을 창조함으로써 많은 파문과 영향을 끼쳤다.

저서에 《연암집(燕巖集)》《과농소초(課農小抄)》《한민명전의(限民名田義)》 등이 있고, 작품에 〈허생전(許生傳)〉, 〈호질(虎叱)〉, 〈마장전(馬傳)〉, 〈예덕선생전(穢德先生傳)〉, 〈민옹전(閔翁傳〉, 〈양반전(兩班傳)〉 등이 있다.

줄거리

강원도 정선에 한 양반이 살고 있었는데 그는 학식이 높고 글 읽기를 좋아했다. 뿐만 아니라 성품이 어질고 사람들을 불러모아 놀기를 좋아하는 사람이었다. 그러나 그는 너무 가난하여 해마다 관가에서 관곡(官穀)을 꾸어 먹었으니 그 빚이 산더미처럼 쌓여 천 석이나 되었다.

이 고을에 순찰차 들린 관찰사가 관곡을 조사하다가 천 석이나 빈 것을 발견하고는 그 연유를 물어 양반을 당장 투옥하라고 했다. 양반의 처지를 잘 알고 있는 군수로서는 난감하기 그지없었다. 이런 사실을 알게 된 양반은 어찌할 바를 몰라 했고 그의 아내는 남편의 무능을 탓하였다. 이때 이웃에 사는 부자가 그 소문을 듣고 평소 양반의 신분을 동경하던 중이라 이 기회에 양반노릇을 할 요량으로 그를 찾아가서 양반을 팔라고 한다. 양반은 기꺼이 승낙한다.

자초지종을 들은 군수는 모든 고을 사람들을 불러놓고 문권을 만들었다. 먼저, 양반으로서 지켜야 할 행동 하나하나를 열거하자 부자는 양반이 좋은 것인 줄만 알았는데 행동의 구속만 받아서야 되겠느냐며 좋은 일이 있게 해 달라고 한다. 이에 군수는 양반의 특권이나 횡포를 하나하나 나열하기 시작했다. 부자는 그런 양반은 도둑이나 다를 바 없다면서 양반 되기를 거부하고 다시는 양반을 입에 올리지도 않았다고 한다.

작품해설

이 작품은 박지원이 지은 《연암집》의 〈방경각외전〉에 수록되어 있는 작품으로 그의 초기 작품 한문본을 한글로 옮긴 것이다.

〈양반전〉은 실사구시의 실학사상을 바탕으로 하여 당시 양반사회의 형식적이며 위선에 찬 무능력한 양반들과 부패한 관료들의 생활을 풍자와 해학으로 비판하는 한편 부유한 중인계급의 등장으로 경제력에 의한 양반신분 획득의 가능성이 높아지고 관료사회의 부정이 깊어졌으며 몰락하는 양반들의 비참한 모습이 드러나는 등 조선 후기의 사회상이 작가의 의도에 의해 잘 묘사된 작품이라 하겠다.

구조적 분석

갈래 : 한문 소설, 단편 소설, 풍자 소설

성격 : 풍자적

시점 : 전지적 작가 시점

주제 : 무능력하고 위선에 찬 양반들에 대한 비판과 풍자

출전 : 《연암집(燕巖集)》 제8권 〈방경각외전〉

박씨전
朴氏傳

박씨전 朴氏傳

작자미상

인조대왕 때 금강산에 박현옥이라는 선비가 있으니 별호를 유점대사라 하는데 도학에 능했다. 그는 유점사 근처에 비취정을 짓고 세월을 보내고 있었는데, 세상 사람들은 그를 비취 선생, 혹은 유점처사라 불렀다. 그는 딸 형제를 두었는데, 큰딸은 나이 열일곱이나 용모가 박색이므로 출가하지 못하고 동생이 먼저 출가하였다. 그러나 그녀는 천성이 현숙하고 학문 또한 깊어 세상 만사에 모르는 것이 없었다.

이때 이득춘이라는 사람이 있어 벼슬이 이조참판 홍문관 부제학에 이르렀는데 그는 부인 강씨와의 사이에 남매를 두었으니 아들의 이름은 시백이요, 딸의 이름은 시화였다.

이럭저럭 박처사와 상약한 일이 다가왔으므로 시백을 데리고 금강산에 이르러 박처사 집을 찾아 아들의 혼례를 올리고, 박처사와 함께 술잔을 나누며 즐거워하는데 신랑 시백이 신방에서 뛰어나왔다.

"아니 너는 왜 신방에서 뛰어나왔느냐? 그런 경거망동으로 나를 욕되게 하려느냐?"

"소자가 들어갔을 때는 신부가 없더니, 나중에 들어왔는데 마치 무서운 천신의 끔찍한 괴물 같은 여자라 경악하였습니다. 게다가 몸에서 더러운 냄새까지 진동하여 토할 것만 같아서 급히 나왔습니다."

이판서는 깜작 놀랐으나 아들의 경솔하고 무례함을 책망했다.

"네가 아무리 용렬할지라도 오늘밤이 첫날인데, 신부의 외모가 비록 불미한 데가 있더라도 어찌 이처럼 경망한 행동을 하느냐? 여자의 본도는 현숙한 덕이 제일이요, 용모가 부족한 점은 상관이 없는데, 너는 어찌 색을 취하고 덕을 가벼이 하는 악행을 하려느냐?"

시백은 부친의 명이 엄격한지라 다시 신방으로 들어갔다. 그러나 신부를 다시 보기가 싫어서 닭 울기가 무섭게 외당으로 달려나와서 우울하게 날을 보내었다.

하루는 박씨가 시부모께 문안하고 절한 뒤에 엎드려서 이판서에게 아뢰었다.

"내일 아침에 노복을 종로 여각에 보내어, 거기서 매매되는 수십필의 말 중에서 제일 못난 말의 값을 물으면 일곱 냥을 달라고 할 것이니 못 들은 체하고 삼백 냥을 주고 사오라 하십시오."

"아니, 그게 무슨 말이냐?"

"그 곡절은 후일에 알게 되실 것입니다."

이판서는 며느리의 비범한 재주를 믿기에 이를 응낙하였다.

노복이 일곱 냥에 정해 놓고 말 거간꾼과 남은 돈을 나누어 먹기로 하고 말을 끌고 돌아왔다.

박씨가 한참 보다가 말했다.

"저 말을 도로 갖다 주라고 하십시오."

"네 말대로 삼백 냥을 주고 사온 말인데 왜 다시 보내라는 것이냐?"

"이 말은 삼백 냥 가치의 말인데 그 값을 덜 주고 사왔으니 무슨 쓸모가 있겠습니까?"

이판서가 놀라서 노복을 족치니 노복이 빌면서 사죄하고 다시 말 여각으로 가서 삼백 냥을 다 주고 말을 끌고 돌아왔다. 박소저는 이판서에게 말 기르는 법을 아뢰었다.

"이 말은 하루에 깨 한 되와 백미 오홉씩 죽으로 쑤어서 삼 년 동안 먹이되, 이 초당 뜰에 풀어놓고 밤에도 찬이슬을 맞게 하십시오. 그러면 삼 년 후에 긴하게 쓸 일이 있습니다."

박씨의 계획대로 후원에서 삼 년 동안 놓아 먹였다. 하루는 박소저가 이판서에게 여쭈었다.

"내일 명나라 칙사가 남대문으로 들어올 것입니다. 믿을 만한 노자에게 분부하여 우리 말을 끌고 가서 기다렸다가 칙사가 값을 묻거든 삼만 팔천 냥에 팔아 오라 하십시오."

과연 명나라 칙사 장수는 말을 삼만 팔천 냥에 사갔다. 이 말은 천리마였던 것이다.

이 무렵에 나라에서는 과거를 시행하여 인재를 전국에서 뽑게 되니, 이시백이 과거에 응할 준비를 하고 내일이면 대궐 안 과장(科場)[1]으로 들어가게 되었다.

그 날 이시백은 박씨의 시녀 계화가 전해 주는 연적을 받아 가지고 들어가 장원에 급제하니, 그 표연(飄然)[2]한 풍채는 만인 중에 뛰어나며 그 거동은 진세의 선랑이었다.

모든 재상이 이득춘을 향하여 분분히 치하하매 이판서가 여러 손님들을 모시고 술을 내어 즐겼다. 허나 박씨의 외모가 박색이라 손님들 보기 부끄러워 깊이 들어 있음을 서운히 여겼다.

이를 눈치챈 부인이 말했다.

"오늘 아들의 과거 본 경사는 평생에 두 번 보지 못할 경사이거늘 상공의 낯빛이 좋지 아니하심은 필연 추악한 박씨, 이 자리에 없음을 서운히 여기심이니, 어찌 우습지 않으리까?"

---

1) 과거를 보는 곳

2) 홀가분하고 거침이 없다.

이 말에 노한 이판서는 정색하고 말했다.

"부인은 아무리 지식이 없다 한들, 다만 용모만 보고 속에 품은 재주를 생각지 아니하느뇨? 자부의 도학은 그 신통함이 옛날 제갈무후[3]의 부인 황씨를 누를 것이요, 덕행의 뛰어남은 태사[4]에 비할 것이니, 우리 가문에 과분한 며느리어늘, 부인 말이 우습지 않소?"

그러자 부인의 안색이 심히 좋지 않았다.

이때 계화는 이시백의 장원 급제함을 듣고, 박씨에게 이 기쁜 소식을 전하면서도 탄식하며 말했다.

"아씨께서 시댁에 오신 후로 상공의 자취 이 곳에 한 번도 보이지 아니하고, 우리 아씨의 어진 덕이 대부인의 박대하심을 당하십니다. 적막한 후원에 홀로 주야 거처하사, 집안의 크고 작은 일에 참여하지 못하시고 잔치에도 나가시지 못하시며 수심으로 세월을 보내시니, 소비 같은 소견으로도 신세를 위하여 슬픔을 이기지 못하겠습니다."

그러나 박씨는 태연히 웃고 대답했다.

"사람의 팔자는 다 하늘이 정하신 바라, 인력으로 고치지 못하거니와, 자고로 박명한 사람이 한둘이 아니니, 어찌 홀로 나뿐이겠느냐? 분수를 지켜 천명을 기다림이 옳으니, 아녀자 되어 어찌 가부의 정을 생각하리요? 너는 그런 고이한 말일랑 다시 하지 마라. 바깥 사람들이 들으면 나의 행실을 천히 여길 것이다."

---

3) 제갈량. 유비를 도운 촉나라 때의 정치가

4) 주나라 무왕의 부인. 부덕이 높았다.

계화는 박씨의 넓은 마음과 어진 말에 못내 탄복하였다.

박씨가 시집온 지 어언 삼 년의 세월이 흘렀다. 박씨가 하루는 시부모께 문안 올리고 여쭈었다.

"소부, 존문에 온 지 삼 년으로, 본가 소식이 묘연하매 부모의 안부를 알고자 잠깐 다녀오려 하옵니다."

이판서가 듣고 크게 놀라 말했다.

"이곳에서 금강산이 오백여 리요, 길 또한 험하거늘, 네 어찌 가려 하느냐? 장성한 남자도 출입하기 어렵거든 하물며 여자의 몸으로이랴! 그런 망령된 생각은 행여 하지 말라."

"소부도 그러한 줄 아오나 이번에는 꼭 다녀오고자 하오니, 과히 염려하지 마소서."

이판서가 박씨의 남다른 점을 아는지라 허락하였다.

이에 박씨, 부모 슬하에서 몇 해의 회포를 풀며 며칠 동안 머물고 돌아와 시아버지께 여쭈었다.

"소부 올 때에 가친의 말씀이, 이 달 보름에 갈 것이니 너의 시부께 아뢰라 하더이다."

이판서가 사람을 시켜 술과 안주를 갖추고 처사 오기를 기다렸다. 과연 보름에 이르러 달빛 맑고 바람 맑은데, 하늘에서 홀연히 학 우는 소리가 나며 처사가 구름을 타고 내려왔다.

이판서가 황급히 뜰에 내려 처사를 맞이 방에 들이와 예를 미치고 좌정하니, 시백 또한 의관을 갖추고 처사를 향하여 절을 하고 문안을 드리니 시백의 뛰어난 풍채 일대의 영웅 호걸이라 처사는 황홀하고 귀중히 여겨, 시백의 손을 잡고 이판서를 향하여 말했다.

"영랑(令郎)[5]이 거룩한 재주로 높은 벼슬에 올라 장원 급제하여 옥당에 참여하니 이런 경사가 또 없음을 아오나, 이 시골 사람의 천성이 졸렬하여 공께 치하를 드리지 못하였더니, 금년은 여아의 액운이 다 하여 지금 저의 흉한 용모와 누추한 바탕을 벗을 때가 되었으므로, 존문에 나와 사위의 과거한 경사를 치하하고, 아울러 여아를 보고자 왔나이다."

박처사가 침소로 가자 박씨가 부친을 맞아 배례하고 문안을 드렸다. 박처사는 딸의 손을 잡고 마루로 올라 남향으로 박씨를 앉히고 웃으며 말했다.

"금년으로 너의 액운이 다 하였도다."

박처사가 주문을 외며 소매를 들어 박씨의 얼굴을 가리키니, 그 흉하던 얼굴의 허물이 일시에 벗어지고 옥같이 고운 얼굴이 드러나거늘, 처사는 쾌히 웃으며 말했다.

"내 이 허물을 가져가고자 하나, 남의 의혹을 없앨 길이 없으리니 시부께 말씀하여 궤를 얻어다 이를 넣어 시모와 가장에게 보여 의심을 풀게 하라. 오늘 이별하면 이후 칠십 년이 지나야 부녀가 다시 만나리라."

이렇게 이별을 고하고 뜰에 내려 두어 걸음 걷더니, 간 곳이 없었다.

이튿날 계화가 이판서 앞으로 와서 박씨의 신기한 소식을 전했다.

---

5) 남을 높이어 그의 아들을 이르는 말. 영식(令息)

"어제 처사께서 다녀가신 후로 우리 아씨께서 얼굴의 허물을 벗고 절색의 부인이 되었기에 이런 신기한 술법에 놀라서 대감께 아뢰옵니다."

이판서가 기뻐하면서 후원의 초당으로 달려가 보니 그처럼 흉하던 며느리가 절세의 미인으로 변해 있었다.

"제가 전생의 죄가 크므로 얼굴에 흉한 허물을 쓰고 세상에 태어나서 수십 년의 액운을 채웠기로 하늘이 가친께 명하여 본형을 회복하여 주셨으니 의심치 마십시오."

시부모는 반신반의하며 벗은 허물을 본 다음 확신하며 신기하게 여겼다.

이시백과 박소저가 부부 화동한 지 몇 달이 못 되어 몸에 태기가 있더니 마침내 열 달이 되어 박씨가 쌍둥이 아들 형제를 순산하였다. 판서 부부는 너무 기뻐 시녀를 거느리고 산실에 들어가 살펴보니 아이들의 기골이 청수하고 두 눈이 샛별같이 빛나서 영민한 천분을 나타내고 있었다. 판서 부부는 손자의 이름을 희기와 희인이라 짓고 장중보옥(掌中寶玉)[6]처럼 사랑하였다.

이때 왕은 병조 판서 이시백에게 평안감사를 제수하셨다가 또다시 조정으로 불러 상경 벼슬을 내리셨다. 그런데 명나라의 조정이 요란하여 가달 등의 외적이 변경을 침노하니 왕이 심려하시고 이시백으로 상사를

6) '손 안에 든 보배로운 옥'이란 뜻으로 가장 사랑스럽고 소중한 것을 이르는 말이다.

삼으시고 적당한 인물을 군관으로 삼아서 원군발정을 하라고 분부하시었다. 시백은 여러 장수 가운데서 임경업을 정하여 왕께 추천하였다.

이에 호왕(胡王)이 임경업을 사위 삼기를 원하며 은근히 탄식하였다.

"내가 조선을 쳐 항복 받고자 하던 차, 뜻밖에 가달의 침범으로 조선에 임경업의 덕을 봄으로써 조선에 뛰어난 명장이 있음을 보고 그만큼 조선의 위세가 장엄함을 알았으니, 앞으로 조선을 깔보고 범하지 못하겠도다."

옆에서 이런 호왕의 말을 들은 공주가 뜻밖의 말을 했다.

"부왕마마는 염려 마십시오. 제가 조선에 나아가서 이시백과 임경업을 없애 버리고 오겠습니다."

호왕이 크게 기뻐하면서 공주로 하여금 자기의 조선 침략의 숙원이 이루어지기를 은근히 바랐다. 공주는 장담하고 조선을 향하여 길을 떠나 남자의 행색으로 한성에 잠입하였다.

한편 천지가 조용한 깊은 밤에 부부가 상대하게 되자, 박씨가 정색을 하고 말했다.

"내일 해진 후에 강원도 원주 기생 설중매라는 여자가 나으리의 서헌으로 찾아올 것입니다. 그 아름다움을 탐내어 가까이 하시면 큰 화를 당하실 것이니, 그 계집을 잘 구슬러서 이곳 제 침실로 보내시면 제가 잘 처리할 것입니다. 나으리는 첩의 말을 허수히 듣지 마소서."

시백이 웃으며 말했다.

"부인의 말씀이 우습구려. 장부가 어찌 계집의 손에 몸을 바치리요?"

"나으리가 첩의 말을 믿지 아니하거든, 그 계집을 후원으로 보내시고 나으리가 그 뒤를 쫓아, 그 계집이 말하는 것을 살펴보면 사실을 아시리다."

이에 시백이 응낙하였다.

과연 밤이 이슥해지니 한 여자가 문을 살며시 열고 들어와 재배하거늘, 판서가 눈을 들어 여자를 자세히 보니 나이 스무 살쯤 되었는데 그 얼굴이 백옥같이 흰 데다가 절세미인이었다.

"너는 누구인가?"

그 여자가 대답했다.

"소녀는 원주 사는 설중매이온데, 상공의 위풍이 시골에까지 유명하기로 한번 뵙고자 하여 험한 길을 왔사오니, 어여삐 여기심를 바라나이다."

"네 말이 기특하구나. 여기는 손님들의 출입이 잦으니, 후원 부인의 거처로 가서 기다려라. 밤이 깊으면 너를 조용히 불러 밤을 지새리라."

시백은 시녀를 불러 그녀를 후원으로 인도하게 하였다.

박씨는 계화로 하여금 주안상을 차려 오게 한 후 산호배에 부은 술을 설중매에게 권하였다.

"첩은 본디 술을 먹지 못하오나, 부인이 주심을 어찌 사양하리까?"

설중매 그 술을 서너 잔 받아 마시더니 술에 취하매 정신이 몽롱하여 기운을 차리지 못하고 곧 깊은 잠이 들었다.

박씨가 그 여자의 자는 모습을 보니, 얼굴에 살기가 어려 그 흉독한 기운이 진동하였다. 가만히 행장을 뒤지니 삼척 비수가 들어 있었는데 박씨가 집으려 하니 그 칼이 갑자기 변화무쌍하여 박씨에게 달려들거늘, 깜짝 놀라 급히 피하고 주문을 외어 그 칼을 제어하고 설중매가 깨기만을 기다렸다.

설중매가 날이 밝은 후에야 정신을 차리고 일어나 앉으니, 박씨가 말했다.

"너는 바삐 너의 나라로 돌아가라."

"첩은 강원도 원주 사는 계집으로서, 부모를 모두 여의어 의지할 곳이 없사와 기생이 되었거늘, 어찌 본국으로 가라 하시나이까?"

박씨는 언성을 높여 꾸짖었다.

"네 끝까지 나를 업신여기어 이렇듯 속이니 어찌 통분하지 않으리요? 너는 호왕의 공주 기룡대가 아니냐?"

기룡대는 혼비백산하여 사죄했다.

"부인이 밝으사 첩의 행색을 아시니 어찌 조금이나마 속이리까? 첩은 과연 호왕의 공주로, 부왕의 명을 받아 귀댁에 들어왔사오니, 부인의 너그러우신 덕으로 용서하시면 본국에 돌아가 조용히 지낼까 하나이다."

"너의 국왕이 분에 넘치는 뜻을 품고 우리 나라를 침범하고자 하니, 이는 우리 나라의 운수가 불길한 탓도 있겠지만, 이는 너희 스스로 멸망할 어리석은 생각이다. 너희가 아무리 강성할지라도 우리 나라를 결코 침노하지 못할 것이다. 이런 관대한 내 훈계를 바삐 가서 부왕에게 일러라."

기룡대는 머리를 조아리고 사죄 후 하직하고 나왔으나, 길을 찾지 못하고 방황하여 사면으로 돌아다니기를 밤이 새도록 하되, 나갈 길이 없는지라 기룡대는 하늘을 우러러 탄식했다. 순간 홀연히 뇌성벽력이 진동하며 폭풍우가 일더니 기룡대의 몸이 절로 날려 순식간에 호국 궁중에 가서 떨어졌다.

이것을 본 호왕이 경악했다.

"도대체 어찌된 일이냐?"

공주 기룡대가 조선에 가서 겪은 자초지종의 일을 고하자 호왕은 경탄했다.

(중략)

용골대, 용홀대의 두 형제가 왕명을 받들고 군사를 교련하여 조선으로 행군을 개시하였다.

이때 이판서의 부인 박씨가 시백에게 심상치 않은 말을 했다.

"호국의 공주 기룡대가 쫓겨 돌아간 후에 호국의 병세가 점점 강성하여 조선 침범의 야망을 버리지 않고 군사를 내어 임경업을 죽이고 위로 상감의 항복을 받고자 금년 십이월 이십팔일에 동대문을 깨치고 물밀듯이 쳐들어올 것입니다. 부디 그 날을 어기지 마시고 상감을 모시고 광주산성으로 급히 피하소서. 그 뒷일은 제가 알아서 하겠습니다."

이시백이 이 말을 듣고 상감께 고하였으나 영의정 김자점과 좌의정 박운학의 반대에 부딪쳐 상감은 판단을 내리지 못하고 주저하고 있었다. 이때 공중에서 홀연히 선녀가 내려와서 뜰 아래 배알하고 상감에게 온 뜻을 아뢰었다.

"신은 도승지 이시백의 부인 박씨의 시비 계화입니다. 박부인이 저에게 지금 성상이 간신 김자점의 참소를 들으시고 유예미결(猶豫未決)[7] 하시니 네가 가서 아뢰어 곧 산성으로 동가(動駕)[8]하시게 하라 하더이다. 만일 이 밤을 지체하시면 큰 화를 당하실 것이오니, 저의 주인 박씨의 말을 범연히 듣지 마시옵고 곧 옥체를 피난하시옵소서."

그리고는 표연히 몸을 날려 공중으로 사라졌다.

상감은 이시백을 이조 판서 겸 광주 유수로 명하고 그의 호위 아래 산성으로 떠났다.

이때 용골대가 한성에 침입하여 보니 국왕이 이미 피난하고 대궐에 없으므로 아우 용홀대에게 한양을 점령케 하고 스스로 기병 오천을 거느리고 광주산성으로 추격하여 쳐들어왔다.

상감이 이런 혼란으로 어쩔 줄 모르고 망연실색하고 있을 때 공중에서 홀연히 큰 소리가 들려왔다.

"상감께서는 과히 걱정 마시옵고 항서(降書)[9]를 써서 용골대에게 주

7) 시일을 미루거나 늦추어 결정을 못함.
8) 임금이 탄 수레가 대궐 밖으로 나감.
9) 항복의 뜻을 적은 글

소서. 용골대는 세자 대군 삼형제를 볼모로 잡아가고 난리는 일단 끝날 것입니다. 비록 망극한 일이오나 무엇보다도 사직의 위태함을 면하도록 하시옵소서. 신첩은 광주 유수 이시백의 처입니다. 신첩이 한 번 나아가 칼을 들면 용골대의 머리와 호병 삼만을 풀 베듯 할 것이나, 천의를 어기지 못함이니 신첩의 죄를 사하소서."

상감은 신기하게 여기시고 뜰에 내려가서 하늘을 향하여 무수히 칭사하시고 항서를 써서 용골대에게 보냈다. 용골대는 그 항서를 받은 후에 세자 대군과 왕대비전을 데리고 광주를 떠나갔다.

조선왕의 항복을 받아 의기양양해서 한성으로 돌아온 용골대는 용홀대가 박씨의 시비 계화에게 죽었다는 소식을 듣고 박씨를 찾아가서 노기 충천하여 벽력 같은 호통을 치자, 박씨는 계화를 불러서 명했다.

"네가 저 놈을 죽이지는 말고 간담을 서늘케 해서 우리 도술의 솜씨를 보여라."

계화가 맞아 싸운 지 십여 합에 용골대는 계화의 무술 실력에 당하지 못할 것을 알았으나 허세를 부리고 큰소리로 꾸짖으며 삼백 근 철퇴를 둘러메고 계화에게 달려들었다. 이때 계화가 거짓 패하여 달아나자 용골대는 의기양양하게 쫓으며 호통을 쳤다.

"이년, 네가 달아나면 안 잡힐 줄 아느냐?"

계화가 잡았던 칼을 공중에 휘저으며 진언을 외우매, 모래와 돌이 날리고 사방에서 병졸들이 아우성을 치고, 눈과 비가 크게 퍼부어 순식간에 물이 한 길도 넘으니, 용골대 수족을 놀리지 못하고 혼비백산하여 살려달라고 애걸했다.

"네가 그럴 뜻이라면 왕대비 전하를 이리로 모셔 오라."

용골대가 황망히 부하 군졸에게 왕대비 전하를 빨리 모셔 오라 하였다.

박씨가 급히 뜰에 내려 왕대비전을 맞아 통곡하며 불행을 위로하고 계화에게 명하여 용골대를 석방시키니, 계화가 박씨의 명을 받고 나와서 용골대에게 말하였다.

"너를 여기서는 용서한다. 그러나 돌아가는 길에 의주에서 또 한 번 죽을 고비를 당할 것이니, 의주에 도달하는 즉시로 의주 부윤 임경업 장군에게 배례하고 이 글을 보여 드려라. 그러면 임장군이 너를 용서하고 돌려보내리라."

용골대가 의주에 이르자 임경업이 비호같이 달려들며 벽력 같은 소리로 용골대를 질타했다.

"이 무도한 오랑캐 장수야. 어서 내 칼을 받아라!"

용골대는 황망히 말에서 내리면서 말했다.

"장군은 노기를 풀고 잠깐 이 글을 보시오."

'이번 우리 조국의 국운이 불길하여 이런 일을 당하였으나 하늘이 호국과 조선 두 나라가 종속 관계가 되라고 정하신 운수여서 용골대가 상삼의 항서를 가지고 세자 대군 삼형제분을 모시고 귀국하는 것이니, 장군은 분한 마음을 진정하시고 이 일행을 무사히 가게 하여 삼 년 후에 세자를 무사히 환국하시게 함이 상책입니다. 장군은 부디 이 말씀을

믿고 들어 주시기 바랍니다.'

상감은 산성에서 항서와 함께 왕대비전하와 세자군들을 호국에 보내시고 침식이 불안하던 중 하루는 공중에서 선녀 한 명이 내려왔다.

"신첩은 광주 유수 이시백의 처 박씨로소이다."

"경의 지략을 매양 탄복하던 중 이제 경의 신형을 보게 되니 과인의 마음이 매우 기쁘오."

임금은 이시백의 호위를 받으며 한양으로 향발하여 환궁하셨다.

그 후에 상감은 이시백에게 의정부 우의정에 대광보국을 제수하시고, 부인 박씨도 충렬 정경 부인으로 봉하시고 부부의 충성을 항상 칭찬하여 마지않으셨다.

어느덧 세자가 호국에 잡혀간 지도 삼 년이 되었으므로 왕대비전과 상감이 주야로 근심하고 계시던 중 임경업이 자원하여 발정한 후 두 달 만에 호국에 이르러 왕자 삼형제를 모시고 귀국하니 이때 전임 영의정 김자점이 이시백과 임경업을 시기하여 어명이라는 거짓말로 먼저 임경업을 잡아서 옥에 가두고 역적으로 몰아 죽였다. 이에 이시백이 김자점의 음모를 폭로하니 상감이 노하여 김자점의 목을 베고 그 처자도 베어 죽이게 하고, 가장집물을 몰수해 버리셨다.

그 해 가을 구월 초순에 상감이 승하하시고 세자가 열아홉의 나이로 즉위하니 연소한 임금을 보필하는 이시백 재상의 높은 이름이 일국에 진동했다. 그리고 그의 아들 형제가 모두 과거에 급제하여 하나는 평안감사를 하였고, 하나는 송도유수를 지냈는데 각각 애민의 정사를 하여 청렴하였다.

어느 해 가을, 구월 보름 달빛이 휘황하게 밝으므로 시백이 부인과 더불어 완월대에 올라서 남녀 자손을 좌우에 앉히고 즐거운 잔치를 베풀던 중 시백이 손수 잔을 들어 두 아들에게 주면서 뜻밖의 유언을 했다.

"내 소년 시절의 일이 어제 같은데 어느 사이 팔십이 지났으니 세상일이 일장춘몽이로구나. 우리 부부는 세상 명분이 다 하였으니, 너희들과 영결코자 한다. 금후로 너희들 형제는 조금도 슬퍼하지 말고 자손을 거느리고 길이 영화를 누려라."

그리고 모든 손자를 일일이 어루만지고 상을 물린 뒤에 부부가 나란히 누워서 자는 듯이 운명하였다.

상감이 이시백의 별세 소식을 들으시고 또한 비감하시며 예관을 보내어 영전에 조문케 하고 부의(賻儀)[10]를 후히 내리시는 한편 시호를 문충공이라 하고 박씨 부인에게는 충렬비를 봉하여 추증하셨다.

상감이 형제의 충효를 아름답게 여기시고 다시 중임을 맡기시니 형제가 더욱 극진한 충성으로 임금을 섬겨서 작위가 일품에 이르고 자손이 계계승승하여 대대로 충성을 다하였다.

10) 상가(喪家)에 부조로 보내는 돈이나 물품. 또는 그런 일.

작품의 이해

작가소개

작자 미상

줄거리

인조 때 한양의 이득춘이 늘그막에 아들을 낳아 시백이라 하였다. 시백의 나이 16세에 금강산 박처사의 딸과 결혼하였는데 박씨는 천하에 박색일 뿐 아니라 몸에서는 이상한 냄새까지 났다. 그후로 이시백은 부인을 쳐다보지도 않았고 오직 시아버지만이 그녀를 위해줄 뿐 다른 가족들도 그녀를 멀리 했다.

하지만 원래 슬기롭고 도술에 능한 박씨는 시백을 장원 급제시키는 등 놀라운 재주를 보여준다. 그러나 남편의 구박과 천대는 여전했다. 박씨는 전생의 죄로 괴상한 허물을 쓰고 있었기 때문에 이를 감수할 수밖에 없었다. 그러나 결혼한 지 3년 만에 드디어 허물을 벗어 하룻밤 사이에 절세 미인이 되니 남편 이시백은 그때서야 박씨를 극진히 사랑하게 되었다.

이때 호왕이 시백과 임경업을 살해하려 첩자를 보내지만 박씨가 미리 알고 처치해 버린다. 이어 용골대 형제가 군사를 거느리고 한양과 광주까지 쳐들어왔지만 박씨의 도술로 병졸들을 모두 물리쳐 대공을 세운다. 그 후 박씨는 충렬부인에 봉해지고 이시백과 행복하게 산다.

작품해설

작자, 연대 미상의 고전소설인 이 작품은 일명 〈박씨부인전〉이라고도 한다.

성격상 역사군담소설인 이 작품은 병자호란을 배경으로, 실재 인물이었던 이시백과 그의 아내 박씨라는 가공 인물이 영웅적 기상과 재주로 청나라를 농락하고 민족적 자긍심을 고취한다는 내용이다.

이 작품은 이시백을 비롯하여 인조대왕, 임경업, 호장(胡將) 용골대 등 역사적 실재 인물을 등장시킨 것이 특이하다. 또한 남성보다도 여성인 박씨를 주인공으로 하고, 박씨가 초인간적인 능력을 가진 비범한 인물인데 비하여 남성인 시백은 평범한 인물로 표현하여, 여성이 남성보다 우위에 있다는 점을 강조했다. 이는 자유롭지 못했던 당시의 여성들에게 정신적인 위안을 주었으며 무능한 위정자들과 남성들을 은근히 비판함으로써 조선 후기 일부 여성 사회에서 일기 시작했던 여성들의 남성 사회에 대한 도전의식을 반영한 것이라 할 수 있다.

구조적 분석

갈래 : 역사 소설, 군담 소설, 여걸 소설, 영웅 소설

시점 : 전지적 작가 시점

제재 : 병자호란

주제 : 박씨 부인의 영웅적 기상과 재주, 청나라에 대한 적개심과 복수심

금오신화

이생규장전 李生窺牆傳

금오신화 이생규장전 李生窺牆傳

김시습

개성 낙타교 옆에 이생(李生)이 살고 있었는데, 나이는 열 여덟이었다. 풍운이 맑고 재주가 뛰어나 일찍부터 국학(國學)[1]에 다녔는데, 길을 가면서도 시를 읽었다.

선죽리(善竹里) 귀족 집에서는 최랑이라는 처녀가 살고 있었는데, 나이는 열여섯 살쯤 되었다. 그녀는 태도가 아리땁고 수도 잘 놓았으며, 시와 문장도 잘 지었다. 세상 사람들이 그들을 이렇게 칭찬하였다.

풍류로위라 이총각 아리따워라 최처녀,

1) 신라 때 교육을 맡아보던 기관. 고려시대에 국자감(國子監)을 고친 이름으로 성균관(成均館)의 옛 이름이기도 하다.

그 재주와 그 얼굴을 누군들 찬탄치 않으랴.

이생은 일찍부터 책을 옆에 끼고 학교에 다닐 때에 언제나 최씨네 집 북쪽 담 밖으로 지나다녔다. 수양버들 수십 그루가 간들거리며 그 담을 둘러싸고 있었다.

어느 날 이생이 그 나무 아래에서 쉬다가 담 안을 엿보았더니, 이름난 꽃들이 활짝 피고 벌과 새들이 다투어 재잘거리고 있었다. 그 곁에는 작은 누각이 있었는데, 꽃 떨기 사이로 은은히 보였다. 구슬발이 반쯤 가려 있고 비단 휘장이 낮게 드리워져 있었는데, 한 아리따운 아가씨가 수를 놓다가 지쳐 잠시 바늘을 멈추며 턱을 괴고 시를 읊었다.

사창(紗窓)[2]에 홀로 기대앉아 수놓기도 귀찮구나
온갖 꽃 떨기 속에 꾀꼬리 소리 다정도 해라.
마음속으로 부질없이 봄바람을 원망하며
말없이 바늘 멈추고는 생각에 잠겼어라.

저기 가는 저 총각은 어느 집 도련님일까
푸른 옷깃 넓은 띠가 늘어진 버들 사이로 비쳐 오네.

---

2) 비단으로 바른 창

이 몸이 죽어 가서 대청 위의 제비 되면
주렴 위를 가볍게 스쳐 담장 위를 날아 넘으리.

이생은 그 여인이 읊은 시를 듣고 마음이 근질근질하여 참을 수가 없었다. 그러나 그 집의 담이 높고도 가파르며 안채가 깊숙한 곳에 있었으므로, 어쩔 도리가 없었다.

어느날 이생은 국학에서 돌아오는 길에 흰 종이 한 장에다 시 세 수를 써서 기와 쪽에 매달아 담 안으로 던져 넣었다.

무산(巫山) 열두 봉우리 첩첩이 쌓인 안개 속에
반쯤 드러난 봉우리가 붉고도 푸르구나.
양왕의 외로운 꿈을 수고롭게 하지 마오.
구름 되고 비가 되어 양대에서 만나 보세.

마음속에 품었던 생각은 이미 다 이루어졌네.
붉은 담머리의 복사꽃과 오얏꽃은
바람에 날려서 어디로 떨어지나.

좋은 인연되려는지 나쁜 인연되려는지
부질없는 이 내 시름 하루가 일 년 같아라.
스물 여덟 자로 황혼의 기약을 맺었으니

남교에서 어느 날 신선을 만나려나.

최랑이 몸종 향아(香兒)를 시켜서 그 편지를 주워다 보니, 바로 이생이 지은 시였다. 최랑이 그 시를 펼쳐서 두세 번 읽고는 마음속으로 혼자 기뻐하였다. 종이에 여덟 자를 써서 담 밖으로 던져 주었다.

님이여, 의심 마세요. 황혼에 만나기로 하세요.

이생이 그 말대로 황혼이 되자 최랑의 집을 찾아갔다. 갑자기 복사꽃 한 가지가 담 위로 넘어오면서 하늘거리는 그림자가 나타났다. 이생이 가까이 가서 살펴보니 그넷줄이 대바구니를 매어서 아래로 늘어뜨려 놓았다. 이생을 그 줄을 잡고 담을 넘었다.

마침 달이 동산에 떠오르고 꽃 그림자가 땅에 비껴 맑은 향내가 사랑스러웠다. 이생은 자기가 신선 세계에 들어왔다고 생각하여 마음은 비록 기뻤지만, 자기의 마음이나 지금 하려는 일이 탄로날까 두려워 머리카락이 모두 곤두섰다.

이생이 좌우를 둘러보았더니, 최랑은 꽃 떨기 속에서 향아와 같이 꽃을 꺾어 머리에 꽂고는, 외진 곳에 자리를 펴고 앉아 있었다. 최랑이 이생을 보고 방긋 웃으면서 시 두 구절을 먼저 읊었다.

복사와 오얏 가지 속에 꽃송이 탐스럽고

원앙새 베개 위엔 달빛도 고와라.

이생이 뒤를 이어 읊었다.

다음날 어쩌다가 봄소식이 새나간다면

무정한 비바람에 더욱 가련해지리라.

최랑이 얼굴빛이 변하면서 말하였다.

"저는 본디 당신과 함께 부부가 되어 끝까지 남편으로 모시고 영원히 즐거움을 누리려고 하였어요. 그런데 당신은 어찌 이렇게 말씀하십니까? 저는 비록 여자의 몸이지만 마음이 태연한데, 장부의 의기를 가지고도 이런 말씀을 하십니까? 다음날 규중의 일이 누설되어 친정에서 꾸지람을 듣게 되더라도, 제가 혼자 책임을 지겠습니다. 향아야. 방 안에서 술과 안주를 가져오너라."

향아가 시키는대로 가버리자, 사방이 고요하여 아무런 인기척도 없었다. 이생이 최랑에게 물었다.

"이곳은 어디입니까?"

최랑이 말하였다.

"이곳은 뒷동산에 있는 작은 누각 아래이지요. 저희 부모님께서는 제가 외동딸이기 때문에 여간 사랑하시 않으십니다. 그래서 연못가에다 이 누각을 따로 지어 주셨지요. 봄이 되어 이름난 꽃들이 활짝 피면 몸종 향아와 함께 즐겁게 놀라고 하신 거지요. 부모님이 계신 곳은 여기서 멀기 때문에 아무리 웃으며 크게 이야기해도 쉽게 들리지는 않는답니다.”

최랑이 술 한 잔을 따라 이생에게 권하며 시 한 편을 읊는다.

부용못 푸른 물을 난간에서 굽어보다
꽃 떨기 속에서 님들이 속삭이네.
향그런 안개 깔린 속에 봄빛이 화창해서
새 가사를 지어내어 백저사(白紵詞)를 부르는구나.
꽃 그늘에 달빛이 비껴 털방석에 스며들고
긴 가지 함께 잡으니 붉은 꽃비가 떨어지네.
바람이 향내를 끌어와 옷 속에 스며들자
첫봄을 맞은 아가씨가 햇살 속에 춤추네.
비단 적삼 가볍게 해당화를 스쳤다가
꽃 사이에 졸고 있던 앵무새만 깨웠네.

이생도 바로 시를 지어 화답하였다.

도원에 잘못 들어와 복사꽃이 만발한데
많고 많은 이 내 정회(情懷)를 다 말할 수가 없네.
구름같이 쪽찐 머리에 금비녀 낮게 꽂고

산뜻한 봄 적삼을 모시 베로 지었구나.
나란히 달린 꽃가지를 봄바람에 꺾다니
하많은 꽃가지에 비바람아 부지 마소.
선녀의 소맷자락 나부껴 그림자도 하늘거리고
계수나무 그늘 속에선 시름이 따를 테니
함부로 새 곡조 지어 앵무새에게 가르치지 마오.

술자리가 끝나자 최랑이 이생에게 말하였다.

"오늘의 일은 분명히 작은 인연이 아니오니, 당신은 저와 함께 백년의 기쁨을 이룩하는 것이 어떻겠습니까?"

최랑이 북쪽 창문으로 들어가자 이생도 그 뒤를 따라갔다. 누각에 달린 사다리가 있었는데, 그 사다리를 타고 올라갔더니 과연 그 다락이 나타났다. 문방구와 책상들이 아주 말끔했으며, 한쪽 벽에는 연강첩장도[3]와 유황고목도[4]가 걸려 있었는데, 모두 이름난 그림이었다. 그 그림 위에는 시가 씌어 있었는데, 누가 지은 시인지는 알 수 없었다.

첫째 그림에 쓰인 시는 이러하였다.

어떤 사람의 붓끝에 힘이 넘쳐

---

3) 안개 낀 강 위에 첩첩이 쌓인 산봉우리를 그린 화폭
4) 깊숙한 대밭과 고목을 그린 화폭

이 강속에다 겹겹이 쌓인 산을 그렸던가?
웅장해라. 삼만 길의 저 방호산(方壺山)은
아득한 구름 사이로 반쯤만 드러났네.
저 멀리 산세(山勢)는 몇 백 리까지 뻗어 있는데
푸른 소라처럼 쪽진 머리가 가까이 보이네.
끝없이 푸른 물결 공중에 닿았는데
저녁노을 바라보니 고향이 그리워라.
이 그림 구경하며 사람 마음이 쓸쓸해져
소상강 비바람에 배 띄운 듯하여라.

둘째 그림에 쓰인 시는 이러하였다.

쓸쓸한 대숲에선 가을 소리가 들리는 듯
비스듬히 누운 고목은 옛정을 품은 듯해라.
구부러진 늙은 뿌리엔 이끼가 가득 끼었고
굵고 곧은 가지는 바람과 천둥을 이겨 왔네.
가슴속에 간직한 조화가 끝이 없으니
미묘한 이 경지를 누구에게 말할 텐가.
위언(韋偃)과 여가(輿可)도 이미 귀신이 되었으니
신기를 누설할 자가 그 몇이나 되려나.
갠 창가 그윽한 곳에서 말없이 바라보니

삼매경에 든 필법이 못내 사랑스러워라.

한쪽 벽에는 사철의 경치를 읊은 시를 각각 네 수씩 붙였는데, 역시 누가 지었는지는 알 수 없었다. 그 글씨는 조송설(趙松雪)[5]의 서체를 본받아 자체가 아주 곱고도 단정하였다.

한쪽에 작은 방 하나가 따로 있었는데, 휘장, 요, 이불, 베개들이 또한 아주 깨끗하였다. 휘장 밖에는 사향을 태우고 난향의 촛불을 켜놓았는데, 환하게 밝아서 마치 대낮 같았다. 이생은 최랑과 더불어 마음껏 즐거움을 누리면서 여러 날 머물렀다.

어느 날 이생이 최랑에게 말하였다.

"옛 성인의 말씀에, '어버이가 계시면 나가 놀더라도 반드시 일정한 곳에 있어야 한다.' 고 하였는데, 이제 내가 부모님을 떠난 지가 사흘이나 되었소. 부모님께서 기다리실 테니, 이 어찌 아들의 도리라고 하겠소?"

최랑은 서운하게 여기면서도 이생을 돌려보내 주었다. 그 뒤 이생은 저녁마다 최랑을 찾아가지 않는 날이 없었다. 어느 날 저녁에 이생의 아버지가 이생을 꾸짖으며 말하였다.

"네가 아침에 나갔다가 저녁에 돌아오는 것은 옛 성인의 어질고 의

5) 원나라의 서화가 조맹부. 송설은 그의 호이다.

로운 가르침을 배우기 위해서이다. 그런데 요즘은 저녁에 나갔다가 새벽에 돌아오니, 이게 어찌 된 일이냐? 반드시 경박한 놈들의 행실을 배워 남의 집 담을 넘어서 아가씨나 엿보고 다닐게다. 이런 일이 만일 탄로되면 남들은 모두 내가 자식을 엄하게 가르치지 못했다고 책망할 것이다. 또 그 처녀도 지체 높은 집안의 딸이라면 반드시 네 미친 짓 때문에 그 집안을 더럽히게 될 것이다. 남의 집에 죄를 지었으니, 이 일이 작지 않다. 너는 빨리 영남으로 내려가서 종들을 데리고 농사나 감독하거라. 다시는 돌아오지 말아라."

그 이튿날 이생의 아버지가 아들을 울주(蔚州)[6]로 내려보냈다.

최랑은 저녁마다 화원에서 이생을 기다렸지만, 여러 달이 지나도 돌아오지 않았다. 이생이 병에 걸렸다고 생각한 최랑은 향아를 시켜 이생의 이웃들에게 몰래 물어 보게 하였다. 이웃들이 이렇게 대답하였다.

"이도령은 그 아버지에게 죄를 지어 영남으로 떠난 지가 벌써 여러 달이나 되었다오."

최랑은 이 소식을 듣고 병을 얻어 침상에 누운 뒤 일어나지 못하고, 음식도 먹지 못하였다. 말도 하지 않았고 얼굴은 점점 초췌해졌다.

최랑의 부모가 이상하게 여겨 그 병의 증상을 물었지만 그녀는 아무런 말도 하지 않았다. 딸의 상자 속을 들추어보았더니, 이생과 지난날에 주고받은 시들이 있었다. 최랑의 부모들이 그제야 놀라서 무릎을

6) 경남 울산의 옛 이름

치며 말하였다.

"어이구, 우리 딸자식을 잃어버릴 뻔했구려."

그리고는 딸에게 물었다.

"도대체 이생이란 자가 누구냐?"

이렇게 되자 최랑도 더 이상 숨길 수 없어 목구멍에서 겨우 나오는 소리로 부모에게 아뢰었다.

"아버님과 어머님께서 길러 주신 은혜가 깊으니, 어찌 사실을 숨기겠습니까? 저 혼자 생각해보니 남녀가 서로 사랑을 느끼는 것은 인정 가운데서도 가장 중요합니다. 그러므로 '결혼할 좋은 시기를 놓치지 마라' 는 말은 《시경(詩經)》의 주남(周南)편에도 나타나고, '여자가 정조를 지키지 못하면 흉하다' 는 말은 《주역(周易)》에서도 경계하였습니다. 저는 버들처럼 가냘픈 몸으로 얼굴빛이 시드는 것은 생각지 않고서 절개를 지키지 못하여, 옆 사람들에게 비웃음을 받게 되었습니다. 새삼 덩굴이 다른 나무에 의지해서 살듯이 저는 벌써 위당(渭塘)의 처녀 노릇을 가게 되었으니, 죄가 이미 가득 차 집안에까지 누를 끼치게 되었습니다. 그러나 저 아름다운 도련님과 한 번 정을 통한 뒤부터는 도련님께 대한 원망이 천만 번 생기게 되었습니다. 연약한 몸으로 괴로움을 참으며 홀로 살아가려니, 그리운 정은 나날이 깊어 가고 아픈 상처를 나날이 더해 가서 죽을 지경에 이르렀습니다. 이제는 원한 맺힌 귀신으로 화(化)해 버릴 것 같습니다. 부모님께서 제 소원을 들어주신다면 남은 목숨을 보존하게 되고, 이 간절한 청을 거절하신다면 죽음만이 있을 뿐입니다. 이생과 저승에서 다시 만나 노닐지언정, 맹세코 다른 가문에는 오르지 않겠습니다."

그러자 부모도 이미 그 뜻을 짐작하고 다시는 병의 증세를 묻지 않고 그녀의 마음을 달래 안정시켰다. 그리고는 중매의 예를 갖추어 이생의 집으로 보냈다.

이생의 아버지가 최씨 집안이 얼마나 번성한지 물은 뒤에 말하였다.

"우리 집 아이가 비록 어린 나이에 바람이 났지만, 학문에 정통하고 사람답게 생겼소. 앞으로 장원급제할 것이며 훗날 이름을 세상에 떨칠 것이니, 서둘러 혼처를 정하고 싶지 않소."

중매인이 돌아가서 그대로 아뢰자, 최씨가 다시 중매인을 이씨 집으로 보내어 말하게 하였다.

"한 시대의 친구들이 모두들 '그 댁의 영식(令息)[7]은 재주가 남달리 뛰어나다'고 칭찬하였습니다. 아직은 또아리를 틀고 있지만, 어찌 끝까지 연못 속에 잠겨만 있겠습니까? 빨리 혼사 날을 정해 두 집안의 즐거움을 이루는 것이 좋겠습니다."

"나도 젊었을 때부터 학문을 닦았지만, 나이가 들도록 성공하지 못하였소. 종들도 흩어지고 친척의 도움도 적어, 생업이 신통치 않고 살림도 궁색해졌소. 그러니 문벌 좋고 번성한 집안에서 어찌 한갓 빈한한 선비를 사위로 삼으려 하시겠소? 이는 반드시 일 만들기 좋아하는

7) 남을 높이어 그의 '아들'을 일컫는 말

이들이 우리 집안을 지나치게 칭찬해서 귀댁을 속이려는 것일 거요."

중매인이 다시 돌아와서 최씨에게 전하자, 최씨는 또 이렇게 말하며 중매인을 돌려보냈다.

"예물 드리는 모든 절차와 옷차림은 모두 저희 집에서 갖추겠습니다. 좋은 날을 가려서 화촉의 시기만 정해 주시면 좋겠습니다."

중매인의 말을 전해 들은 이씨 집안에서도 이렇게까지 되자 마음을 돌려, 곧 사람을 보내어 이생을 불러다 그의 생각을 물었다. 이생은 스스로 기쁨을 이기지 못하여 곧 시 한 수를 지었다.

깨어진 거울이 다시 둥글게 되니 만남도 때가 있어
은하의 까마귀와 까치들이 아름다움 기약을 도와주었네.
이제야 월하노인(月下老人)[8]이 붉은 실을 잡아매었으니
봄바람이 건듯 불더라도 소쩍새를 원망 마소.

오랫동안 이생을 그리워하던 최랑이 이 시를 듣고는 병도 차츰 나아져, 자기도 시를 지었다.

나쁜 인연이 바로 좋은 인연이던가?
그 옛날 맹세가 마침내 이루어졌네.

8) 부부의 인연을 맺어 주는 '중매쟁이 노인'을 이르는 말

어느 때나 님과 함께 작은 수레를 끌고 갈까?

아이야, 나를 일으켜 다오 꽃 비녀를 손질하련다.

이에 좋은 날을 가려 마침내 혼례를 이루니, 끊어졌던 사랑이 다시 이어지게 되었다. 그들은 부부가 된 이후에 서로 사랑하면서도 공경하여 마치 손님처럼 대하니, 비록 양홍과 맹광이나 포선(鮑宣), 환소군(桓少君)이라도 그들의 절개와 의리를 따를 수가 없었다.

이생이 이듬해 문과에 급제하여 높은 벼슬에 오르자, 그의 이름이 조정에 알려졌다.

신축년(辛丑年)에 홍건적이 서울을 점거하자 임금은 복주(福州)로 피난 갔다. 적들은 집을 불태워 없애버렸으며, 사람을 죽이고 가축을 잡아먹었다. 부부와 친척끼리도 서로 보호하지 못했고 동서로 달아나 숨어서 제각기 살길을 찾았다.

이생은 가족들을 데리고 외진 산골로 숨었는데, 한 도적이 칼을 빼어들고 뒤를 쫓아왔다. 이생은 달아나 목숨을 건졌지만, 최랑은 도적에게 사로잡혔다. 도적이 최랑의 정조를 빼앗으려 하자, 최랑이 크게 꾸짖었다.

"창귀같은 놈아. 나를 죽여 먹어라. 내 차라리 죽어서 시랑(豺狼)[9]의

9) 승냥이와 이리

밥이 될지언정 어찌 개돼지 같은 놈의 짝이 되겠느냐?"

도적이 노하여 최랑을 죽이고 살을 도려내었다.

이생은 거친 들판에 숨어서 겨우 목숨을 보전하다가, 도적이 이미 다 없어졌다는 소식을 듣고 부모님이 사시던 옛집을 찾아갔다. 그러나 그 집은 이미 싸움 통에 불타 없어졌다. 또 최랑의 집에도 가보았더니 행랑채는 황량했으며, 쥐와 새들의 울음소리만 들려왔다.

이생은 슬픔을 이기지 못하여 작은 누각으로 올라가서 눈물을 거두며 길게 한숨을 쉬었다. 날이 저물도록 우두커니 홀로 앉아 지나간 일들을 생각해 보니 완연히 한바탕 꿈만 같았다.

이경(二更)쯤 되자 희미한 달빛이 들보를 비춰 주는데 낭하[10]에서 발자국 소리가 들려왔다. 그 소리는 멀리서부터 차츰 가까이 다가왔다. 이르고 보니 바로 최랑이었다.

이생은 그가 이미 죽은 것을 알고 있었지만, 너무도 사랑하는 마음에 의심하지도 않고 물어 보았다.

"당신은 어디로 피난 가서 목숨을 보전하였소?"

여인이 이생의 손을 잡고 한바탕 통곡하더니, 이내 사정을 이야기하였다.

"저는 본디 양가의 딸로서 어릴 때부터 가정의 교훈을 받아 수놓기와 바느질에 힘썼고, 시서(詩書)와 예법을 배웠어요. 그래서 규방의 법

10) 행랑 또는 복도

도만 알뿐이지, 그 밖의 일이야 어찌 알겠어요? 마침 당신이 붉은 살구꽃이 핀 담 안을 엿보았으므로, 제가 푸른 바다의 구슬을 바친 거지요. 꽃 앞에서 한번 웃고 평생의 가약을 맺었고, 휘장 속에서 다시 만날 때에는 정이 백년을 넘쳤었지요.

여기까지 말하고 보니 슬프고도 부끄러워 견딜 수가 없군요. 장차 백년을 함께 하자고 하였는데, 뜻밖에 횡액[11]을 만나 구렁에 넘어질 줄이야 어찌 알았겠어요? 늑대 같은 놈들에게 끝까지 정조를 잃지 않았지만, 제 몸은 진흙탕에서 찢겨졌답니다. 천성이 저절로 그렇게 된 것이지, 인정으로야 어찌 그럴 수 있었겠어요?

저는 당신과 외딴 산골에서 헤어진 뒤에 짝 잃은 새가 되었었지요. 집도 없어지고 부모님도 돌아가셨으니, 피곤한 혼백을 의지할 곳도 없는 게 한스러웠답니다. 절의(節義)[12]는 중요하고 목숨은 가벼우니, 쇠잔한 몸뚱이일망정 치욕을 면한 것을 다행스럽게 여겼지요. 그러나 마디마디 끊어진 제 마음을 그 누가 불쌍하게 여겨 주겠어요? 한갓 애끊는 썩은 창자에만 맺혀 있을 뿐이지요.

해골은 들판에 내던져졌고 간과 쓸개는 땅바닥에 널려졌으니, 가만히 옛날의 즐거움을 생각해 보면 오늘의 슬픔을 위해 있었던 것 같군요.

이제 봄바람이 깊은 골짜기에 불어오기에, 저도 이승으로 돌아왔지

---

11) 뜻밖에 닥쳐오는 재액(災厄)

12) 사람으로서 마땅히 해야 할 바른 도리를 끝내 지키는 굳은 뜻

요. 봉래산 십 이년의 약속이 얽혀 있고 삼세(三世)[13]의 향이 향그러우니, 오랫동안 뵙지 못한 정을 이제 되살려서 옛날의 맹세를 저버리지 않겠어요. 당신이 지금도 그 맹세를 잊지 않으셨다면, 저도 끝까지 잘 모시고 싶답니다. 당신도 허락하시겠지요?"

이생이 기쁘고도 고마워하며 말하였다.

"그게 애당초 내 소원이오."

그리고는 서로 정답게 심정을 털어놓았다. 재산을 얼마나 도적들에게 빼앗겼는지 이야기가 나오자, 여인이 말하였다.

"조금도 잃지 않고 어느 산 어느 골짜기에 묻어 두었답니다."

이생이 또 물었다.

"두 집 부모님의 해골을 어디에 모셨소?"

여인이 말하였다.

"어느 곳에다 그냥 버려 두었지요."

정겨운 이야기를 끝낸 뒤에 잠자리를 같이 하였는데, 지극한 즐거움이 예전과 같았다.

이튿날 여인이 이생과 함께 자기가 묻혀 있던 곳을 찾아갔는데, 과연 금과 은 몇 덩어리가 있었고, 재물도 약간 있었다. 그들은 두 집 부모님의 해골을 거두고 금과 재물을 팔아 각각 오관산 기슭에 합장하였

13) 불교에서 전세(前世), 현세(現世), 내세(來世)를 아울러 이르는 말

다. 나무를 세우고 제사를 드려 예절을 모두 다 마쳤다.

그 뒤에 이생도 또한 벼슬을 구하지 않고 최씨와 함께 살게 되었다. 목숨을 구하려고 달아났던 종들도 또한 스스로 돌아왔다. 이생은 이때부터 인간세상의 모든 일을 다 잊어버렸으며, 아무리 친척이나 손님들의 길흉사가 있더라도 방문을 닫아걸고 나가지 않았다. 언제나 최씨와 더불어 시를 지어 주고받으며 금실 좋게 지내었다.

그럭저럭 몇 년이 지난 어느 날 저녁에 여인이 이생에게 말하였다.

"세 번이나 가약을 맺었지만 세상일이 뜻대로 되지 않아, 즐거움이 다하기도 전에 슬프게 헤어져야만 하겠어요."

여인이 목메어 울자 이생이 놀라면서 물었다.

"어찌 이렇게 되었소?"

여인이 대답하였다.

"저승길은 피할 수가 없답니다. 하느님께서 저와 당신의 연분이 끊어지지 않았고 또 전생에 아무런 죄도 지지 않았다면서, 이 몸을 환생시켜 당신과 잠시라도 시름을 풀게 해주었지요. 그러나 제가 오랫동안 인간 세상에 머물면서 산 사람을 미혹시킬 수는 없답니다."

그리고는 몸종 향아를 시켜서 술을 올리게 하고는, 옥루춘곡(玉樓春曲)에 맞추어 노래 한 가락을 지어 부르며 이생에게 술을 권하였다.

칼과 창이 어우러져 싸움이 가득한 판에

옥 부서지고 꽃 떨어지니 원앙도 짝을 잃었네.

흩어진 해골을 그 누가 묻어 주랴

피에 젖어 떠도는 혼이 하소연할 곳도 없었네.

무산의 선녀가 고당에 한번 내려온 뒤에

깨어진 종(鐘)이 거듭 갈라지니 마음 더욱 쓰라려라.

이제 한번 작별하면 둘이 서로 아득해질 테니

하늘과 인간세상 사이에 소식마저 막히리라.

노래를 한마디 부를 때마다 눈물이 자꾸 내려 거의 곡조를 이루지 못하였다. 이생도 또한 슬픔을 걷잡지 못하며 말하였다.

"내 차라리 당신과 함께 황천(黃泉)[14]으로 갈지언정 어찌 무료하게 홀로 여생을 보전하겠소? 지난 번 난리를 겪고 난 뒤에 친척과 종들이 저마다 서로 흩어지고 돌아가신 부모님의 해골이 들판에 내버려져 있었는데, 당신이 아니었다면 그 누가 장사를 지내 드렸겠소? 옛 사람 말씀에, '어버이가 살아 계실 때에는 예로써 섬기고, 돌아가신 뒤에는 예로써 장사지내라' 하셨는데, 이런 일을 모두 당신이 감당해 주었소. 당신은 정말 천성이 효성스럽고 인정이 두터운 사람이오. 나는 당신에게 고맙기 그지없고, 부끄러움을 견디지 못하겠소. 당신도 인간 세상에 더 오래 머물다가 백년 뒤에 나와 함께 티끌이 되었으면 좋겠구려."

14) 저승, 명부(冥府)

여인이 말하였다.

"당신의 목숨은 아직 남아 있지만, 저는 이미 귀신의 명부(冥府)에 실려 있답니다. 그래서 더 오래 볼 수가 없지요. 제가 굳이 인간세상을 그리워하며 미련을 가진다면 명부의 법도를 어기게 되니, 저에게만 죄가 미치는 게 아니라 당신에게도 또한 누가 미치게 된답니다. 저의 유골이 어느 곳에 흩어져 있으니, 만약 은혜를 베풀어주시려면 그 유골이나 거두어 비바람을 맞지 않게 해주세요."

두 사람은 서로 바라보며 눈물만 줄줄 흘렸다.

"낭군님, 부디 안녕히 계십시오."

말이 끝나자 차츰 사라지더니 마침내 자취가 없어졌다.

이생은 유골을 거두어 부모님의 무덤 곁에다 장사를 지내 주었다. 장사를 지낸 뒤에는 이생도 또한 지나간 일들을 생각하다가 병을 얻어 몇 달만에 세상을 떠났다. 이 이야기를 들은 사람들마다 가슴 아파 탄식하며 그들의 아름다운 절개를 사모하지 않는 사람이 없었다.

작품의 이해

작가소개

김시습(金時習, 1435~1493) : 조선 초기의 학자이며 문인으로 생육신의 한 사람이다. 자는 열경(悅卿), 호는 매월당(梅月堂)이며 법호는 설잠(雪岑)이다.

1445년 21세 때 수양대군의 왕위찬탈 소식을 듣고, 보던 책들을 불사른 후 스스로 머리를 깎고 유랑생활을 한다. 이러한 유랑의 기록을 《탕유관서록》, 《탕유관동록》, 《탕유호남록》 등으로 엮었다.

1465년 경주 금오산에 칩거, 이 곳에서 31세부터 37세까지의 황금기를 보내면서 《금오신화(金鰲神話)》를 비롯한 수많은 산문과 시편을 집필한다. 《금오신화》는 이때 지은 우리나라 최초의 전기적(傳寄的) 한문소설집이다.

1481년 돌연 머리를 기르고 안씨를 아내로 맞아 환속하는 듯 하였으나 이듬해 폐비 윤씨 사건이 일어나자 다시 방랑의 길에 나서서 관동지방을 여행하며 100여 편의 시를 지었다. 그 후 59세의 나이로 충청도 홍산의 무광사에서 병사하였다.

시문집으로 《매월당집》이 있고 전기집으로는 《금오신화》가 있다.

줄거리

송도에 사는 선비 이생은 어느 날 최랑이라는 아름다운 처녀를 만나게 된다. 그는 밤마다 사랑의 글을 써서 그녀의 집 담 너머로 던지며 사랑을 키워나갔다. 그러나 이를 눈치챈 부모님의 반대로 이생은 그의 고향인 울주로 떠나게 되고 둘은 헤어지게 된다. 하지만 최랑의 노력으로 양가 부모의 허락을 받아 혼인을 하게 되고 이생은 과거에 급제하는 등 그들은 행복하게 산다.

그러나 홍건적의 난이 일어나 피난 통에 양가 가족들이 뿔뿔이 흩어지게 되었고, 최랑는 죽고 말았다. 난이 평정되어 집으로 돌아온 이생은 가족의 생사를 몰라 슬픔에 잠겨 있는데, 그의 앞에 죽은 최랑이 환생하여 나타났다. 이생은 그녀가 이미 죽은 여인인줄 알면서도 생시와 같이 수년 동안 즐겁게 살았다. 그러다가 어느날 최랑은 이별을 고하며 사라지고, 이생은 최랑의 유언을 좇아 유골을 찾아 장사를 지냈다. 그 후 이생도 오래 살지 못하고 병이 들어 죽고 말았다.

작품해설

우리 나라 최초의 한문소설집인 《금오신화》에 실려 전하는 다섯 편 중의 하나인 이 작품은 삶과 죽음을 초월한 남녀간의 간절한 사랑을 그렸다.

성격상 이 작품은 전래하는 인귀 교환 설화, 시애 설화, 명혼 설화 등이 복합적으로 어우러져, 이승의 사람과 저승의 영혼의 결합이라는 전기성이 두드러진다. 또한 작품의 배경과 등장인물을 우리 나라로 설정해 자주적인 성격이 엿보인다.

이 작품이 《금오신화》에 실린 다른 작품들보다 우수하다는 평가를 받는데 이는 참혹한 현실을 사실적으로 묘사하여 그 현실이 지닌 문제점을 드러냈다는 점이다.

구조적 분석

갈래 : 전기 소설, 한문 소설, 단편소설

성격 : 전기, 명혼소설(冥婚小說)

시점 : 전지적 작가 시점

제재 : 남녀간의 사랑

주제 : 죽음을 초월한 남녀간의 사랑

출전 : 《금오신화(金鰲新話)》